AF603939

Esteban Firelight III

Reliquia de Moonheart

Catalina Monsalvez

ESTEBAN FIRELIGHT III
Reliquia de Moonheart

Editado por: Corporación Ígneo, S.A.C.
para su sello editorial Ediquid
José Olaya 169, Ofic. 504, Miraflores. Lima, Perú
Primera edición, mayo, 2024

ISBN: 978-612-5142-70-2
Impresión bajo demanda

Hecho el Depósito Legal en la Biblioteca Nacional del Perú N° 2024-04351
Se terminó de imprimir en mayo de 2024 en:
ALEPH IMPRESIONES SRL
Jr. Risso Nro. 580 Lince, Lima

www.grupoigneo.com
Correo electrónico: contacto@grupoigneo.com
Facebook: Grupo Ígneo | X: @editorialigneo | Instagram: @grupoigneo

Colección: Nuevas Voces

Contenido

Para mi abuela, Patricia, que me enseñó a leer y a escribir, y a pesar de que el tiempo se agotó y la muerte nos separó, los recuerdos y el amor siguen estando en mi corazón.

Capítulo 1

Nueva York (EUA), 2020

Cinco años habían pasado desde los acontecimientos de la reliquia de Goldnote.

Cinco años en los que muchas cosas sucedieron y contarlas todas con detalle sería largo y agotador, pero si hacemos un breve resumen, quedaría así:

Esteban ya no era un niño de diecisiete años, ahora era un adulto responsable de veintidós años que estaba estudiando en la universidad. Sí, el tiempo pasó volando para Esteban, sentía haber entrado a la primaria y conocido a sus profesores y compañeros el día anterior, y de pronto se encontraba yendo a la universidad, terminando de estudiar para sacar su carrera y ser un profesional. Su propósito era continuar así su vida hasta que tuviera sesenta y cinco y pudiera jubilarse o algo por el estilo.

De todos modos, hay que explicar lo que sucedió en los últimos cinco años con respecto a los acontecimientos que a todos nos interesan. Vayan a buscar algo para beber y acomódense, que es probable que esto sea bastante largo.

Meses después de la muerte de su mejor amigo, Rick, Esteban tuvo que seguir adelante como pudo. No le quedó más opción que continuar con sus estudios. Los últimos meses de instituto se le fueron volando y terminó el colegio con muy buenas notas. No tenía ni la menor idea de cómo logró sobrellevar ser un mestizo, sumado a la muerte de su mejor amigo y su gran tristeza, pero de alguna forma lo hizo.

También tuvo que hacer un espacio en su vida para cuidar a la exnovia de Rick, Irene Heather, que se encontraba embarazada y el padre era nadie más y nadie menos que Rick. Sí, durante el embarazo de Irene, Esteban tuvo que cuidar de ella, acompañarla a los controles y estar presente como el padrino de la hija de Rick. Por supuesto, Esteban tenía dos neuronas cuando se trataba de cuidar a una embarazada, por lo que tuvo que tragarse mil quinientos cuarenta y cinco libros acerca de embarazo, parto y lactancia. Fue difícil, porque en los primeros meses, Irene presentó muchos cambios de humor. Podía estar muy alegre y pasar a querer tirarle un libro de ochocientas hojas a Esteban porque no le consiguió fruta con crema y salsa de caramelo a las nueve de la noche.

Pero bueno, la peor parte pasó e Irene dio a luz a una hermosa niña el 29 de noviembre.

La pequeña Adriana Smith nació antes de tiempo, pero con los cuidados necesarios se convirtió en una niña sana. Irene recibió mucho apoyo por parte de sus padres, y aunque los de Rick al principio casi obligaron a Irene a abortar, ahora amaban a su nieta. También algunos profesores y compañeros le regalaron algunas cosas a la pequeña.

Los primeros meses de vida de Adriana fueron superados con éxito y Esteban siempre estuvo presente.

Durante ese tiempo, Irene sacó su carrera de Psicología. Encontró trabajo en menos de cinco meses después de titularse. Fue algo difícil para ella avanzar en su carrera teniendo una bebé, pero Esteban, Tania y los abuelos ayudaron a criar a la pequeña. Eran todo un equipo.

Ahora sí, vamos a la parte mágica de todo el asunto. La verdad es que al entrar a la universidad, Esteban dejó un poco de lado a sus amigos del Artium Mundi y todo el rollo de las reliquias y bla, bla, bla. En fin, desde la muerte de Rick, Esteban mandó un poco a la mierda todo. El primer año fue horrible para él, lloraba como un crío pequeño. Tania tenía que consolarlo y, aunque todos se lo negaran, Esteban en realidad fue una molestia y daba pena verlo tan mal. Sin embargo, pudo salir adelante con el nacimiento de Adriana y continuar con su vida. Perdió contacto con sus amigos del Artium Mundi, a excepción de Tania, y se alejó de su parte Pictorum para enfocarse en el Esteban humano. Trató de cuidar a Esteban François, porque para él, su parte humana se fue cuando Rick murió y no podía permitirse vivir así de deprimido. Se lo propuso y lo logró.

O bueno, se podría decir que lo logró, aunque muchos dijeran que no era tan así.

Si bien Esteben superó la muerte de su mejor amigo, todas las noches tenía pesadillas del demonio que lo despertaban y lo hacían llorar. Los ataques de ansiedad se fueron intensificando, su psiquiatra no sabía qué recetarle para calmar los ataques y la ansiedad. De hecho, el pobre estaba más estresado con no saber cómo ayudarlo que el mismo Esteben intentando explicarle a Adriana cuánto es dos más dos.

Según Tania, Esteban tenía las secuelas de la maldición de Félix Goldnote por tener la reliquia en sus manos y por no estar en paz consigo mismo por cualquier motivo.

La maldición de Félix consistía en que, si llegabas a tocar la reliquia de Goldnote, perderías lo más preciado para ti. La recibieron al principio de la búsqueda, y una vez que se enteraron de que existía, no hubo vuelta atrás, pues la maldición no caía sobre los Puppeteers y Jordan necesitaba la reliquia de Goldnote para su plan idiota de conquistar el Artium Mundi. El plan ya había fallado dos veces, pero bueno, el chico le ponía esfuerzo en sus planes malévolos.

Para este punto, Esteban ya tenía dos reliquias y solo faltaba una, la reliquia de Moonheart. Las reliquias de los Auctorum y los Ballerines estaban en poder de Jordan y su tropa de imbéciles sin color.

A pesar de que la reliquia de Goldnote era un broche para el cabello, Esteban no podía ocuparla como tal, ya que se le caía y era un poco incómodo andar verificando que no se le hubiera caído. Por otra parte, la reliquia de Windflower era más fácil de usar, ya que era un collar y era más sencillo esconderlo.

Tuvo que inventar una forma de llevar la reliquia de Goldnote encima sin tener que prensársela en el cabello. La mejor solución fue pegarla a la carcasa de su celular. Para su sorpresa, no se despegó. Cuando Esteban cambió su teléfono —porque el otro salió volando por la ventana—, tuvo que sacar la reliquia de la carcasa. El broche estaba en perfecto estado, sin rastros de pegamento. En el celular nuevo, la carcasa guardaba el broche en el mismo sitio de antes; este seguía intacto.

Las últimas noticias que Esteban tuvo del Artium Mundi por parte de Tania fue que habían liberado a James (el Puppeteer aliado de Jordan y esposo de Sarah) de la condena de muerte y que aún lo tenían bajo observación, pero ya no lo trataban como a un prisionero. No tenía sus anillos y ninguna forma de comunicarse con los Puppeteers, por lo que de momento, James era de confianza.

Al principio, cuando James se enteró de que Jordan había asesinado a Rick y a la abuela Silvertear, varios lo trataron con cierta frialdad, incluso

Gray, que había formado una especie de relación amistosa con él. Sin embargo, luego entendió que no podían castigarlo por una situación en la que él no estuvo presente. James demostró ser un chico bastante agradable a pesar de tener secuelas de su maltrato en el reino de los Puppeteers.

Si bien Tania ya no estaba obligada a mantener a Esteban —ya era mayor de edad y todo el rollo—, había insistido en que el muchacho se quedara con ella en el barrio de la música. Esteban tuvo que aceptar; de todos modos, la universidad le quedaba cerca. Antes de morir, su abuela le había permitido ocupar la herencia para pagar sus estudios, a fin de que no tuviera problemas con ese asunto.

Y así fue. Esteban seguía viviendo en casa de Tania, pero no era un vago. Ayudaba en el restaurante, estudiaba, cuidaba de Adriana y se preocupaba por mantenerse vivo, por si un Puppeteer lo llegaba a atacar, cosa que aún no había sucedido, gracias a Dios.

Retomando el hilo de la historia, Esteban se encontraba terminando un trabajo para una de sus clases. Al tenerlo listo, dormiría una pequeña siesta, pues había pasado la noche en vela por hacer el puñetero trabajo. En la mañana, tuvo que salir corriendo para llegar a tiempo a su clase.

Esteban tomó su celular y lo desbloqueó. Una leve sonrisa nostálgica se dibujó en sus labios al ver el fondo de pantalla de Adriana disfrazada de ninja. Adoraba a aquella niña, era su mayor felicidad.

Para esa niña siempre iba a tener una sonrisa, aunque por dentro no estuviera bien.

Esteban notó que tenía un mensaje de Tania diciéndole que llegaría tarde a casa porque iba a salir con Alice al cine. El chico rodó los ojos y soltó una leve risa para dejar su celular a un lado y terminar su trabajo en el computador.

—Es igual a ti —murmuró, mirando una de las fotos colgadas en la pared en la que estaban Rick y él en Italia—. Aparte de los ojos color miel, es una copia tuya.

Esteban miró la foto con nostalgia y sacudió la cabeza. Tenía que terminar el maldito trabajo si no quería reprobar su asignatura; de lo contrario, le llegaría una patada en la tráquea cortesía de su profesora.

Una hora después lo tuvo listo y lo envió a su docente. Cuando cerró el computador, se echó sobre el escritorio y suspiró aliviado. Era un peso menos encima, solo le quedaba la prueba de una asignatura y leer dos capítulos de un libro, pero eso podría hacerlo al día siguiente, ya sus párpados le pesaban demasiado.

Esteban cerró los ojos pensando que se limitaría a una corta siesta de diez o quince minutos, pero como es obvio, el cansancio le ganó y terminó dormido sobre el escritorio.

Cuando abrió los ojos, se dio cuenta de que no estaba en su habitación, sino en una celda que recordaba haber visto antes. No sabía dónde, pero la reconoció. Quizá fue en algún sueño o algo por el estilo.

En la celda no había ventanas, solo una puerta y unos platos de perro con restos de comida y algo de agua. Esteban se giró al escuchar los sollozos de una niña pequeña. No la pudo ubicar, pues no había luz, pero se acercó al sitio de donde provenían los sollozos. Tras forzar bastante la vista, vio un pequeño cuerpo y se puso en cuclillas. La niña abrazaba sus rodillas y tenía la cabeza escondida entre estas. De un momento a otro, la puerta se abrió y la niña levantó la mirada despacio.

Esteban abrió los ojos, sorprendido. La persona que había entrado era James, pero se veía un poco más joven. Debía tener cerca de quince o dieciséis años. Cerró la puerta y, llevando en sus manos unos libros, entre otras cosas, se acercó a la pequeña atravesando a Esteban.

Esteban se tocó el torso, asustado, pero se tranquilizó al notar que seguía siendo sólido. Él era como un fantasma en esa especie de recuerdo.

—Hola —susurró James, poniéndose de cuclillas para tocar la cabeza de la pequeña quien, por lo pequeño que era su cuerpo, aparentaba unos siete años.

La niña dejó de abrazar sus rodillas y estiró sus pequeñas y delgadas piernas.

Eso le demostró algo a Esteban: que ella no le temía a James.

—Hola —respondió la cría con un hilo de voz.

James le acarició el cabello, sacó una linterna muy antigua y la encendió para dejarla en el suelo. La celda se iluminó lo suficiente para que Esteban viese que la pequeña tenía el cabello blanco, que sus párpados y la línea de las pestañas eran como los de un Puppeteer y que mostraba unos golpes y cortes en sus delgadas piernas. La linterna también iluminó el rostro de James, que tenía un golpe en su mejilla.

—Te traje ropa limpia, comida más contundente y unos libros —anunció James—. ¿Recuerdas la lección de la otra vez? —preguntó, ayudando a la niña a levantarse.

—Logré memorizar el abecedario —murmuró la niña. Esteban habría jurado que James sonrió.

—Muy bien. Primero voy a cambiarte de ropa, ¿sí?

—Está bien —cedió la pequeña.

—No te voy a hacer nada malo, ¿vale? Siempre recuerda eso. Yo no soy como ellos.

—Eso lo sé. Tú eres bueno, y también la pasas mal como yo.

Con mucho cuidado, James comenzó a quitarle la camiseta gris a la niña. Ella no parecía molestarse. Por respeto, Esteban se tapó los ojos. Al abrirlos, ella estaba vestida con un suéter un poco más abrigado para la fría celda y con unos calcetines de lana. James le dio de beber y de comer. La niña se alimentó con ganas, pero hizo pausas para disfrutar y saborear la comida. Luego de eso, James se encargó de lavar su rostro y peinar su blanco cabello.

La niña llevó sus manos al rostro de James y el chico soltó un leve jadeo de dolor.

—¿Por qué te pegaron de nuevo? Tú eres una buena persona y no deberían pegarte —dijo la niña con voz entrecortada. James tomó sus delicadas manitos para mirarla.

—Tú no te preocupes por mí, estaré bien —aseguró.

—Me dijiste que las personas que se quieren se preocupan una de la otra. Yo te quiero y me preocupo por ti como tú te preocupas por mí —exclamó la niña entre sollozos, rodeando a James con los brazos. Este abrazó con cuidado el frágil cuerpo de la niña.

Esteban sintió un nudo en la garganta al presenciar la escena, pero al mismo tiempo, muchas preguntas rodaban por su cabeza. Como era demasiado curioso, necesitaba las respuestas.

¿Quién era esa niña? ¿Por qué James se preocupaba tanto de ella? ¿Qué sucedió con ella?

La puerta fue abierta de nuevo. Esteban giró el cuello tan rápido que le dolió. Su corazón comenzó a latir con rapidez al ver en la puerta a Jordan y a Sarah. Ambos llevaban ropas del año 1400 o 1500. James también, pero las suyas eran un poco más harapientas.

Un sentimiento de odio recorrió a Esteban. Sus manos se tensaron, al igual que cada músculo de su cuerpo. Fue inevitable recordar el preciso momento en que Rick se fue para siempre.

—Esteban... —dijo Tania, mirando a Rick con lágrimas en sus ojos—. Ha muerto.

—No... ¡NOOO! —gritó Esteban, al tiempo que lloraba y observaba el cadáver de su amigo.

Tania lo abrazó y lo alejó un poco del cuerpo de Rick. Iris, por su parte, se agachó para poner la mano sobre la cara de Rick y cerrarle los ojos. Esteban gritó, lloró y golpeó un poco a Tania, como si aquello fuese a traer a Rick de vuelta. Ella no le dijo nada y solo se dedicó a abrazarlo y a acariciarle la cabeza.

Esteban soltó un grito desgarrador que salió de lo más profundo de sus pulmones. Nunca en su vida había gritado de aquella manera. Le dolía la garganta y los ojos. Su mejor amigo, su hermano de otra madre, su otra mitad estaba muerto. Ya no estaba.

Jordan entró a la habitación y alejó de una patada a James. La niña comenzó a gritarle un montón de barbaridades. Sarah también se acercó y sujetó a James con las cadenas de sus anillos, impidiéndole moverse. James forcejeaba mientras Jordan tomaba del cabello a la niña y la sacaba de la habitación a rastras. Le gritó que la dejara en paz, pero el líder de los Puppeteers ignoró sus súplicas.

Todos salieron con prisa, y Esteban atinó a correr detrás de ellos. La puerta se cerró en su rostro y, cuando logró abrirla, se encontró en una especie de enfermería.

Había una cama y la niña estaba recostada sobre ella, pero tenía un ojo vendado. Esteban se le acercó y notó que estaba despierta, pero no mostraba la misma mirada de antes: su ojo libre, color café, estaba cargado de odio. La niña tenía apretados los puños y tensaba la mandíbula, como si en cualquier momento fuese a atacar a alguien.

La puerta que Esteban cruzó volvió a abrirse y James entró cojeando. También tenía un ojo vendado, estaba golpeado y se veía débil. La expresión de la niña y su cuerpo se relajaron al verlo aparecer.

En ese momento, Esteban comprendió todo.

James era el mestizo por error y la niña era la mestiza artificial.

Una vez que James llegó a la cama de la niña, se sentó en el borde y la miró.

—¿Puedo ver cómo quedó tu ojo? —le preguntó la niña en un susurro. James asintió, se quitó la venda y la dejó caer.

Esteban se acomodó para ver el rostro de James, que aún tenía los ojos cerrados. Una reciente cicatriz le atravesaba todo el párpado. El muchacho abrió los ojos con cuidado y Esteban ahogó un grito al ver que el iris de su ojo herido era de color café, mientras que el sano mostraba un color violeta.

—No te queda tan mal... —susurró la niña. Una vez más, James cerró los ojos y ambos volvieron a ser café oscuro.

Esteban se agarró la cabeza, pues le comenzó a doler como si le estuvieran golpeando con un martillo —¡qué novedad!—. Cuando el dolor cesó y pudo volver a abrir los ojos, se encontraba en un comedor medieval de color negro. En la mesa estaba sentado Jordan, Sarah y unos cuantos Puppeteers más.

—Han pasado tres jodidos años y la niña creció —exclamó Jordan—. Esto pasa cuando alguien tan idiota como ustedes sugiere venir a ocultarse al mundo humano en una zona abandonada y que los humanos consideran «hechizada y del diablo».

—Tiene diez. No entiendo el problema —replicó un Puppeteer.

—El problema es que está creciendo en años humanos, maldito imbécil —habló Jordan, serio—. Todos nosotros nos vemos igual que hace tres años, pero ella ha crecido. Ese es el problema, y si continúa envejeciendo, no podremos utilizarla. Aún es posible manipularla, pero cuando llegue a la pubertad va a ponerse rebelde.

—¿Y el trasplante de magia para volverla una mestiza no funcionó? —preguntó otra Puppeteer.

—Le dará poderes, pero no va a impedir que crezca y se desarrolle como una humana. Si fuera mestiza al 100 %, podría servirnos de algo, pero sabemos que no hay mestizos así —dijo Jordan mirando a Sarah—, y que el idiota de tu esposo sea el único al que le haga caso me jode bastante, Sarah. Tendrás que hacer algo a fin de que James ponga de su parte para poder controlarla, ¡demonios!

Sarah gruñó, pero cuando Jordan la miró mal, rodó los ojos para asentir. Sarah debía tener veinte años, más o menos. Esperen, ¿cuál era la edad legal de los Puppeteers?

«Bueno, Esteban, no es hora de pensar en la legalidad», se dijo mientras oía un montón de regaños por parte de Jordan, quien se quejaba de lo muy inútiles que eran todos los que se encontraban en la sala.

Esteban puso cara de desagrado con cada palabra que salía de la boca de Jordan. ¿Quién se creía él para controlar a una niña y utilizarla como arma? De verdad que ese bastardo no tenía corazón.

Jordan se dejó caer en la silla y les dirigió a todos los Puppeteers una mirada seria, daba la impresión de que quería ejecutar a alguien. Abrió la boca, dispuesto a decir algo, pero en ese momento todo comenzó a desaparecer y Esteban se sintió caer al vacío.

Esteban se despertó sintiendo el corazón en la boca. Notó que seguía en su habitación como si nada, así que se tranquilizó. El chico suspiró y miró la hora en su celular. La siesta sobre el escritorio de quince minutos había resultado ser una siesta de una hora. En realidad, es algo que le pasaría a todo el mundo.

—Con suerte tengo dos neuronas para no hacerme encima. Ahora debo procesar el hecho de que debo enfrentarme a una niña de diez años —murmuró, pero luego procesó toda la información.

Esteban suspiró. No quería admitirlo.

Pero tendría que volver al Artium Mundi.

Capítulo 2

Sarah se frotaba el puente de la nariz, frustrada, cansada y enojada. Tenía ganas de asesinar a Katherine y a otros diez Puppeteers más. Mientras tanto, Jordan explicaba por décima vez su plan de conquistar el Artium Mundi. Aquel jodido plan lo llevaba escuchando desde 1490, más o menos, y luego volvió a oírlo en 1997. Como era de esperar, ambos planes fallaron. Ahora, de nuevo, en 2020, tenía que escuchar el mismo jodido plan que tuvo que posponerse en 2015 porque perdieron una reliquia y con dos reliquias de dos ramas no se podía hacer mucho.

Jordan, por su parte, continuaba detallando las ventajas de este plan y asegurando que iba a funcionar. Tendrían el Artium Mundi a su merced y blablablá.

Sarah apoyó la cabeza en la mesa y comenzó a golpearse con la mesa reiteradas veces.

Después de que el castillo fue aplastado por completo por la arena que creó la tonta de Katherine para pelear contra los payasos de colores, todos los Puppeteers que quedaron tuvieron que trasladarse a otro sitio. Fue una caída de dignidad para todos, pero no les quedaba otra opción. Se refugiaron en una isla de algún país latinoamericano y, con los pocos recursos que les quedaban, construyeron una vivienda para todos. Eso tomó alrededor de un año y medio. Habría sido menos tiempo si James hubiese estado para controlar a la Bestia, la escoria que les causó muchos retrasos en la edificación de una nueva guarida.

La puerta se abrió de par en par y todos los Puppeteers que estaban adentro se giraron para ver quién había interrumpido la reunión sobre el tercer intento de conquistar el Artium Mundi.

La realidad es que eran una organización un tanto penosa.

Una chica de catorce años con el cabello blanco hasta la altura del cuello, vestida con una sudadera negra que le quedaba grande por unas dos tallas, jeans ajustados y botines negros, hizo presencia en la habitación. Su expresión no era nada amable. ¡Qué va! Nunca lo había sido.

Esa era la dichosa Bestia, una mocosa de catorce años —por cumplir quince— que era un dolor de cabeza las veinticuatro horas del día los 365 días del año.

Sarah rodó los ojos y se levantó de la silla para pararse frente a la mocosa. Le dolía en su orgullo que la chica fuera tres centímetros más alta que ella, y pronto serían cuatro centímetros de diferencia. Maldita sea.

—¿Cómo te atreves a entrar así? ¿Sabes lo que es tocar la puerta? —le preguntó Sarah. La chica solo le gruñó—. Parece que alguien se ha despertado de mal humor.

—O me levanto temprano o me levanto amable. No puedo con todo —contestó ella, seria, pasando al lado de Sarah para pararse frente a Jordan, quien la miraba como si fuese un chicle pegado a su bota—. Mira, voy a intentar ser buena pidiéndote esto, pero si no me sale no es mi culpa. Vamos a buscar a James o les hago explotar la cabeza a todos ustedes.

—¿Crees que me das miedo, escoria? —Jordan la miró con burla y desafío. Ella le devolvió el gesto con la misma mirada desafiante.

La chica elevó una de sus manos y la tensó para romper todos los vidrios blindados que habían colocado en las ventanas. Algunos Puppeteers miraron con nervios a la Bestia, pero otros se mostraron molestos, ya que los vidrios eran más caros que la ropa que llevaban puesta. Sarah y Katherine se mantenían en sus asientos con la mirada firme. Dentro de todo el clan de los Puppeteers, ellas eran las únicas que podían pararle el juego, pero la Bestia nunca las obedecía. Jordan, por su parte, soltó una carcajada. Un trozo de vidrio rozó su mejilla, provocando que algo de sangre negra saliera de esta.

Jordan miró a la Bestia frente a él y la tomó del cuello para levantarla del piso.

—Más te vale recordar que aquí nos regimos por una jerarquía. Yo estoy sobre todos ustedes, incluyéndote a ti. Que tengas un Vincula Mentis más fuerte que la mayoría de todos los Puppeteers no te da el derecho de amenazarme —exclamó, luego la dejó caer al suelo. La chica tosió, recuperando el aire—. Recuerda tu lugar, pedazo de mierda.

La chica levantó la mirada y le escupió en los zapatos a Jordan. El líder de los Puppeteers estuvo a punto de aplastarle la cabeza, pero Sarah intervino antes de que perdieran la última esperanza que les quedaba de conquistar el Artium Mundi.

Sarah levantó a la chica y la empujó hacia la puerta de la habitación para después cerrarla por completo y con pestillo. Soltó un suspiro de fastidio y Jordan la miró, serio.

—Sarah, controla a esa cosa. Muy fuerte y útil nos será, pero está colmando mi paciencia —habló, molesto. Sarah soltó una risa sarcástica.

—¡Oh, querido! ¡Eso sería más fácil si James estuviera aquí! —respondió Sarah alzando la voz. Esto llamó la atención de Katherine, que comenzó a remangarse las mangas de su camiseta, dispuesta a darle un golpe en la cara.

—Sarah, ¿sabías que, si te fracturas la nariz, la rinoplastia te la hacen casi que gratis? Permíteme hacerte el favor para arreglarte ese perfil —dijo.

—Katherine, Sarah, dejen de confirmar mi teoría de que ustedes son insoportables y quédense tranquilas de una buena vez, joder —ordenó Jordan. Sarah tensó la mandíbula, ¿quién se creía él para decirle insoportable?

Lo único bueno que James tenía era que nunca le ordenaba callarse y la trataba como a una reina, y eso sería. Sin embargo, Jordan era mejor que James en todos los aspectos, cuando no estaba enojado, por supuesto.

La chica, por su parte, se fue caminando y subió hacia el ático, donde solía dormir y pasar la mayor parte del día, alejada de aquellos monstruos. A pesar de ser oscuro, húmedo y demasiado frío por las noches, el ático era un buen lugar para estar en completa soledad. A veces resultaba mejor quedarse sola que tener que escuchar los estúpidos planes de Jordan acerca de la conquista del Artium Mundi.

Se apoyó en una pared y se dejó caer al suelo para suspirar. Del bolsillo de su sudadera sacó un viejo dibujo que había hecho muchos años atrás. Lo miró con una leve nostalgia. Allí estaba con James y ambos vivían en una casa en París, protegidos y alejados de los Puppeteers.

Fue un sueño que en su tiempo le pareció muy lindo, pero que ahora se veía borroso y casi imposible.

De seguro querrán saber cómo funcionaba la jerarquía dentro de los Puppeteers. No es muy difícil de explicar ni de entender, lo que todo el mundo debe tener claro es que Jordan mandaba. Era una monarquía en la que todo lo que él dijera y quisiese debía cumplirse.

Tenía esa posición en la pirámide gracias a que su Vincula Mentis era el más fuerte de todos los Puppeteers. Cinco minutos allí podían dejarte con serios problemas mentales. Sarah y la Bestia iban debajo de Jordan, y James debajo de ambas. Este último era un comodín, pues casarse con Sarah lo elevó en la pirámide. De hecho, dado que nunca había ocupado su Vincula Mentis, muchos decían que el suyo era muy débil. Katherine, por su parte, se encontraba en el rango normal.

La pirámide de poder en los Puppeteers se basaba en los Vincula Mentis. Si tu Vincula Mentis era débil, tú eras débil y te tratarían como escoria.

Los Vincula Mentis se clasificaban del 1 al 10. El de Jordan era de 7,5, lo más fuerte que había entre todos.

El rango normal, en el que se encontraba Katherine, era de 4 a 5, pero si queremos ser más específicos, el Vincula Mentis de Katherine era de 4,9. Sarah estaba en el rango 7, y el de la Bestia era de 6,9. James estaba entre el 0 y el 1, no había Vincula Mentis más débil que el suyo. Por algo no lo usaba, de seguro.

—Estúpidos Puppeteers, los odio —murmuró la chica mirando hacia el suelo.

La peliblanca observó el techo del ático y soltó un suspiro de cansancio.

¿Dónde se encontraría James? ¿Estaría bien?

Bueno, si algo era cierto era que estar en cualquier lugar era mejor que estar con los Puppeteers.

Esperaba que James estuviera bien, que estuviese sano y salvo.

Ya llegaría el momento en que ambos se volverían a ver.

***

Esteban salió de su cuarto y se encontró a Tania, quien estaba sentada en el sofá tocando la guitarra. Tania se veía igual que hacía cinco años. Ahora llevaba el cabello hasta el pecho —antes lo tenía por la cintura—; pero si hablábamos de lo demás, seguía igual.

—¿Cómo vas con ese trabajo? —preguntó Tania, dejando de tocar la guitarra. Esteban se sentó a su lado en el sofá.

—Bastante bien —respondió, jugando con sus manos.

A Tania le bastó con fijar la mirada en él para saber que algo andaba mal.

—Te sucede algo. En los últimos cinco años juegas con tus manos cada vez que te pasa algo o tuviste un sueño no muy agradable —comentó, poniendo la guitarra a un lado para mirarlo otra vez.

Esteban soltó un suspiro y le contó a Tania acerca del sueño sobre James y esa chica de cabello blanco. Tania no lo interrumpió en todo el relato, pero Esteban la conocía lo suficiente para saber que quería preguntar hasta de qué color era el ladrillo de la celda. Una vez que el chico le contó todo, Tania se quedó mirando su guitarra como si ahí estuviera la respuesta.

—¿Me vas a decir alguna cosa o te quedarás mirando la guitarra? —quiso saber Esteban. Tania chasqueó la lengua.

—Hay algo que no me calza en todo este asunto. ¿James era un Artifex? Si lo fue, debería haber algún registro. Lo más lógico es que fuera un Pictorum, por los ojos de color.

—Mira, James no es mi gran preocupación en estos momentos —resopló Esteban—. Antes de morir, Rick me explicó que una niña lo mantuvo vivo. A esa niña la llaman «la Bestia» y piensan ocuparla niña para la conquista del Artium Mundi.

—Me dijiste que, según la profecía de Jack, cuando ella despertara, el caos comenzaría —recordó Tania. Esteban asintió—. En tal caso, esa niña es una humana.

—Lo más lógico es que sea una niña que capturaron del mundo humano, a la que le quitaron el color del cabello y que terminó con los párpados de un Puppeteer —comentó Esteban mirando a Tania, que no se veía muy convencida. Parecía como si algo más la hubiera dejado pensando.

—Entonces hay que ir al Artium Mundi. Creo que es hora de que nos todos nos reencontremos —sentenció Tania, apretando un poco con su mano el hombro de Esteban.

—¿Crees que me reciban bien? —inquirió el muchacho.

—Cada vez que voy para allá me preguntan cómo estás. Todos te extrañan —aseguró Tania con una sonrisa cálida—. Sé que te alejaste de todo lo mágico para concentrarte en tu bienestar y en tu carrera, pero de verdad creo que te hará bien volver.

—¿No te da tristeza decir la palabra «carrera»? Es que pronto será «trabajo» —dijo Esteban. Tania soltó una leve risa.

—Mientras aún tengas piel de bebé, te guste ver películas de Marvel y esperes el regreso de One Direction, puedo con la palabra «carrera».

—No eches limón y alcohol a la herida —pidió Esteban. Tania soltó una carcajada—. ¡Oye! Hablo en serio, aún no supero eso. Me duele escuchar mis viejos álbumes.

Tania se acomodó en el sofá y le desordenó el cabello. Esteban rodó los ojos y ambos se levantaron del sofá. Tania abrió un portal y miró al chico, que apretaba los puños. La rubia lo abrazó por los hombros y le dio un beso en el cabello. Con eso, Esteban supo que todo estaría bien.

Los dos cruzaron el portal. Por la falta de costumbre, Esteban sintió su estómago revolverse y cerró los ojos. Cuando los abrió, ya se encontraban en el Artium Mundi.

El muchacho olvidó todo su malestar al ver de nuevo el sitio, no había cambiado en nada. Seguía siendo lo que era hacía cinco años: un lugar maravilloso y tranquilizante, pero fundado en una historia llena de sangre, sudor y lágrimas.

Los recuerdos dolorosos volvieron de inmediato, la sangre en sus manos, las lágrimas, las rosas del cementerio…

—Despierta —dijo una voz dentro de su cabeza.

Esteban se dio cuenta de que habían aparecido en el instituto, donde se entrenaba a los nuevos Artifex. Miró el edificio con nostalgia, recordando que ahí había conocido a Gray y a Iris por primera vez.

Tania y él se dirigieron a la puerta principal y se encontraron a varios Artifex. Esteban fue saludado por la mayoría de ellos. Por supuesto, también saludaron a Tania, pero con más cordialidad. Si había algo que a Tania le jodía era que la trataran con superioridad por ser una Goldnote. Esteban lo había aprendido con los años.

Caminaron por los pasillos del instituto hasta que llegaron al patio de entrenamiento. Keith estaba cruzado de brazos observando a unos chicos que peleaban con bastones. Tania llamó su atención y este se giró y miró a Esteban con sorpresa.

—¿Esteban? ¿Eres tú? —preguntó, acercándose a él—. Vaya, has crecido. Te ves un poco mayor —comentó Keith, mirándolo de pies a cabeza—, pero sigues igual de bajo.

Esteban miró a Keith con cara de «cállate o te va a llegar una patada en la tráquea». La verdad, Esteban sabía que no todos en el Artium Mundi eran bajos —la más baja del grupo era Iris—, pero ¡qué va!, en el mundo humano, medir 1,78 con veintidós años está más que bien.

Además, por lo que sabía, su familia materna tampoco era tan alta. Su abuela era bajita y, según decía, su madre también lo había sido.

Por otro lado, en algún momento le dijeron que su padre era de estatura promedio.

—Keith, no todos medimos 1,95. Esteban está por llegar a 1,80, ¡no jodas! —protestó Tania. Keith bufó—. Buscamos a Rebecca, por si acaso.

—Está por allá, entrenando cuerpo a cuerpo con los novatos. ¿Debería llamar a los demás?

—Sí, por favor —pidió Tania.

Keith asintió para gritarle algo a los chicos y salir corriendo en otra dirección. Esteban y Tania se fueron caminando hacia donde se encontraba Rebecca.

Capítulo 3

Mientras caminaba con Tania hacia donde estaba Rebecca, Esteban se puso a pensar en qué haría cuando estuvieran cara a cara, pues no podía llegar y decirle cualquier cosa. Igual podía ser shockeante para ella que Esteban apareciese en el Artium Mundi como si nada y un poco diferente; aunque, quizás, ella igual habría cambiado. Bueno, no podía esperar mucho, ya que ella aparentaría dieciocho por unos ochenta años más. Quizá se había hecho algo en el pelo o una cosa similar. Esteban dudaba que hubiera cambiado sus colores de vestimenta, porque el rosa pastel era el color de su alma y, por lo que él sabía, ese era su color de vida o algo por el estilo.

Notaron que había unos chicos sentados en el suelo formando un círculo. En el centro había dos chicas demostrando cómo atacar de forma correcta al oponente. Rebecca era una de ellas. Llevaba el largo cabello amarrado en una coleta alta y estaba ocupando ropa deportiva blanca con rosa pastel.

Mientras les explicaba a los chicos cómo atacar, la chica con la que estaba intentó arremeter directo en su cara, pero Rebecca la esquivó y levantó la mirada. Fue entonces cuando se percató de que Esteban estaba ahí, parado al lado de Tania.

Rebecca se quedó mirándolo sin poder creer que estaba ahí. La chica volvió a dirigirle un puñetazo a la cara, pero Rebecca, todavía mirando a Esteban, le sujetó el puño.

Todos los novatos se giraron a verlo y el pobre quiso enterrar la cabeza en un hoyo. Unas muchachas comenzaron a susurrarse cosas mientras soltaban unas risas.

Rebecca caminó hacia Esteban como si fuera un espejismo. Cuando quedó frente a él, lo abrazó y no lo soltó. El chico esbozó una sonrisa leve y correspondió el abrazo.

Mientras la abrazaba, experimentó una cálida sensación en el pecho. Era agradable verla otra vez, era demasiado grato volver a poner un pie en el Artium Mundi. Por un momento, se olvidó de todos sus problemas.

Ambos se separaron. Rebecca se limpió unas lágrimas con el dorso de la mano y le sonrió a Esteban.

—No puedo creer que hayas vuelto —le Rebecca—. Te ves mayor —apuntó.

—Keith hizo el mismo comentario —respondió él—, pero tú sigues igual que antes. Veo tu cabello más largo.

—Bueno, envejezco cada cien años, era obvio que me vería igual —bufó Rebecca, riendo mientras se acomodaba un mechón detrás de la oreja—. Es bueno volver a verte. Te extrañé.

Durante toda su vida y con un poquito de ayuda de Iris, Rebecca se había especializado en el arte de leer la mirada. Y la de Esteban decía muchas cosas.

Por mucho que Esteban se viera casi igual que hacía unos años, había algo distinto en él. Rebecca lo veía perdido, triste y roto.

Como si algo faltara en él.

—Yo igual. Por cierto, ¿dónde están los demás? —preguntó él.

A sus espaldas escuchó a un grupo de personas gritar su nombre.

Esteban no tuvo tiempo ni de reaccionar. Sintió que era abrazado, o más bien estrangulado, por unas cuatro personas. Se trataba de Iris, Ezra, ChanHyun y Alice.

Cuando lo soltaron, se dio cuenta de que todos seguían igual. Bueno, Iris se había cortado el pelo hasta un poco más abajo de los hombros, pero aparte de eso estaba idéntica. Esteban también notó que Sebastián fue a saludarlo.

—Hombre, cuando Keith nos dijo que estabas aquí, nadie se lo creyó —dijo Iris.

—De hecho, Alice y yo apostamos a que era una broma de muy mal gusto de su parte —contó Ezra, quien comenzó a analizarlo de pies a cabeza—. Me agrada tu estilo, es cómodo y a la vez muy estético ¿Has estado viendo programas de moda?

Esteban quiso responder, pero no pudo, pues vio que detrás de la mujer iba caminando alguien.

¿Ese era Gray?

Vale, Esteban siempre pensó que Gray tenía en su armario unas treinta camisas blancas bien planchadas, otros treinta pantalones negros de vestir junto con unos diez pares de zapatos formales; pero ahora no llevaba nada de eso puesto.

Gray ya no tenía su cabello peinado a la perfección, sino que lo lucía un poco más despeinado. Estaba vestido con un suéter de cuello alto blanco y unos jeans negros. Como bonus, ocupaba botines. No zapatos formales, botines negros.

¿Qué demonios le había pasado a ese hombre?

—Hola, Esteban —saludó Gray con una leve sonrisa.

Ojo, cuidado, ¡iban a volver los dinosaurios! Gray estaba sonriendo.

—¿Quién eres y qué sucedió con Gray Anthony Silvertear II? —preguntó Esteban, asustado—. ¡Demonios! ¡¿Tienes piercings en las orejas?! —exclamó.

Vale, Esteban podría estar pasando por mucha mierda interna, pero ese era un verdadero motivo para asustarse y hacer bromas.

—Me los hice siglos antes de que tú nacieras —respondió Gray, volviendo a poner la misma expresión seria, lo que tranquilizó a Esteban... un poco.

Esteban miró a Tania para pedirle unas cincuenta explicaciones, pero ella solo le dedicó una sonrisa cómplice y alzó las cejas. Esteban se lamentaba la vida por no ser igual al Capitán América y captar todas las referencias. La verdad, no estaba entendiendo nada de lo que pasaba con Gray, parecía como si le hubiesen quitado años psicológicos.

Todos se giraron tras escuchar que alguien iba hacia ellos. Esteban abrió los ojos, sorprendido al ver que se trataba de James. El expuppeteer se veía menos deprimido y sumiso que cinco años atrás. Algo distinto tenía. Esteban miró a Tania, confundido, pidiéndole otra explicación.

—Calla, mira y escucha —le indicó ella en un susurro, sonriendo, igual que el resto.

—Gray, te he traído los papeles que me pediste —dijo James, entregándole unos papeles al de lentes, quien los tomó y le dedicó una sonrisa amorosa, la cual fue devuelta con timidez y con un sonrojo incluido.

«¡Oh, por Dios!», pensó Esteban, abriendo la boca de impresión y mirando a Tania.

—Gracias, James —respondió Gray mientras guardaba los papeles en su libro-cartera—. Esteban, cierra la boca, que te entrarán moscas.

—¿Ustedes dos...? – comenzó a decir Esteban, emocionado. Gray se sonrojó y lo fulminó con la mirada, como diciéndole: «Cállate».

—Hola, Esteban —saludó James. Esteban volvió a la realidad.

—Oh, hola —respondió—. En el sentido anímico, te ves bien —comentó, James le dedicó una leve sonrisa.

—Gracias. Es bueno verte.

—¿Has estado haciendo meditación o algo? Porque te ves genial, tienes una linda sonrisa —lo elogió Esteban—. Ojo —agregó—, que no va con doble intención.

Gray rodó los ojos con una risa leve.

—Leer libros, además de ayudar a Gray con algunas cosas importantes y a Sebastián en el jardín —respondió James. Esteban notó que tenía unos mechones recogidos en una diminuta coleta.

—¡Eh, James! —exclamó Ezra—. ¿Cómo va la cotización de mis telas?

El chico abrió los ojos como platos.

—Debo irme, nos vemos después.

James se despidió de ellos y se fue corriendo hacia el edificio. Todos vieron a Gray sonreír. Fue el único que se quedó mirando a James irse.

—La canción perfecta para este momento es *You Belong With Me* de Taylor Swift —comentó Esteban. Gray lo miró—. Ah, cierto, tú te quedaste en los Beatles.

—Esteban, no vivo en una roca, sí sé quién es Taylor Swift.

—Tenemos que ponerte al día con todo —intervino Alice, mirando con felicidad a Gray, que se llevó la mano a la cara con vergüenza.

—Ah, ¡carajo! ¿Se van a casar ya? —preguntó Esteban.

—Adiós —se despidió Gray antes de dar la vuelta para irse, abochornado.

—No hay planes de boda aún, por desgracia, pero esperamos que pronto pase algo —comentó Iris—. Gray prefiere ser profesional fuera del castillo. Te perdiste de muchas cosas.

Esteban asintió y comenzó a pensar. ¿Quién lo iba a creer? Gray de verdad parecía una nueva persona, pero en el buen sentido. Y las más felices con esto eran las hermanas Silvertear. De seguro el ambiente en el castillo Silvertear ahora era un poco más animado, aunque la abuela no estaba para mantener el buen ambiente.

Una preocupación que tuvo Esteban fue cómo los hermanos Silvertear habían superado la muerte de su querida abuela. De seguro fue difícil para los tres saber que casi todos sus seres queridos fueron asesinados por Jordan.

Su teléfono vibró y lo sacó para ver que tenía un mensaje de Irene: «¿Tienes algo que hacer? Adriana te extraña, si quieres puedes venir a cenar;)».

Esteban sonrió después de leer el mensaje y guardó su celular. Tania lo miró y él le explicó que iría a ver a Adriana. Ella lo entendió y, asegurando que no había problema, le dijo que fuera tranquilo. Esteban se despidió de todos y Tania abrió un portal hacia el departamento de Irene, ya que él no tenía su lápiz ni su libreta a la mano. Ahora que lo pensaba, iba a tener que volver a llevarlos con él por si sucedía algo.

Cruzó el portal y esta vez no se mareó. Le sorprendió lo rápido que se acostumbró a la sensación. Esteban apareció frente a la entrada del departamento de Irene y tocó el timbre. Del otro lado se escucharon pasos y la puerta se abrió dejando ver a la chica.

Irene dejó de teñirse el cabello desde que comenzó su embarazo, pues iba a tener que gastar el dinero de las idas a la peluquería en pañales y esas cosas. Ahora había vuelto a su color natural, que era negro. El cabello le llegaba hasta un poco más abajo de los hombros.

También había cambiado un poco su estilo de ropa, ya no iba siempre de negro. Comenzó a ir variando de colores, pero seguían siendo neutros, nunca nada rosa o amarillo. Una de las cosas que conservaba del pasado era aquella cadena con un dije de corazón que Rick le había regalado.

—Hola, Esteban, pasa —saludó Irene con una sonrisa. El muchacho asintió para pasar al pequeño departamento.

Apenas puso el pie adentro, sintió como alguien se abrazaba a su pierna. Esteban sonrió y vio a la pequeña Adriana, que lo miraba feliz.

Cargó a la niña en sus brazos y Adriana le dio un besito en la mejilla.

—¡Mira qué linda estás! El flequillo y las trenzas te van de maravilla —la elogió Esteban, sonriendo.

—¿Por qué no puedes vivir conmigo y mi mamá? No me gusta que estemos lejos —se quejó Adriana. Esteban la dejó en el suelo para ponerse de cuclillas.

—No vivo aquí porque si viviera contigo te aburrirás de mí —respondió. Adriana se cruzó de brazos.

—No me voy a aburrir de ti, quiero que vivas conmigo. No dormirás con mi mami, eso sí, dormirás en un colchón en mi habitación.

—Bien, bien. Adriana, ve a ordenar tus juguetes. Esteban, tengo unas sobras del almuerzo, ¿no te importa? —preguntó Irene caminando hacia la cocina. Esteban negó.

Adriana fue a ordenar los juguetes que estaban en la sala de estar y Esteban ayudó a Irene a colocar la mesa. En menos de quince minutos, los tres se encontraban sentados a la mesa, comiendo con tranquilidad mientras Adriana contaba algunas de sus historias y le relataba a Esteban las cosas que había hecho en el jardín de niños. Esteban escuchaba con atención a la niña. No lo hacía por obligación, para nada. Escuchar a Adriana hablar con tanta fluidez lo enorgullecía mucho. Aquella niña era tan maravillosa y única... y, de algún modo u otro, él había sido parte de la construcción de la hermosa personalidad de Adriana.

Luego de la cena, Adriana estuvo despierta un rato más. Ambos jugaron un rato y luego se fue a dormir, no sin antes despedirse de él.

Una vez que Adriana se quedó dormida, Irene sacó una botella de alcohol y ambos se sirvieron. Esteban bebió de a poco, no era muy fanático de beber y aparte no quería montar un espectáculo. Para estar más cómodos, se sentaron en el sofá mientras conversaban acerca de cualquier cosa.

Irene, que estaba algo ebria, miró a Esteban y la conversación animada que tenían cambió, pues ella puso una expresión de nostalgia.

—¿Cómo pudiste superar la muerte de Rick, Esteban? —preguntó con los ojos cristalizados y voz un tanto rota.

Esteban miró su vaso medio lleno y luego a Irene.

—No lo sé, supongo que también fue difícil para mí y para todos.

—Yo he intentado salir adelante, Esteban, lo he intentado, pero cuando consideré que estaba lista para algo nuevo, mi relación se fue por la borda —dijo Irene, soltando una risa.

Dos años antes, había tenido un novio con el que duró cerca de nueve meses. Esteban se alegró mucho por ella, pues eso demostraba que estaba avanzando, pero el chico con el que estuvo no aceptaba del todo a Adriana. Muchos hombres suelen pensar que cuando una madre soltera quiere una relación con ellos, es porque quieren un papá para su hijo en vez de un novio. Sin embargo, Irene no buscaba un papá para Adriana, solo quería salir adelante.

—Quizá no era el momento o la persona, pero mientras estabas con Josh, fuiste feliz durante un buen tiempo —comentó Esteban, pensando en algún tema para cambiar la conversación.

—Lo estuve, pero sentía un vacío. Yo me dije que primero sanaría y que después tendría una relación, pero no pude. Siempre recuerdo a Rick y no quiero que su muerte me impida seguir adelante —exclamó Irene entre sollozos. Esteban puso la mano en su hombro—. ¿Sabes? Hubo un tiempo en el que Adriana te llamaba «papá». Yo le decía que tú no eras su papá, pero ella insistía, hasta que le mostré una foto de Rick y dejó de hacerlo.

—Por eso quiso que yo fuera al evento del día de los padres en su jardín —murmuró Esteban. Irene asintió para servirse otro trago, pero él le quitó el vaso.

—¡Oye! —se quejó.

—No creo que sea buena idea que sigas bebiendo. Te llevaré a tu cama —dijo Esteban, levantándose del sofá, pero Irene lo agarró de la muñeca para obligarlo a sentarse de nuevo. Esteban ni notó cuando Irene juntó sus labios con los de él.

Esteban cortó el beso de inmediato y miró a Irene, que estaba a punto de caer dormida. La cargó en sus brazos, caminó a su habitación y la acostó en la cama. Allí le quitó los zapatos y las joyas, luego fue al baño para buscar unas toallitas desmaquillantes y sacarle bien el maquillaje.

El chico tapó a Irene con las mantas y cerró las cortinas de la habitación.

Antes de irse a casa, le dejó un vaso con agua y unas pastillas para el dolor de cabeza en la mesita de noche y fue a darle un beso en la cabeza a Adriana, que dormía profunda abrazando el peluche de un dragón. También se encargó de ordenar un poco la sala de estar, lavó los vasos y tiró la botella de alcohol, ya vacía.

Una duda asaltó su cabeza, así que buscó por toda la cocina hasta que dio con el sitio donde Irene guardaba las pocas botellas de alcohol que tenía. No eran tragos fuertes, pero la mayoría estaban por la mitad.

Esteban soltó un suspiro y vació todas las botellas.

Después de hacer todo eso, salió del departamento y se fue caminando a su hogar.

Sin darse cuenta de que alguien lo estaba siguiendo.

Capítulo 4

No sé si a ustedes les sucede, pero hay personas que tienen un tipo de sexto sentido o la capacidad de saber cuándo alguien las está siguiendo y observando, aunque a veces ocurre porque la persona que te esté acechando no sabe disimular o no tiene agregada a su diccionario personal la palabra «sigilo».

Si bien era de noche —tampoco es que el mundo fuera un lugar seguro después del atardecer—, a Esteban no solía darle inquietud caminar solo de noche en lugares vacíos, pero desde que cruzó una calle comenzó a sentirse observado y que lo estaban siguiendo. Por un momento, supuso que se trataba de un perro callejero o algo por el estilo, pero la inquietud y la inseguridad se apoderaron de él. No llevaba su cuaderno y pincel encima, por lo que estaría en un grave aprieto si algún narco intentaba secuestrarlo y matarlo.

Esteban tenía más neuronas que los personajes de las películas de terror, así que trató de ir por lugares donde hubiese gente y no en los que no hubiera ni un alma. Sin embargo, el mundo se puso en su contra aquel día y la mayoría de los sitios estaban desiertos. Esteban trató de pensar lo más rápido posible. Si de verdad lo estaba siguiendo alguien peligroso, no podía ir como si nada a su casa, aunque tampoco era muy agradable la idea de deambular por las calles en la noche.

Molesto porque quería irse a su casa de una vez, Esteban se detuvo y se quedó ahí parado durante unos cinco minutos. De pronto, escuchó una respiración detrás de él. Se giró deprisa y el primer golpe llegó a su rostro. Esteban se tocó el labio sangrante y levantó la vista para ver quién lo atacaba.

Era una chica de cabello blanco y con heterocromía.

Era la misma chica del sueño de Esteban, solo que, por supuesto, unos años mayor.

—¿Quién eres y qué haces aquí? —le preguntó Esteban. La chica le dirigió una mirada tan fría y a la vez inexpresiva que lo hizo temblar.

Ella no dijo nada, pero elevó su mano. Llevaba los mismos anillos que los de un Puppeteer. Las cadenas se alargaron y se apresuraron a Esteban, pero él reaccionó y las esquivó. Ella se le acercó rápido para intentar darle otro golpe y atarlo con las cadenas. A pesar de que el chico no entrenaba combate cuerpo a cuerpo desde hacía mucho, aún no estaba muy oxidado y recordaba la mayoría de las cosas importantes.

Esteban no quería golpear a una chica que era unos ocho años menor que él, y de todos modos, tampoco tenía muchas oportunidades, ya que estaba desarmado. En ese momento recordó que tenía dos reliquias encima suyo y que eso podría ayudarlo en algo.

Pero al parecer no era el único.

La muchacha tenía puesta la reliquia de la rama de los Auctorum.

Aparecieron un montón de chicas igual a ella, Esteban tragó saliva. Las trece muchachas corrieron a atacarlo y el chico pensó que si las golpeaba, podría hacerlas desaparecer, pero no. Cada golpe que le daban le dolía, y había algo raro en ello. Se movían demasiado rápido y con mucha sutileza, casi como si estuvieran bailando.

Esteban llegó a la inteligente conclusión de que también llevaban puesta la reliquia de los Ballerines.

Vale, ahora sí que no tenía idea de cómo salir de ese problema. Tenía dos reliquias encima, pero no sabía bien de qué le servirían. La reliquia de Windflower liberaba un humo curativo y la de Goldnote tenía una maldición encima y aliviaba el dolor o algo por el estilo. Muy médicas eran, al parecer, ¿eh? ¿Qué hacía la reliquia de Moonheart? ¿Curar el cáncer? ¿El VIH?

Esteban recordó que su alma estaba vinculada a su guadaña. Quizá, si en realidad seguían conectadas, el arma llegaría a sus manos.

No perdía nada con intentarlo.

—Eres muy perseverante, ¿verdad? —comentó una de las chicas para batirse a golpes con él. Los otros clones desaparecieron y volvieron a quedarse solos.

Esteban hacía lo posible para concentrarse en su guadaña y, a la vez, evitar terminar con otro puñetazo en la cara. Estaba bloqueando los ataques con éxito cuando, de repente, algo pareció acercársele. Se hizo a un lado deprisa y su guadaña llegó a su mano. Dibujó una sonrisa de triunfo con sus labios y la chica cambió su expresión. Intentó atacarlo con cadenas, pero él las cortaba con agilidad e impedía que lo alcanzaran. Anhelaba en cierto punto la sensación de utilizar su arma y ahora que la estaba utilizando de nuevo se sentía bien.

La chica estiró su mano, pero ya no le quedaban cadenas. Soltó un gruñido y abrió un portal para desaparecer por él, con lo que dejó a Esteban solo.

El chico soltó un suspiro y comenzó a correr en dirección al barrio de la música para llegar a casa y contarle todo a Tania.

—¡¿Qué te han atacado?! Pero, Esteban, ¡no ha pasado ni un día desde que pisaste el Artium Mundi y ya han intentado matarte! —exclamó Tania, caminando de un lado a otro mientras Esteban se echaba una crema en las zonas donde tenía golpes.

—Ya lo sé, no me lo recuerdes. ¿Será que yo tengo mala suerte de por sí o es la maldición de la reliquia? —cuestionó Esteban. Tania soltó un grito de frustración.

—Quiero creer que estarás a salvo, pero no me entra en la cabeza. Has estado por morir unas diez veces en tu vida y no quiero que desafíes más a la muerte. Aún eres joven y…

—Tania —habló Esteban, levantándose del sofá para poner las manos en sus hombros—, ya no soy un niño, soy un adulto, y no siempre podrás protegerme.

Tania miró arriba y luego observó a Esteban con una expresión triste, como si estuviera a punto de llorar.

—Tengo miedo de que te mueras. Eres como el hijo que no tengo, Esteban. Me duele verte sufrir. Cuando te escuchaba llorar por la muerte de Rick se me partía el corazón, y que tengas la maldición de Félix Goldnote me deja peor —dijo Tania con un hilo de voz.

El chico miró a Tania y la abrazó. Ella correspondió su abrazo con sollozos leves. Esteban casi nunca la veía llorar, y quizá por eso también se le hizo un nudo en la garganta. Ver llorar a una de las personas más fuertes que has conocido es un sentimiento inexplicable.

—Es por eso por lo que debemos acabar con los Puppeteers, Tania. Si ellos ya no están, todos podremos vivir una vida tranquila. Sé que te preocupas por mí, pero no voy a morir asesinado —declaró Esteban, aún abrazando a Tania—. Moriré en muchos años más y lo haré con una sonrisa en mi rostro porque pude librar al mundo de la desgracia que son los Puppeteers.

—¿En qué momento maduraste tanto? —preguntó ella, besándole la cabeza.

Al muchacho le hubiese gustado responder, pero la verdad es que ni él lo sabía.

Al día siguiente, Esteban fue a la universidad como de costumbre, lo único que se podría considerar distinto es que echó a su mochila su libreta y su lápiz, que estaban guardados en un cajón. Volver a tener su libreta en manos fue indescriptible, pero sabía que por lo menos así estaría más seguro si lo volvían a atacar.

Después de finalizar todas sus clases, volvió a casa. Cuando llegó al departamento, encontró a Tania esperándolo en la sala de estar. No tuvo ni tiempo de saludarla, pues ella se le acercó, abrió un portal y lo empujó adentro.

Esteban se fue de bruces al suelo y soltó un quejido, ya que su labio aún le dolía un poco, al igual que algunas partes de su cuerpo. Se dio cuenta de que estaban en el castillo de los Silvertear por el mármol blanco y el papel mural celeste de las paredes. Levantó la vista y halló a los tres hermanos Silvertear. Rebecca lo ayudó a levantarse y Esteban le agradeció.

—Tania nos contó que te atacaron —habló Gray.

—¿Ni un «Hola, Esteban, ¿cómo te ha ido»?

Gray le lanzó una mirada seria y Esteban murmuró una disculpa.

—Gray, no seas grosero. Andabas de tan buen humor… —dijo Alice. Gray rodó los ojos.

—Como sea, los demás están en la sala de estar. Entremos.

Gray abrió la puerta y entraron todos. Esteban notó que estaban los de siempre, incluyendo a James, quien estaba parado en una esquina.

Eso de tener a James en el grupo se le hacía un poco raro, pero iba a acostumbrarse.

Esteban se sentó en un sofá individual, Tania y Alice se sentaron juntas, Rebecca tomó un asiento individual a su lado y Gray se quedó de pie al lado de Iris.

—Tenemos esta reunión improvisada porque, según todos deben tener claro, nos resta solo la reliquia de Moonheart o la reliquia perdida, como le dicen algunos. Puesto que Esteban ha vuelto a incorporarse al Artium Mundi, lo mejor es que comencemos a investigar su ubicación —planteó Gray—. De acuerdo con los libros antiguos que James y yo leímos, la reliquia en ningún se escapó de las manos de Evelyn, quien, ya lo saben, nunca tuvo descendencia.

—Gray y yo tenemos la teoría de que algún miembro de los Sicarii (asesinos) sabría algo acerca de la reliquia —comentó Iris. Esteban puso cara de que le estaban hablando en chino—. Los Sicarii son los «antecesores» de los Puppeteers —explicó la chica—, solo que ellos se dedicaban en exclusivo a cambiar los libros de las personas. Son una secta y sus actuales descendientes están presos, pero hay algunos que no comparten su ideología, por lo que siguen libres.

—Pero Jordan convirtió a algunos en Puppeteers en contra de su voluntad y murieron en el segundo asalto al Artium Mundi. Según James, no queda ninguno —contó Alice. Todos miraron a James, que negó con la cabeza.

—La maldad siempre ha estado, como dicen por ahí —murmuró Esteban.

—Parece que hoy despertamos filosóficos —dijo Gray. Iris le pisó un pie.

—La conclusión a la que hemos llegado es que los Sicarii deben saber algo; pero no es 100 % seguro, así que tendremos que ponernos a investigar sobre la reliquia de Moonheart.

—Una consulta —dijo Esteban, y todos lo miraron—. ¿No tiene ninguna maldición de la que deba enterarme para evitar una muerte segura?

—Dudo que la tenga si jamás se separó de Evelyn Moonheart —puntualizó Ezra—; pero apuesto a que encontrarla va a ser un lío que te lo encargo.

—Sí, no me imagino que la hayan metido en una caja de cristal y la hayan dejado encima, a la vista de todos, con un letrero de neón de cinco metros que diga: «Aquí está la reliquia de Moonheart, tómela gratis» —bromeó ChanHyun y Ezra asintió.

—En ese caso, damos por terminada nuestra reunión espontánea. La preocupación del momento es comenzar a investigar acerca de la reliquia. Pueden retirarse —finalizó Tania. Todos asintieron para levantarse e ir hacia la puerta.

Esteban también se levantó del sofá, pero en vez de irse con Tania, se dirigió a James para preguntarle sobre la chica. Había olvidado comentarlo en la reunión, pero sería mejor consultarlo con James primero, para ver si aquella chica era un peligro de la categoría de Jordan.

Iba a ser algo raro, pues Esteban nunca había establecido una conversación de más de dos frases con James, pero el chico no se veía tan desagradable como Sarah.

—James —llamó Esteban. El chico se detuvo y lo miró—. Necesito hablar de algo contigo. ¿Tienes tiempo?

Antes de responder, James se giró para buscar a Gray como si fuera a preguntarle, pero sacudió la cabeza y volvió a mirar a Esteban.

—Claro. Supongo que querrás hablar en un lugar más tranquilo —respondió James, rascándose la nuca.

Los dos chicos se fueron hacia el jardín del castillo. Gray se quedó viendo en su dirección mientras Tania le hablaba acerca de algo que no escuchó. Solo salió de su trance y volvió al mundo cuando Tania chasqueó sus dedos frente a él. Parecía a punto de reclamarle, pero cuando notó por qué Gray estaba mirando allí, dibujó una sonrisa con sus labios.

—¿Aún te pregunta si puede hacer alguna cosa? —preguntó. Gray se acomodó los lentes.

—La verdad, hace lo posible para no hacerlo y aún tiene la costumbre, pero sabiendo que viene de una relación más tóxica que Chernóbil, debo tenerle paciencia. Es un proceso largo con altibajos. Lo bueno es que lo veo más seguro de sí mismo y más feliz.

—¿Quién lo diría? Eres un amor de hombre, Gray —dijo Tania, sonriendo. Gray elevó un poco las comisuras de los labios—. Aprovechando el buen ambiente, ¿puede Alice ir a dormir a mi casa?

—Te dije hace siglos que «con mi hermana no, rubia teñida», y aquí estás, casi que pidiéndome la bendición para el matrimonio. ¡Eres tan especial a veces!

—¿Eso es un sí?

Gray dio media vuelta y se fue, dejándola sola en el pasillo. Tania soltó un suspiró y caminó hasta la salida del castillo para ir a una reunión que tenía pendiente.

Capítulo 5

Esteban y James fueron al jardín de los Silvertear y se sentaron en una banca a conversar. Esteban recordaba que en esa misma banca había platicado con la abuela Silvertear acerca de la profecía de Windflower, unos cinco años atrás. Pensó que la mejor opción para comenzar a hablar con James era preguntándole por su vida, quizá sacarle información sobre quién de los dos se declaró primero o ese tipo de cosas comunes.

Ambos comenzaron a charlar. Esteban se enteró de que James ahora vivía en el castillo, que estaba recibiendo ayuda para construir de nuevo su autoestima y que se alimentaba con normalidad, a pesar de que los Puppeteers no suben ni bajan de peso. Le causó gracia saber que James era fanático de las cosas dulces, aunque Gray trataba de darle otro tipo de comidas también. Si fuera por él, comería cosas dulces toda su vida, pues no podía alterar su peso ni terminar con diabetes. Menuda suerte la de algunos.

James también le confesó la razón por la que nunca intentó escaparse o contactar a Sarah: a principios del 2015, fue al mundo humano a dar algún paseo para despejar su mente. Aquel día había recibido una bola de insultos por parte de su esposa y se había ido al parque para pasar las penas. Una señora de sus buenos años lo encontró y conversaron. La señora lo aconsejó acerca del verdadero amor y le aseguró que «esa mujer no era para él». Aquellas palabras quedaron grabadas en James.

¡Qué señora más inteligente, por Dios!

James las meditó bastante, pero no las puso en práctica, sobre todo, por miedo.

Una cosa que le sorprendió a Esteban fue la normalidad con la que estaban hablando, como si se conociesen desde hacía décadas.

—Me alegra que estés mejor. Es bueno verte más animado —comentó Esteban. James le sonrió—. Bueno, hay otra cosa de la que quería hablarte: tuve un sueño contigo.

James le miró con cara de «Pero ¿es que a ti te ha picado una serpiente y lo que me estás diciendo es producto del veneno?». Esteban no entendió qué había dicho mal.

—Mira, estoy en una relación muy bonita, en la que respeto y amo mucho a mi pareja. Aparte de que eres muy menor para mí, no eres mi tipo y dudo que yo sea el tuyo —replicó James. Esteban se alarmó al entender que lo habían malinterpretado.

—¡No, no, no, no, no, no! No me refería a eso. Fue como un sueño flashback, ¿entiendes? Bueno, voy al grano: ¿tú conoces a una chica de unos catorce años de cabello blanco y heterocromía? Los vi a ambos en mi sueño, pero ella parecía menor.

James cambió su expresión de tranquilidad a una nerviosa y a la vez seria; la verdad, era una mezcla rara. El chico miró a todos lados y volvió la vista a Esteban.

—¿Quién más sabe esto? —preguntó.

—Solo tú y Tania. De hecho, ella me atacó cuando salía del departamento de Irene. Le dicen «la Bestia», ¿verdad?

—Por favor, no la llames así —pidió James—. Su nombre es Kris.

—¿Kris de Kristine?, ¿de Kristopher, quizás?

—Kris, solo Kris. Es un poco complicado de explicar. Siempre la trataron como si fuera un chicle pegado a un zapato. Cuando di parte de mi magia Artifex para ella, comenzaron a tratarla como a una bestia, y se podría decir que en realidad se considera una, pero ocupamos el pronombre «ella».

—Entiendo —murmuró Esteban—, pero en mi sueño, ustedes dos eran muy unidos.

—Supongo que te contaron acerca de los rituales de iniciación para ser un Puppeteer —inquirió James. Esteban asintió, pues Iris se lo había contado unos años atrás, antes de que se alejara del Artium Mundi—. En la parte final, debes asesinar a un ser puro, libre de pecado, con tu Vincula Mentis…

Esteban sacó la respuesta más rápido que los ejercicios de matemáticas de sus exámenes.

—Ella era la bebé que no pudiste asesinar —concluyó Esteban, mirándolo—. Y decidiste cuidar de ella como si fuera tu hermana pequeña.

—La vi crecer como una humana y eso desesperó a Jordan, ya que pensaban ocuparla para algún plan estúpido de tomar el Artium Mundi. Cuando tenía diez años humanos, Jordan decidió sacar parte de mi magia, volviéndome un médium, para dársela a ella. Por eso tengo una cicatriz en el ojo —explicó James.

—Joder, ¡cómo lo odio!

—Ella comenzó a crecer como una humana porque, al vivir su primer año de vida en el mundo humano, su cuerpo se adaptó al tiempo de esa raza. En cambio, si se hubiese criado en el Artium Mundi, tendría quinientos treinta años y se vería como una niña de cinco.

—Si yo me hubiese criado en el Artium Mundi, ¿aún sería un bebé? —preguntó Esteban, a lo que James asintió. Se quedó mirando las flores del jardín un buen rato, haciéndose una idea de él creciendo cada cien años—. Creo que agradezco haber nacido en el mundo humano, no me imagino siendo aún un bebé.

—Al ser un médium, no sé cómo hubiese sido, pero de todos modos, naciste en Francia. Creo que no hay lugar más bonito para haber nacido. Alemania y Francia son, para mí, unos lugares preciosos.

—Lo estás diciendo por la repostería —bufó Esteban, riendo un poco. James sonrió—. No te lo niego, Europa tiene buena repostería.

A pesar de lo poco que había hablado con James, a Esteban le agradó el chico. Por supuesto, tenía que conocerlo mejor para llamarlo «amigo», pero no era malo charlar con él. Se veía muy distinto al James de hacía unos cinco años, el que no le levantaría la voz a nadie y soportaría miles de golpes.

En ese instante, Rebecca apareció detrás de ellos. A Esteban casi le dio un ataque cardíaco. Becca aún tenía la vieja costumbre de aparecer de la nada y provocar cuarenta infartos en menos de un minuto. Un sabio dijo por ahí que las viejas costumbres no suelen perderse en algunas personas, y Rebecca era la gran prueba de eso.

Rebecca les aconsejó aprovechar mientras él estaba ahí para entrenar y para que Esteban volviera a acostumbrarse a dibujar cosas y a ocupar la guadaña. Era cierto que estaba un poco oxidado en términos de dibujar a la velocidad de la luz. Había continuado haciéndolo con hojas y lápices normales, pero tardaba unos diez minutos, y en una batalla debías dibujar una bomba molotov en menos de lo que canta un gallo.

James se despidió de ambos y volvió al castillo, ya que tenía que hacer algo acerca de unos informes. Esteban y Rebecca se quedaron solos, pero la chica abrió un portal y le ofreció la mano. Esteban aceptó y ambos lo cruzaron para aparecer en la sala de prácticas del instituto.

Cada uno fue a un camerino a cambiarse. Cuando estuvieron con ropa cómoda, volvieron a la sala. Rebecca le entregó un bastón y ella tomó otro.

—No quería comentarlo frente a todos —comenzó a decir—, pero estás más serio que antes. Nunca tanto como Gray, pero al verte a los ojos te encuentro apagado.

—De seguro es la maldición de Félix Goldnote —respondió el chico, mirando el bastón entre sus manos.

—Eres mitad Pictorum, y los ojos de un Pictorum no mienten.

—La maldición decía que una gran tristeza me perseguiría hasta el día que muera, ¿no? —recordó Esteban—. Sé que no estoy 100 % bien, pero aún me levanto de la cama y puedo hacer mis cosas.

—¿Rick era lo más preciado para ti?

Esteban se quedó callado, solo levantó la cabeza para mirar a Rebecca a sus ojos de color rosa.

—Hay veces en que desearía que no lo hubiera sido, así estaría aquí con nosotros; pero era como mi hermano y ahora no está.

—Entiendo... —dijo Rebecca para después sonreírle—. Venga, entrenemos un poco para que dejes de ser un robot oxidado.

Esteban esbozó una leve sonrisa y Rebecca se lanzó a atacar con el bastón.

Se hizo de noche y Esteban y Rebecca terminaron agotados. Ella le abrió un portal y el chico le agradeció para despedirse de ella y cruzarlo. Apareció en la sala de estar del departamento de Tania.

El entrenamiento fue intenso y Esteban pudo recordar varias cosas y movimientos que había olvidado. Rebecca sugirió ver el asunto de sus poderes. Esteban tomó una libreta que ella le prestó junto con un lápiz grafito e intentó dibujar algo sencillo, pero como era de esperar, la creación desapareció.

La verdad, aún no sabía cómo iba a lidiar con el asunto de que sus creaciones aún no duraban hasta que a él le diera la gana de que desaparecieran.

Lo único que podía ocupar siempre era su guadaña, pero era por la vinculación. Tal vez se debía a la falta de práctica, eso sería lo más obvio. Quizá, si hubiese comenzado a dibujar desde más pequeño o le hubiese hecho caso a su abuela y se hubiera creído el cuento de que era mitad humano y mitad Pictorum, las cosas serían diferentes.

Esteban fue al baño para tomar agua y se inclinó sobre el lavamanos para abrir el grifo.

Cuando lo cerró, levantó la mirada, se miró al espejo y se paralizó por completo.

Vio a Rick detrás de él.

Dio un giro brusco, con lo que botó algunas cosas. Cuando miró a la pared, no había nadie en lo absoluto. Su corazón latía con fuerza, casi como si fuera a salirse. Miró a su alrededor para asegurarse de que lo que había visto era una mala jugada de su imaginación por el cansancio.

Y obvio que lo era, porque Rick estaba muerto.

Hubo un tiempo después de la muerte de Rick en el que Esteban estuvo viendo a su amigo en todas partes, y desde luego, nunca se trató de él. Soñaba con él y estuvo mal hasta que nació Adriana. A partir de entonces, dejó de ver a Rick. Esto coincidió con el momento en que dejó de ir al Artium Mundi.

Esteban salió del baño y caminó hasta la estantería de libros que había en la sala de estar. Antes de hacer lo que se había propuesto, soltó un suspiro. Sacó el libro del Artium Mundi y se sentó en el sofá para abrirlo. Eran las mismas páginas de siempre con la misma historia que contar y las mismas hojas en blanco por completar. Esteban comenzó a hojear el texto buscando algo sin saber con exactitud qué, pero con la necesidad de leer el libro.

Encontró algo interesante en unas páginas: parte del entrenamiento espiritual y psicológico que se les hacía a todos los Artifex. Al principio, pensó que una sacerdotisa les hablaba de los chacras y que hacían yoga para encontrarse a sí mismos y tener el cuerpo en buen estado, pero no tenía nada que ver.

Los entrenamientos espirituales consistían en conectarse con su alma y liberarse de todo aquello que les preocupara para poder aceptarse a sí mismos y poder realizar la ceremonia de los clanes. No explicaba con detalle qué se hacía en la ceremonia, a lo mejor iba cambiando con los años o era algo difícil de describir con palabras.

Esteban se preguntaba si quizás eso era lo que le faltaba para que sus creaciones duraran más. En el libro decía que había que aceptarse a sí mismo, pero para un humano, eso tarda demasiado. Esteban se preguntó cómo es que los Artifex lograban aceptarse. Era obvio que no lo lograban de un día para otro, por algo estaban los entrenamientos espirituales. De todos modos, se veía difícil eso de aceptarse del todo.

Escuchó que su celular vibró y lo sacó de su bolsillo para desbloquearlo y ver un mensaje de Irene en el que le pedía cuidar de Adriana el viernes por la tarde, ya que ella y sus padres tenían que trabajar. Esteban le contestó que no tenía problema con ello. Ahora que lo pensaba, ¿Irene recordaría que lo había besado? Igual ella estaba un poquito pasada de copas, a lo mejor ni se acordaba.

El viernes por la tarde tendría que cuidar a Adriana. Para su suerte, ese día tenía clases hasta las una de la tarde, así que alcanzaba a almorzar, hacer unos cuantos deberes y después podría ir al departamento de Irene.

En la azotea del edificio de enfrente, dos personas estaban paradas mirando hacia la vivienda de Tania Goldnote y Esteban Firelight, dos personas que iban vestidas por completo de negro. Jordan y Kris.

Jordan fijó la mirada en el balcón del departamento. El barrio estaba plagado de Artifex. Ella había sido inteligente al instalarse en el sitio en el que vivían todos los Artifex de Nueva York. Era la primera rubia inteligente que había conocido.

Miró por el rabillo del ojo a Kris, que estaba de cuclillas, con la capucha de la sudadera puesta, mirando a cualquier parte con aquellos ojos tan inexpresivos que tenía desde que la descongelaron. Jordan llevó su mano a la capucha de la chica y la bajó para colocarla en su blanco cabello. Tiró con fuerza, provocando que ella se pusiera de pie y se quejara.

—¡¿Qué te pasa, hijo de...?! —exclamó, molesta.

—Aún no proceso el hecho de que el muy idiota siga vivo. ¿Sabías que tiene una maldición encima, Krissi? Una maldición que se suponía que lo iba a deprimir hasta el punto de querer morir. Pero ahí está, mirando la película de Los juegos del hambre.

—Primero que todo, no me digas «Krissi», pendejo de mierda. Segundo, eso demuestra qué tan fuerte es. Tú con suerte toleras unos golpes por parte de tu hermano y ya estás en el suelo.

—Más respeto, escoria. No te hagas la valiente conmigo u olvídate de rescatar a James del Artium Mundi.

—¡Ja! Como si fuese a necesitar tu ayuda para eso. Dime, si eres el Puppeteer más fuerte, ¿por qué no fuiste por James y aún no conquistas el Artium Mundi?

Jordan tensó la mandíbula y tiró a la chica al piso. Demonios, ¡cómo la odiaba!, pero esa chica era su gran arma secreta para destruir a su hermano y a su tropa de payasos. No había pasado en vano los últimos veintitrés años recreando un plan para poder romper la barrera mágica que protegía el Artium Mundi, cortesía de Noah Firelight en sus últimos momentos de vida, por cierto.

Había descubierto cómo romper aquella barrera, solo necesitaba un par de cosas más y el plan se pondría en marcha. Había estado reuniendo muchos Puppeteers que fueron humanos muertos por diferentes causas. Un gran y poderoso ejército haría temblar a sus hermanos y a cada habitante del Artium Mundi.

Capítulo 6

Los días pasaron con normalidad para Esteban (por supuesto, la normalidad de antes, ir a clases y después al Artium Mundi a entrenar). Por fin llegó el viernes. Esteban ya estaba en su última clase y la hora se le fue volando. ¡Las maravillas de prestar atención en clases, señoras y señores! Bueno, no tanto. En fin.

Esteban salió de la universidad y se despidió de unos compañeros de clase para salir del campus y dirigirse a casa. Tania de seguro se encontraba en el restaurante, ya que los viernes se dedicaba en exclusivo a eso. Quizá también estaría Alice.

Alice y Tania habían comenzado a salir en el 2016, más o menos. A Esteban le llamó la atención la relación, porque Tania siempre había sido un espíritu libre y no se la imaginó nunca con pareja. Además, se había enamorado de la hermana de su mejor amigo. A Gray de seguro se le reinicio el sistema por completo cuando lo supo.

Pero a pesar de que Gray podía ser un tanto sobreprotector cuando quería, no se interpuso en la relación de Alice y Tania porque no era un imbécil.

Esteban llegó al barrio de la música y saludó a algunos Artifex que estaban por ahí. Por último, llegó al restaurante. Al entrar, vio a Tania parada sobre el escenario, cantando con aquella hermosa voz que tenía. ¡La voz de un Goldnote podía transmitir tantas cosas a la vez! Era asombroso por el hecho de que podías estar en una situación muy estresante, pero si un Goldnote te hablaba, te olvidabas de todas tus preocupaciones.

Recordó su sueño con Bella Goldnote y su advertencia sobre la maldición de Félix Goldnote. Su voz también era preciosa.

Encontró a Alice atendiendo en la barra. Caminó allí para sentarse en uno de los taburetes y recibir una amable sonrisa de su parte.

—¿Cómo te fue? —le preguntó Alice.

—Bastante bien. Venía a comer, luego haré unos deberes e iré a casa de Irene a cuidar a Adriana.

—¡Qué responsable! No entiendo cómo es que puedes lidiar con todo a la vez sin estresarte tanto. Si yo fuera tú, ya hubiera tenido unos diez ataques de estrés en tiempo récord —bromeó Alice, sacando un plato de comida para dejarlo frente a Esteban—. Disfruta tu almuerzo, te ves hambriento.

—Gracias, Alice —dijo Esteban antes de comenzar a comer.

Alice le sonrió y entró a la cocina del restaurante para ayudar. Esteban terminó, llevó el plato para que lo lavaran y agradeció a los cocineros por la comida. Luego subió al departamento y fue derecho a su cuarto para hacer la tarea y descansar un poco. Tenía una hora y media antes de ir a la casa de Irene, y aprovecharía bien el tiempo.

Cuando estuvo frente a la entrada del departamento de Irene, tocó la puerta. Del otro lado se escucharon pasos y la puerta se abrió, dejando ver a Irene vestida para ir a trabajar. Lo hizo pasar y Adriana llegó corriendo para abrazar a Esteban como si hubiese vuelto de la guerra.

—Adriana ya almorzó, solo tiene que hacer una tarea de arte. Por cierto, a eso de las cinco de la tarde va a llegar un paquete de parte de los padres de Rick —informó Irene. Esteban soltó una leve risa.

—Estaremos bien, Adriana nunca me causa problemas.

—Yo soy un amor.

—Lo sé. Bien, los veo en unas horas. Adiós, Adri —dijo Irene para besar la cabeza de Adriana. La pequeña le sonrió a su madre mientras agitaba su mano.

Irene salió del departamento, dejando a Esteban y a Adriana solos. Desde luego, Adriana le propuso que jugaran a las muñecas, pero Esteban le dijo que primero harían la tarea de arte y le prometió que luego jugarían todo lo que quisieran.

Adriana fue a buscar sus lápices y unas hojas para después volver y dejar todo en la mesa del comedor. Ambos se sentaron a la mesa y Adriana fijó la vista en las hojas en blanco. Eso le produjo una ligera risa a Esteban.

—En mi tarea tengo que dibujar a mi familia —explicó Adriana—, pero no sé cómo dibujar a mi papi. Mamá no tiene fotos de él en la casa.

—Yo debo tener alguna foto de tu papá, no te preocupes —respondió Esteban, sacando su celular para buscar una fotografía mientras Adriana comenzaba a dibujarse a ella misma.

Esteban encontró unas fotos con Rick en su galería, de cuando ambos fueron a ver al cine una de las películas de Marvel. No se veía muy bien por la poca iluminación, así que continuó buscando.

—¿Por qué mi papi tenía el pelo rojo si yo soy rubia y mi mami tiene el pelo negro? —preguntó Adriana, mirando unas fotos de Rick junto a Esteban.

—Porque a tu papá le gustaba pintarse el pelo con tu mamá —replicó—. Era rubio, por lo que el tinte le hacía efecto de inmediato. ¿Te gusta esa foto?

En la foto estaban los dos en París, comiendo unas crepes en la terraza de un pequeño restaurante, felices de la vida. Esteban y Rick sonreían a la cámara mientras se abrazaban, un mesero les había sacado la foto. Recordaba ese día como uno de los mejores en París, en esa ocasión fueron a la torre Eiffel.

—Sí, está bonita. Creo que dibujaré a mi papi con el pelo rojo —dijo Adriana, a punto de comenzar a dibujar a Rick, pero se detuvo y miró a Esteban con esos ojos miel que tenía—. ¿Extrañas a mi papá?

Esteban se quedó callado por unos momentos. Su mirada volvió a la foto. Examinó de nuevo el rostro de Rick, tan radiante como siempre.

—Sí, lo extraño mucho.

Adriana miró a Esteban y su labio tiritó un poco, como si tuviera miedo de decir algo más.

—¿Por qué murió? —preguntó.

Esteban no respondió de inmediato; en cambio, miró el dibujo de Adriana y luego volvió a ver a la pequeña. En ese corto periodo de tiempo pensó su respuesta.

—Tu papi estaba en el lugar y en el momento equivocado. Si no hubiera estado allí, quizá seguiría aquí.

—¿Tú crees que me hubiese querido tanto como tú y mi mami me quieren? —quiso saber la niña.

—Te hubiera amado muchísimo. Hay veces, cuando te veo, en que me recuerdas mucho a él. Tienen la misma sonrisa y forma de abultar los labios —dijo Esteban con la mirada perdida. Adriana rio—. Vamos, termina tu dibujo y podremos jugar con tus muñecas.

Adriana asintió y durante los siguientes quince minutos se dedicó a terminar su dibujo.

Una vez que estuvo listo, se lo mostró llena de orgullo. Esteban casi lloró brillitos y vomitó arcoíris por el gran detalle de Adriana de agregarlo a él a su dibujo familiar. No podía dejar de darle un abrazo, y ella lo correspondió feliz. Esteban se preguntaba cómo sería su relación con la niña cuando ella fuera mayor. Como todo adolescente normal, quizá no sería tan cariñosa, pero mientras siguieran siendo tan cercanos, todo estaría bien.

De cualquier modo, faltaban unos años para eso.

Después de hacer la tarea y ordenar los lápices, Adriana fue a buscar sus muñecas y las llevó para jugar con Esteban. Pasaron un gran rato en eso, y también jugaron con sus autos de juguete.

A eso de las cuatro de la tarde, ambos estaban sentados en el sofá, viendo una película, cuando se escuchó que alguien tocaba la puerta. Esteban dejó a Adriana y fue a abrir. Se llevó la gran sorpresa de que se trataba de Rebecca. ¿Cómo demonios sabía ella dónde estaba la casa de Irene? Ni idea, y tampoco quería preguntar.

—Hola, Becca. ¿Puedo preguntar qué haces aquí y cómo sabes dónde vive Irene?

—Hola, Esteban. Primero que todo, Tania me dio la dirección. Segundo, tengo información acerca de los Sicarii. Conseguí el permiso para interrogar a uno de ellos. Te escribí un mensaje hace una hora para avisarte.

Esteban miró a Adriana, que seguía viendo con mucha concentración la película, y luego se dirigió a Rebecca.

—No puedo dejar sola a Adriana —le susurró, rascándose la nuca.

—¡Oh! Ya veo.

—¿Quién es ella? —preguntó Adriana, que apareció señalando a Rebecca.

¿En qué momento llegó Adriana a la puerta? El chico no tenía ni la menor idea.

Esteban hizo pasar a Rebecca al departamento y cerró la puerta. Vio a Rebecca ponerse de cuclillas para quedar a la altura de la niña.

—Hola, mi nombre es Rebecca y soy amiga de Esteban —se presentó con una sonrisa, ofreciéndole su mano a Adriana, quien aceptó.

—Tus ojos son muy bonitos, pareces una princesa. ¿Eres una?

—Mmmm, la verdad es que no. ¿Y tú? ¿Tú eres una princesa?

—Soy una princesa ninja —respondió Adriana, sonriendo. Rebecca le acarició el cabello—. Esteban, escuché sin querer queriendo que tienes que hacer algo con Rebecca, algo importante.

—Sí, pero no puedo dejarte sola y mucho menos llevarte a ese lugar, porque es aburrido y puede que peligroso —replicó Esteban. Adriana se puso las manos en las caderas y lo miró de una forma «seria» que resultaba más adorable que nada.

—Tú siempre dices que no hay que dejar las cosas importantes sin hacer.

Vale, Esteban no podía creer que una niña mucho menor que él le estuviera recordando sus propias enseñanzas.

—Podría pedirle a Gray que venga a cuidarla —propuso Rebecca. Esteban levantó las cejas, sorprendido—. Esteban, Gray cambió los pañales de Alice, de Kai, de Riven y los míos, puede cuidar a una hermosa niña que no causa problemas.

—¿No crees que se moleste o que a Adriana no le caiga bien? —preguntó Esteban, preocupado. Rebecca lo miró.

—¡Bah! Adriana lo amará. Gray siempre ha sido muy bueno con los niños —respondió, restándole importancia para sacar su celular y marcarle a Gray. Mientras tanto, Esteban les rogaba a todos los seres divinos que existieran que Gray no estuviera en algo muy serio.

Después de tres tonos, Gray contestó la llamada y su voz se escuchó del otro lado de la línea.

—¿Rebecca? ¿Por qué me estás llamando? —preguntó la voz de Gray. Sonaba como si acabara de despertarse.

—Hola, querido hermano, ¿cómo estás? ¿Todo bien? —preguntó Rebecca con sarcasmo. Esteban ya se imaginaba a Gray rodando los ojos.

—Tú nunca me llamas. ¿Qué estupidez has hecho?

—Soy tu hermana y tengo todo el derecho de llamarte. Bueno, Esteban y yo tenemos que hacer algo de suma importancia, pero él estaba cuidando a Adriana y no puede dejarla sola. ¿Podrías venir o estás muy ocupado?

—Eh... o sea, estaba leyendo un libro, y bueno... —comenzó a decir Gray. Rebecca tuvo que alejar un poco el celular para suprimir una risa. Esteban no entendía nada de lo que estaba pasando.

—¿Y de qué trataba ese libro? Que yo sepa, no eres fanático de la anatomía humana —bromeó Rebecca. Esteban abrió los ojos como platos.

—¡Qué graciosa! Cuida tu humor, que casi me provoca un ataque de risa y aún soy joven para morir.

—Sí, como digas. Ven al departamento de Irene. Trae tu libro y tus mejores ganas de cuidar a una niña pequeña. Te quiero, hermano.

Rebecca cortó la llamada y miró a Esteban. Ambos soltaron una carcajada mientras Adriana los miraba sin entender nada.

Esteban no recordaba la última vez que se había reído tanto por algo tan simple, pero, en fin, era bueno volver a reír así.

Él le explicó con detalle a Adriana que el hermano de Rebecca la cuidaría durante un rato y era probable que fuera con su pareja. Rebecca también la tranquilizó, diciéndole que Gray era un amor de persona y que no le sucedería nada malo si estaba con él; pero por supuesto, tuvieron que explicarle a Adriana que no debía decir nada, porque Irene terminaría matando a Esteban por dejar a la pequeña con alguien más. Adriana comprendió que era un secreto de los buenos y aquello tranquilizó un poco más a Esteban. Gray no era un idiota y no dejaría que nada malo le sucediera a Adriana.

Tocaron la puerta y Esteban la abrió para ver a Gray acompañado de James. Quiso hacer un comentario a forma de broma, pero prefería vivir, así que era mejor no decir nada. Gray y James pasaron al departamento y se presentaron a Adriana. A Esteban le sorprendió que Adriana no dijera nada sobre el color de piel de James, pero Rebecca le explicó que este tenía una especie de ilusión para que todos los humanos lo vieran como a un humano, mientras que los Artifex lo verían tal y como es.

Para sorpresa de Esteban, Adriana se llevó a Gray a jugar con las muñecas y Esteban aprovechó de decirle algunas cosas básicas a James. Solo tendrían que darle la merienda de la tarde, entretenerla y recibir el paquete del que le habló Irene. Ella llegaría cerca de las siete y media a la casa y Esteban dudaba que fueran a tardar mucho.

Esteban se despidió de Adriana y salió del departamento de Irene junto con Rebecca. Ella abrió un portal y ambos lo cruzaron para aparecer en el Artium Mundi.

Para ingresar a la prisión de máxima seguridad del Artium Mundi había que cruzar un puente de piedra caliza negro que solo podían crear los hermanos Silvertear. Rebecca hizo aparecer el largo puente y ambos comenzaron a cruzarlo para llegar a la prisión e interrogar a uno de los Sicarii.

Tal vez se acercaban cada vez más a la reliquia de Moonheart, y la verdad, a Esteban aquello lo aterraba un poco, solo un poco.

Capítulo 7

Rebecca y Esteban entraron a la prisión del Artium Mundi. Una vez que estuvieron adentro, a Esteban le dieron escalofríos. Ahí estaban los peores criminales del Artium Mundi desde hacía muchísimos años.

James estuvo detenido allí durante un tiempo y todos los prisioneros le temían. Según Rebecca, a la hora del almuerzo, James comía solo, ya que a todos les asustaba sentarse con él por si utilizaba su Vincula Mentis o algo por el estilo, pero era más probable que el mismo James les tuviese más miedo a los prisioneros.

El miedo era mutuo.

Caminaron por los pasillos hasta un ascensor y se metieron dentro de él. Rebecca apretó uno de los botones y las puertas se cerraron. Esteban se secó el sudor de las manos en el pantalón y soltó un suspiro. No tenía idea de por qué se sentía tan nervioso, conocía bien a Gray para saber que él no los tendría a todos juntos en una celda y con las manos libres.

—Adriana es una niña encantadora —comentó Rebecca, mirándolo.

—Créeme que es así. No soy de estar mucho con niños pequeños, pero ella es una verdadera excepción.

—¿Elegiste el nombre por algo en especial?

—En realidad, no. Solo se me vino a la mente. Adriana Smith es un nombre bonito.

—Te confieso que cuando supe que Irene había dado a luz a una niña y que tú ayudaste a cuidarla, se me hizo difícil imaginarte cambiando pañales y enseñándole a una bebé a hablar —dijo Rebecca, riendo. Esteban elevó las comisuras de los labios.

—Te sorprenderías de lo mucho que tuve que aprender en los nueve meses. No me tragué cinco libros de paternidad y crianza, un documental sobre el embarazo, clases preparto y artículos acerca de cómo tratar con una embarazada por nada.

—Eres un chico sorprendente, Esteban Firelight. Pocos hombres hacen eso.

Esteban soltó una risita y las puertas del ascensor se abrieron para mostrar un pasillo aterrador iluminado solo por las antorchas de las paredes. Ambos chicos salieron del ascensor y caminaron por el pasillo. Estaban miró hacia los lados y notó que las puertas eran de metal y que tenían más seguridad que el frasco de galletas de su difunta abuela. Cada puerta tenía cinco cerrojos por fuera y unos tres candados, más o menos.

Continuaron caminando hasta que llegaron al final del pasillo. Rebecca hizo aparecer en su mano una llave y comenzó a quitar todas las protecciones de la puerta para abrirla, despacio. El interior de la celda era aún más tenebroso que el corredor. Las ventanas eran diminutas y unos gruesos barrotes impedían meter siquiera la cabeza. En la cama había un hombre de unos cuarenta años, más o menos, que tenía las manos encadenadas y con la mirada fija en el suelo. Cuando vio que la puerta estaba abierta, levantó la mirada y Esteban casi se desmayó del miedo. No era un experto en ver el alma de las personas o algo, pero los ojos de aquel hombre demostraban un odio profundo y un instinto asesino más peligroso que el de Michael Myers, Freddie Krueger y todos los demás personajes de terror del cine.

—Señorita Silvertear, un gusto volver a tenerla aquí, en mis aposentos. Veo que ha pintado su cabello. Le queda horrible, igual que el negro —dijo el hombre con una sonrisa cínica. Esteban miró confundido a Rebecca.

—Habla de la Silvertear que lo metió aquí dentro, mi abuela.

Rebecca miró al Sicarii y se acercó a él con una seriedad que Esteban nunca había visto antes en ella. Le resultó muy raro.

—Mi nombre es Rebecca Silvertear y estamos en el año 2020. Queremos información acerca de la reliquia de Moonheart —habló la chica. El hombre bufó para después soltar una risa que le congeló la sangre a Esteban.

—¿Y usted de verdad cree que yo le diré algo? —preguntó, sonriendo. Rebecca suspiró.

El hombre volvió a reír y arrastró la visto hasta Esteban. Una vez que lo miró a la cara, su expresión cambió por completo. Esteban pudo jurar que incluso atisbó miedo en sus ojos. Comenzó a tartamudear. Rebecca miró a Esteban, igual de confundido que ella.

—¿Qué sucede? —preguntó Esteban, acercándose. El hombre retrocedió hacia la pared lo más que pudo.

No podía ni siquiera articular bien una palabra, y aquello puso un poco nervioso a Esteban. ¿Por qué lo miraba con tanto miedo? No lo había visto en su vida y dudaba que él lo hubiese visto antes. A menos que...

—Les diré lo que quieran —aseguró el hombre, desesperado—, pero, por favor, aléjalos de mí.

—¿Alejarlos? ¿A quiénes? —preguntó Rebecca. El hombre levantó su brazo y trató de levantar su dedo índice, pero no pudo.

Cuando los encerraron en la prisión del Artium Mundi, los Sicarii fueron privados del movimiento de sus dos manos para que no pudieran causar males. Según la historia del Artium Mundi, uno de los líderes de los Ballerines fue el que decidió dormir las manos de estos desquiciados criminales para que no pudieran causar más males a los libros, pero el hechizo no era genético, por lo que los descendientes de los Sicarii podían mover sus manos a la perfección.

—¡A ellos! —exclamó el hombre, asustado—. ¡¿Cómo no los ve?!

Rebecca volvió a mirar detrás de Esteban y, por instinto, este hizo lo mismo, pero detrás de él solo estaba la pared, nada más. ¿De qué demonios hablaba ese hombre? Lo más probable es que solo fuese que la soledad jugaba en contra a su salud mental.

—Mire, dígame todo lo que sepa acerca de la reliquia de Moonheart y nos iremos, ¿sí?

—La reliquia la tiene Evelyn Moonheart y está en alguna parte del mundo humano. Mis ancestros me dijeron que ella escapó hacia allá. Hay un viejo diario suyo en el que anotaba todos sus conocimientos, pero no se encuentra en el Artium Mundi. El libro ha de estar en manos del enemigo. En la última reencarnación, todos tuvimos la visión del paradero del diario.

—Cuando dijo enemigo, ¿usted se refiere a...? —comenzó a decir Esteban.

—Jordan Grace Silvertear tiene el diario de Evelyn Moonheart.

Esteban se llevó las manos al cabello mientras Rebecca se le acercaba y lo miraba a los ojos con una expresión de preocupación. Si era cierto que Jordan tenía el diario de Evelyn Moonheart, no tendrían mucho tiempo antes de que él tuviera la maravillosa idea de leerlo.

Vieron al hombre y luego Rebecca y Esteban cruzaron miradas. Ambos dijeron el nombre de James. Era muy probable que él tuviera algún conocimiento acerca del paradero de aquel diario, de seguro lo habría visto en más de una ocasión.

Los dos salieron de la celda y Rebecca volvió a cerrar la puerta con toda la seguridad. Comenzaron a correr en dirección al ascensor para entrar allí y pulsar el botón de la primera planta.

—Yo llamo a James —dijo, sacando su teléfono para marcarle mientras Esteban asentía y se quedaba pensativo.

¿A qué se refería el anciano con eso de «la última reencarnación»? ¿Por qué le tuvo tanto miedo a Esteban y pensó que había más gente a su lado? Algo raro había sucedido hacía menos de tres minutos y Esteban sentía haber pasado por alto una pieza crucial de la historia del Artium Mundi. Quizá si leía el libro más tarde, podría saber qué era eso de la reencarnación y por qué se veía tan importante.

James atendió la llamada luego de tres tonos y Rebecca se aclaró la voz.

—James, hola. Oye, necesitamos tu ayuda con un asunto —le dijo, poniendo el altavoz para que Esteban también pudiera escuchar.

Las puertas del ascensor se abrieron y los chicos salieron mientras esperaban la respuesta de James, que al parecer estaba ayudando a Adriana con algo.

—¿Qué necesitan? —preguntó.

—¿Sabes algo acerca del paradero del diario de Evelyn Moonheart? —lo interrogó Esteban, yendo directo al grano.

—Está en manos de Jordan. La última vez que lo vi fue en el castillo de los Puppeteers; para ser más exacto, en la habitación de Jordan, pero como me dijeron, la arena en la que ustedes pelearon con ellos cayó al castillo y es posible que haya aplastado gran parte de las habitaciones. Sería un golpe de suerte que en el dormitorio de Jordan no hubiese escombros.

—¿Crees que es seguro que vayamos los dos?

—Sí, pero de todos modos recomiendo que los acompañe alguien. El castillo tiene un método de defensa que ataca la mente de las personas, y en un grupo de tres siempre hay alguien un poco más fuerte en el sentido mental que los otros. Sugiero que lleven a Alice, ya que estuvo dentro del hechizo de un Puppeteer durante bastante tiempo y puede serles de utilidad.

—Gracias, James, eres un amor. ¿Gray está muy estresado? —preguntó Rebecca, sonriendo. Esteban rodó los ojos.

—Aunque no lo creas, está muy relajado mientras juega a las princesas con Adriana.

—Ver para creer —comentó Esteban, y se escuchó la risa de James.

—Vayan con cuidado al castillo. Si escuchan voces, no las sigan ni les contesten.

Rebecca cortó la llamada y los dos ya estaban en la puerta principal de la prisión.

Salieron del edificio y se dirigieron al inicio del puente de piedra caliza. Una vez creado, corrieron por este hacia la plaza principal, donde ya había gente paseando o vendiendo cosas. Para suerte de Esteban y Rebecca, Alice estaba saliendo de la boutique de Ezra y los vio a ambos.

Corrieron hacia ella y le explicaron todo lo que habían descubierto en un resumen de un minuto. No supieron cómo pudieron hablar tan rápido sin trabarse y que Alice les entendiera, o tal vez no comprendió ni tres y asintió porque sí.

Rebecca abrió un portal y los tres cruzaron por este, dispuestos a comenzar de manera oficial la búsqueda de la reliquia de Moonheart.

Una vez que cruzaron el portal, los tres miraron las ruinas del castillo de los Puppeteers. A Esteban se le erizaron todos los pelos y tragó saliva. ¡Ese lugar le traía tan malos recuerdos! No podía creer que después de cinco años iba a estar de vuelta. Rebecca pareció darse cuenta, así que le puso la mano en el hombro y lo apretó un poco, dándole ánimos de algún modo. Alice también le dedicó una sonrisa. Él soltó un suspiró y volvió a mirar el castillo.

Rebecca ya estaba con su nuevo traje de batalla. Era un short negro con un top blanco y una chaqueta rosa pastel junto con unos calcetines negros y unos botines rosas.

Alice, por su parte, llevaba una camisa roja que le llegaba hasta la mitad de los muslos con un corsé negro, guantes sin dedos del mismo color y unas botas negras.

Por parte de Esteban, él llevaba el mismo traje que hacía cinco años. No lo había cambiado y, la verdad, le gustaba usar el suyo, a pesar de que la camisa en los hombros le quedaba un poco apretada. No podía mover muy bien los hombros y soltó un suspiro de frustración para volver a cambiarse a su ropa de antes.

—¿Te queda apretada la camisa? —preguntó Alice.

—En la parte de los hombros. Creo que es una de las pocas cosas que se ensanchó en mi cuerpo —respondió Esteban—. Ni un jodido grano y menos la barba. Me alegra que algo haya cambiado.

—Muchos te tendrán envidia por la piel —comentó Rebecca con una risa ligera—. Bueno, dejemos de hablar de cosas estéticas y entremos al castillo de una vez.

Esteban y Alice asintieron. Los tres caminaron por el largo puente hacia lo que quedaba del castillo de los Puppeteers. Cuando ya estaban en la puerta principal, Esteban quiso abrirla, pero esta se cayó con solo tocarla, provocando un gran estruendo.

Hasta ahí había llegado la misión en silencio.

Cruzaron el umbral de la puerta y a todos se les erizaron los pelos del cuerpo. El ambiente del castillo era demasiado tenebroso y hacía un frío del demonio. Había escombros por todas partes y no quedaba nada en buen estado. Alice se quitó una horquilla del cabello y la lanzó al centro de la sala. Un montón de flechas salieron disparadas de las paredes en la dirección en la que había caído la horquilla. Esteban miró a Alice.

—Alice ¿qué es lo que hacías antes de quedar en coma?

—Era y soy miembro de la Organización de la Paz y el Orden, o UPO, por las siglas de Unitarum Pacis et Ordo —contestó ella—. Evito que sucedan conflictos bélicos con Artifex de los otros continentes.

—Y también se encarga de investigar lugares peligrosos. Evitó la Tercera Guerra Mundial —añadió Rebecca.

Antes de preguntar si de verdad iba a haber una tercera guerra mundial, Esteban prefirió no decir nada y quedarse callado. Alice caminó hasta la horquilla y la recogió para sacar unas flechas del suelo y examinar. Rebecca la siguió y le dijo algo que Esteban no pudo escuchar. Alice asintió, miró a Esteban y le hizo una seña para que la siguiera.

Caminaron por los pasillos del castillo apartando escombros y encontrándose con uno que otro grupo de murciélagos que estaban ahí. Llegaron a un salón. Apenas pusieron un pie adentro, Esteban escuchó gritos de piedad y llantos muy fuertes. Rebecca también pareció oír algo similar, pues su rostro adoptó una expresión de temor puro y apretó los puños.

Esteban miró a todas partes buscando a las personas que gritaban y lloraban como si las estuvieran matando. Los gritos eran cada vez más fuertes y el chico ya estaba comenzando a desesperarse por lo horribles que eran. Se llevó las manos a los oídos, intentando no escucharlos. Sus ojos se cerraron con fuerza mientras intentaba mantenerse de pie.

Sintió que Alice lo agarraba por los hombros y que gritaba su nombre intentando calmarlo. Esteban hizo todo lo que pudo para abrir los ojos, pero el miedo y la desesperación se lo impidieron.

Hasta que comenzó a escuchar los gritos de Rick.

Esteban abrió los ojos y de su boca salió el nombre de su amigo. Trataba de ubicar de dónde provenía su voz. Los gritos de su amigo eran de dolor, de piedad y de miedo. Eso fue suficiente para desesperar a Esteban más de lo debido. Trató de correr hacia el otro extremo de la sala para buscar a Rick, pero unos brazos lo agarraron por la cintura, evitando que se moviera. Esteban gritó como nunca y forcejeó para que lo soltaran. Aún escuchaba cómo Rick gritaba su nombre con desesperación.

Capítulo 8

Cuando escuchó por parte de Rebecca que tendría que cuidar a la hija de Irene, Gray pensó que le habían pedido algo como ir al Triángulo de las Bermudas y volver vivo. No pasaba tiempo con niños pequeños desde que nació Kai, y eso había sido hacía mucho tiempo. Había tenido que cuidar a Rebecca y a Kai en alguna ocasión y pudo sobrevivir a eso, desde luego, pero cuidar a una niña que no era pariente suya y casi dos mil años menor era una cosa muy distinta.

Por fortuna, James se ofreció a ir, porque Gray no iba a poder cuidar a una niña él solo, con suerte podía cuidar de sí mismo y acordarse de desayunar. Aunque Rebecca hubiese dicho un millón de falacias, la verdad es que a Gray le daba pánico cuidar niños pequeños, ¡todos tenían una actitud tan distinta y única! De todos modos, si algo les pasaba, las madres te iban a rebanar la cabeza (en algunos casos, por supuesto).

Pero gracias a Moonheart, pudo sobrevivir los primeros quince minutos con Adriana y se podría decir que entró en confianza. Dejó que la niña se pusiera sus lentes y eso era sinónimo de que Gray ya no tenía cinco ataques de pánico atorados en el pecho.

—Te pareces mucho a Rebecca —comentó Adriana mientras vestía a su muñeca—. ¿Son solo ustedes dos?

Perfecto, esta niña tenía mucha curiosidad.

—No, éramos seis hermanos, tres chicos y tres chicas —respondió Gray, bajando un poco la mirada.

—¿Qué pasó con ellos?

Gray tensó la mandíbula con la mirada fija en dos muñecos sentados que, según Adriana, eran hermanos.

—Mi hermana mayor y mi hermanito menor ya no están, y estoy peleado con mi otro hermano. Llevamos mucho tiempo enojados el uno con el otro.

—¡Oh! Bueno, mi mamá siempre dice que las cosas se arreglan conversando. Deberías hablar con tu hermano para que arreglen las cosas, de seguro él te quiere mucho —afirmó Adriana, mirándolo.

«Claro, me ama tanto que me quiere ver muerto», pensó Gray, acomodando sus lentes.

La puerta del departamento se abrió y por esta cruzó «Esteban». James se había transformado en el chico para ir a buscar el paquete que habían enviado los abuelos de Adriana a la recepción; mientras tanto, Gray se quedó con Adriana.

James volvió a su forma original y dejó la caja sobre la mesa del comedor. Adriana caminó hasta él para ver la caja e intentar adivinar qué había dentro. Ahora que Gray lo pensaba, ¿cómo vería Adriana a James? Gray lo veía tal y como era, la ilusión solo la podían ver los humanos.

Gray se levantó del suelo y caminó hasta James, quien le sonrió. La diferencia de altura era un poco notoria, pero tampoco es que James fuera muy pequeño a su lado. Era de la altura de Esteban, más o menos.

—Creo que en cinco años no te había visto tan relajado —comentó James. Gray rodó los ojos.

—Ser gobernador del Artium Mundi no es estar sentado detrás de un escritorio y no hacer nada. Rebecca tuvo suerte de que yo haya tenido algo de tiempo libre —respondió Gray, apoyando su cabeza en el hombro de James—. Me siento viejo.

—Aún no tocas los tres mil, no te quejes. Serás considerado viejo cuando comiences a preparar tu testamento.

—Ahora que lo pienso, debería comenzar a definir a quién le dejaré el Artium Mundi. A Rebecca ni ca…

—No digas groserías frente a la niña —lo interrumpió James, dándole un leve golpe en el hombro.

Gray sonrió de forma leve y abrazó a James, tomándolo por sorpresa. Aún recordaba cuando James le pedía perdón de rodillas por haberse equivocado en algo tan simple como no haber ordenado unos pergaminos, y ahora él lo regañaba por estar a punto de decir malas palabras frente a Adriana. ¡Cómo cambiaban las cosas!

Los dos se separaron del abrazo y Adriana tiró de la mano a James para llevarlo a jugar con las muñecas. Gray sonrió al observar a James sentándose a jugar con Adriana con sus muñecas. Era una escena digna de una foto...

Y como Gray era un idiota cuando quería, sacó su celular y le tomó una foto a James y a Adriana, solo para el recuerdo.

Gray se sentó en una silla y soltó un suspiro para después quitarse sus lentes y frotarse el puente de la nariz. Hacía mucho tiempo que no sentía esa tranquilidad, unos quinientos o seiscientos años, más o menos.

Pero como él era Gray Silvertear y tenía una suerte del demonio, su paz se fue por la borda cuando escuchó que tocaban la puerta y que la voz de la persona del otro lado era de Irene Heather.

Gray miró a James con pánico y el chico le señaló deprisa el balcón del departamento. Gray cruzó lo más rápido que pudo y se escondió en el balcón mientras James corría hacia la puerta. Adriana se asomó por el balcón, confundida, y Gray se llevó un dedo los labios. La niña asintió antes de volver a la sala de estar.

James alcanzó a abrir la puerta y sintió que el alma se le salía al ver a Irene rebuscando algo en su bolso. ¿No se suponía que llegaría por la tarde? La mujer le dedicó una sonrisa. James se hizo a un lado para que pasara y cerró la puerta.

—Hola, Esteban. No pude avisarte que llegaría temprano, un paciente me canceló a última hora y decidí volver a casa antes. ¿Adriana se comportó bien?

—Sí, sí, todo bien. No me ha causado ningún problema. ¿Cómo te fue en el trabajo? —preguntó James, tratando de no sonar nervioso.

—Estás raro —murmuró Irene—. ¿Por qué tu ojo celeste está morado?

¿Ojo morado?

—¡Oh! Es que unos amigos de la universidad y yo tenemos que hacer un proyecto y debía probar unos lentes de contacto de color. Esta marca es súpereficiente, te la recomiendo.

Irene no pareció muy convencida con la respuesta, pero no preguntó nada más y caminó directo hasta Adriana para darle un abrazo y besarle la cabeza. La niña miraba a James pidiendo una seria explicación, pero Irene le dijo algo y ella asintió para salir corriendo de la sala de estar. James se quedó solo con Irene.

Bueno, «solo», ya que Gray estaba en el balcón escondido como las señoras chismosas escuchando las conversaciones ajenas.

—Oye, en serio, gracias por cuidar de Adriana. A veces pienso que debe agotarte venir a cuidarla casi siempre —comenzó a decir Irene mientras jugaba con el dije de su cadena.

—No hay problema, Irene. La quiero mucho y nunca ha sido agotador cuidar de ella —respondió James. Irene sonrió para mirar el paquete que estaba sobre la mesa.

Gray metió la mitad del cuerpo dentro de la sala de estar mientras Irene revisaba el paquete. Le hizo unas señas a James para que la distrajera o algo, pero James movió los labios queriendo decir «escóndete», y Gray, de mala gana, volvió a ocultarse.

—Esteban, quería hablarte de algo. No es nada muy grave, supongo.

En ese momento, James sintió que lo peor iba a pasar: o Irene se le declaraba a Esteban o le decía algo peor. Rogaba que no fuese nada que involucrara de forma directa las palabras «me gustas» o sentimientos románticos por Esteban.

—Dime —dijo.

—Lamento mucho lo que pasó la otra noche. Ya sabes, lo del beso. Espero que no sea incómodo para ti, no sé qué me pasó en ese momento. No sé si fue el alcohol o el hecho de que por un momento vi a Rick en ti —admitió Irene. James no pudo evitar morderse el interior de la mejilla.

¿Cómo demonios debía responder a eso?

—No hay problema, a todos nos puede pasar alguna vez. A mí me sucede con las profesoras más viejas de la universidad, veo a mi abuela reflejada en ellas —contestó rápido James, tratando de imitar los ademanes de Esteban.

Gray, que estaba asomado, miraba a James con cara de «¿Qué demonios?». Cuando James hizo contacto visual con él, le indicó con un gesto que volviera a ocultarse antes de que Irene se diese cuenta y llamara a la policía o incluso a la Interpol.

—No, pero en serio te pido perdón. Sé que debió ser incómodo besar a la ex de tu amigo. Hay códigos de amistad a veces, y creo que ser besado por la ex de tu amigo los rompe.

—Créeme que no hay nada de qué preocuparse. Todo está bien —insistió James.

Irene iba a decir algo más, pero Adriana llegó corriendo con un dibujo hecho a la velocidad de la luz e Irene le prestó más atención a la niña que a él. James le agradeció con un movimiento de labios y caminó hacia el balcón con la excusa de que iba a contestar una llamada.

Una vez afuera, volvió a su apariencia normal y miró a Gray, que estaba intentando procesar la información.

—Hay que salir de aquí. Abre un portal y vete, yo me encargo de esto —susurró James.

—¿Irene besó a Esteban? —preguntó Gray, murmurando con una expresión de curiosidad y drama.

James hizo una línea con sus labios y parpadeo tres veces mientras miraba a Gray, sin poder creer que de verdad estuviera interesado en saberlo.

—Gray, no es el momento. Sal de aquí y te veo en el callejón de al lado.

El alto asintió, abrió un portal y lo atravesó, con lo que desapareció del balcón. James volvió a transformarse en Esteban y regresó a la sala de estar. Irene no estaba, pero Adriana sí y corrió hacia él para mirarlo con los ojos y la boca abierta. James tuvo que prometerle que pronto le explicaría lo que acababa de ver, pero que ahora no era el momento. La niña le mostró el meñique y James entrelazó el suyo con el de ella, luego abrió la puerta del departamento y salió por esta.

Una vez que salió del edificio, fue al callejón y se encontró a Gray apoyado en la pared, buscando algo en el índice de su libro-cartera. James se le acercó y lo abrazó para soltar un suspiro de alivio. Ahora tendrían que volver al Artium Mundi y seguir con sus deberes. Gray le había mandado un mensaje a Rebecca avisando que Irene había llegado al departamento, pero al parecer ella no le había contestado. Se notaba en la mirada de Gray que estaba preocupado.

Desde que pusieron un pie en el castillo de los Puppeteers, Alice supo que el lugar era peligroso y engañoso. Había activado la barrera mental para proteger mejor su mente. Pensó que Rebecca había hecho lo mismo, pero cuando escuchó que su hermana comenzaba a gritar igual que Esteban, dedujo que no había conseguido activarla a tiempo y que las armas mentales del castillo ya habían comenzado su sistema de defensa. Esteban gritaba el nombre de su difunto amigo y Alice ya lo veía salir por alguna puerta para terminar perdido o muerto. Tuvo que sujetarlo para que no se escapara, pero el chico era perseverante y forcejeó la vida hasta que dejó de gritar y cayó al suelo, inconsciente.

Rebecca también había caído al suelo, desmayada, y Alice tuvo que pensar en un plan B. No le era posible cargar con Esteban y Rebecca hasta la habitación de Jordan, pero tampoco podía dejarlos solos sin protección. La idea más factible que tuvo fue dejarlos a ambos apoyados en una pared y protegidos por un perro que creó. El can era pequeñito y se veía bastante inofensivo, hasta que alguien tratara de atacar a los chicos.

Mientras recorría los pasillos de las ruinas del castillo, escuchó voces, susurros, gritos y llantos. Gracias a que tenía activada su barrera mental, Alice pudo ignorarlos y seguir caminando. Su barrera mental era un poco más fuerte que la de Gray y se podría decir que se debía a la abuela Silvertear. A pesar de que ella estuviese en coma, su abuela la visitaba y la ayudaba con los entrenamientos espirituales. ¿Cómo lo hacía? Solo ella lo sabría.

Abría cada puerta por la que pasaba y veía si era el dormitorio de Jordan, pero con ninguna había acertado. Frustrada, caminó por otro corredor y al final de este vio una gran puerta negra. Caminó allí y trató de abrirla, pero algo estaba bloqueando la manilla. Sacó un lápiz grafito y dibujó un rifle negro con algunos diseños rojos. Caminó tres pasos hacia atrás, apuntó a la entrada y apretó el gatillo. Una pequeña bala salió disparada hacia la puerta para volarla en pedazos y, de paso, destruir lo que la bloqueaba.

—Iris se lució con esto —murmuró antes de entrar en la habitación, esquivando algunas cosas filosas.

Estaba en el cuarto de Jordan.

Alice observó con detalle la habitación. Al ver una estantería llena de libros, susurró: «Bingo» y se acercó para buscar el diario de Evelyn Moonheart.

***

Esteban abrió los ojos despacio. Una vez que los tuvo por completo abiertos, miró alrededor y notó que tenía a inconsciente Rebecca a su lado. Escuchó un ruido y todo su cuerpo se alertó hasta que vio que se trataba de un perrito con un lazo rojo atado al cuello. Este movió la cola y continuó caminando de un lado a otro, pero sin alejarse de ellos.

El chico quiso abrir su boca para decir algo, pero sintió un agudo dolor en la garganta que le impidió articular de manera correcta. Esteban tosió y se giró al ver que Rebecca estaba despertando.

—¿Qué sucedió? —preguntó ella, llevando su mano a su cabeza.

—No lo sé —respondió Esteban con la voz ronca y seca—. Alice no está.

—Debemos buscarla, pero el cuerpo me duele demasiado.

—¿Por qué hay un perro? —quiso saber Esteban. Rebecca alzó una ceja para después mirar al perrito.

—Es Velvet. De seguro, Alice lo dejó aquí con el fin de cuidarnos y poder ir a buscar el diario de Evelyn —explicó antes de que ambos se levantaran del suelo con cuidado.

—¿En serio?, ¿un perrito del tamaño de un llavero nos podría cuidar a nosotros?

—Sorpréndete, ese mismo perrito le dejó una cicatriz a Keith, y desde entonces, él les tiene un pavor intenso a los perros.

—Con ese perro, para qué quiero rejas y alarma de seguridad —murmuró Esteban, quejándose un tanto por el dolor en su garganta.

—Créeme que un perro estúpido no es rival para mí —exclamó una voz que le erizó todos los pelos del cuerpo a Esteban.

Esteban y Rebecca giraron el cuello para ver que en un gran hueco del techo estaba Jordan sentado, lanzándoles esa típica mirada narcisista que el tipo se cargaba. A su lado estaba Katherine, que les esbozaba una sonrisa burlona.

Todo el cuerpo de Esteban se tensó y hubiera jurado que cada gota de su sangre comenzó a hervir. La rabia y el odio que sentía en esos momentos era inexplicable, todo su ser le ordenaba sacar la guadaña y rebanar la cabeza a Jordan. Un instinto homicida que nunca creyó tener se apoderó de su cuerpo. Venganza, eso era lo que quería Esteban en esos momentos.

Sintió la mano de Rebecca en su hombro con un leve apretón y salió de su trance para mirar a la chica a los ojos. La mirada de un Pictorum era la ventana de su alma. Aunque un Pictorum mintiese, bastaba con mirar sus ojos para saberlo. Los ojos de un Pictorum podían transmitir muchas cosas en tan poco tiempo, y lo que le estaba transmitiendo Rebecca era paz y tranquilidad.

—¡Vaya! No puedo creer que tengas tan malos gustos, hermana. Creo que es algo de familia: Clarissa tenía un gusto por los vagabundos, Gray por los inútiles, Alice por las rubias tontas y tú por los niñatos llorones. Me sorprendes, Becca —habló Jordan, sujetándose la barbilla con los dedos.

—Rebecca para ti, Becca para los amigos —corrigió Rebecca, seria—. Tú tienes un gusto por la gente radioactiva, ¿te crees Chernóbil o qué?

Jordan tensó la mandíbula y Katherine tuvo que llevarse la mano a la boca para no soltar una risa.

—Muy graciosa, Rebecca, muy graciosa.

Jordan saltó de donde estaba y, al caer, arremetió contra Rebecca. Esteban sacó su arma al mismo tiempo que Rebecca bloqueaba el ataque de Jordan con su bastón.

Capítulo 9

La pelea comenzó de inmediato, no hubo más tiempo de hablar para ninguno. Esteban trató de ayudar a Rebecca con Jordan, pero Katherine se lanzó sobre él y lo apartó de los hermanos. Katherine lo atacaba sin descanso alguno, y Esteban hubiera terminado con la nariz rota en pedazos de no haberse agachado en un intento de ataque. Se preguntó por qué demonios a las chicas Puppeteers les gustaba ocupar botines con plataforma o botas con mucho tacón que tenían la alta capacidad de sacarte los ojos como si fueran un sacacorchos. Nunca lo sabría, quizás.

Esteban pudo darle un golpe a Katherine y la dejó un poco desconcertada. Aprovechó el tiempo para dibujar algo en su libreta. Había estado pensando en algún complemento para su guadaña, y la verdad, quedó satisfecho con el resultado. De su libreta salió un anillo metálico a medida del mango de la guadaña. Esteban lo abrió con prisa y lo colocó en esta, pero no pudo cantar victoria porque un puño se estampó en su cara, provocando que se estrellara contra la pared.

El chico quedó mareado y trató de levantarse, pero la cabeza le daba vueltas y vueltas. Escuchó que alguien corría hacia él y reaccionó para bloquear el ataque, pero nunca llegó nada. En cambio, un grito de dolor salió de la garganta de Katherine. Una vez recuperado, Esteban miró delante de él y quedó impresionado.

El anillo se había transformado en un escudo circular de color verde y se había fusionado con la guadaña.

Katherine gruñó y utilizó las cadenas de sus anillos para envolver el escudo y lanzarlo lejos, junto con la guadaña. Esteban quedó desarmado delante de ella. Detrás estaban Jordan y Rebecca, peleando como animales salvajes. Esteban miró a la chica, que cambió de forma drástica su expresión de furia a una de confusión y sorpresa.

—Tu ojo... está verde —trató de decir Katherine.

—Oh, gracias. ¿Podrías darme un espejo para que pueda verlo? —preguntó Esteban, frunciendo el ceño. Katherine bufó antes de envolverlo con sus cadenas y lanzarlo en dirección a Jordan.

El chico impactó contra el cuerpo de Jordan y los dos cayeron al suelo. Jordan lo apartó de una patada y Esteban soltó un jadeo, pero cuando miró bien su rostro, Jordan dibujó una sonrisa de victoria y, con sus cadenas, lo inmovilizó, en tanto Katherine hacía lo mismo, pero con Rebecca.

Vale, quizás a Esteban le hicieron falta unas cuantas neuronas más para pensar. Lo primero que hizo fue forcejear, pero las cadenas de Jordan lo tenían inmovilizado, como si una serpiente lo estuviera estrangulando. A modo de bonus, su celular se cayó de su bolsillo y su carcasa, hecha en menos de cinco minutos con la reliquia de Goldnote, quedó expuesta ante Jordan y Katherine.

—¿Esa es...? —comenzó a decir Katherine, señalando el celular de Esteban.

—Pero ¿es que tú eres idiota? ¿O tienes el cerebro del tamaño de mi paciencia, al llevar la reliquia de Goldnote pegada en tu jodida carcasa? —preguntó Jordan, frotándose el puente de la nariz.

—Oye, disculpa, pero no tengo el cabello suficiente como para cargar la reliquia en él. Imagínate que se me caiga y termine en manos de un imbécil de mierda como tú. La idea de la carcasa sonaba más segura —se defendió Esteban y Rebecca reprimió una risa.

Jordan rodó los ojos y soltó un suspiro de frustración. Volvió a mirar a Esteban y un brillo peligroso se reflejó en sus ojos. Esteban maldijo en cuarenta idiomas distintos en el momento que Jordan puso su mano en su cuello y tiró con fuerza de la reliquia de Windflower. Al sacarla, hizo que a Esteban le quedara una marca.

Rebecca forcejeó, intentando soltarse de las cadenas que la tenían prisionera, pero Katherine aún estaba ahí y mantenía su mano tensa mientras observaba con asombro las reliquias. La vieja cuerda del collar comenzó a desintegrarse cuando Jordan la tuvo entre sus manos. El dije de corazón cayó al suelo, al lado del celular de Esteban.

—Oigan, chicos, encontré el diario de Eve... —anunció Alice, entrando en la habitación para callarse al ver lo que estaba sucediendo—. Deben estar bromeando.

Jordan miró a Katherine y luego a Alice. Se movió con la rapidez de un halcón y fue directo por Alice, dispuesto a quitarle el diario de Evelyn Moonheart. La chica esquivó el ataque y materializó un rifle para comenzar a dispararle, pero ninguno de sus tiros le llegó al muchacho.

Para sacar provecho de la situación, Esteban intentó quitarse las cadenas. Katherine no le prestaba atención, pues estaba lidiando con Rebecca, que lanzaba patadas a diestra y siniestra. Esteban sintió una lengua en su mejilla y se giró para ver a Velvet, el perrito encargado de cuidarlos.

—Ahora no, amigo. Tengo que liberarme —susurró Esteban. Velvet sacudió su colita para meter dentro de su hocico una parte de la cadena.

Estaban no podía creer que Velvet pensara que eso era un juguete masticable. No había forma de que...

Clic.

Los ojos de Esteban se abrieron con sorpresa al ver que el pequeño hocico de Velvet fue capaz de partir la cadena. El perrito movió la cola con alegría y Esteban sacó su mano para acariciar su cabeza y quitarse las cadenas de encima. Miró las reliquias, que estaban a un metro de distancia, más o menos, y estiró su brazo para tomarlas, pero un cuchillo se clavó en su mano y el chico soltó un grito de dolor.

Alice fue a parar contra la pared y Esteban y Rebecca se alarmaron al ver que tenía unos cortes muy profundos en varias partes de su cuerpo. Velvet corrió con desesperación hacia ella, pero Katherine le lanzó un cuchillo y el animal desapareció de la vista de todos.

Esteban escuchó la carcajada de Jordan y toda su sangre comenzó a hervir de la ira. Su mano herida sangraba, palpitaba y dolía como el demonio. Esteban estiró su mano sana, que antes estaba apretada para contener el dolor. Tomando por sorpresa a Jordan y a Katherine, el arma llegó a su mano sana y le acercó las reliquias. Deprisa, Esteban retiró el cuchillo de su mano, mordiéndose el labio para no gritar, y recogió las reliquias, pero antes de que pudiese decir el nombre de Jack Windflower para curarse y salvar a sus amigas, Jordan llamó su atención.

El tipo había puesto un cuchillo en el cuello de Rebecca, mientras que Katherine la sujetaba con fuerza con sus cadenas.

—¡Suelta las reliquias, niño, o la mato! —amenazó. Esteban miró a Rebecca.

—¡No le hagas caso, Esteban! —gritó ella.

—¡No puedo dejarte morir! —contestó él. Rebecca soltó un jadeo.

Jordan colocó el filo del cuchillo en la garganta de Rebecca y ejerció presión.

—Un movimiento en falso y otro Silvertear menos.

Esteban tensó la mandíbula y se agachó despacio para dejar el dije y su celular en el suelo. Luego se levantó y, como pudo, elevó las manos.

—¡El amor los hace tan débiles a todos ustedes! Si supieran separar la emoción de la razón, muchas cosas podrían haber sido distintas en la historia de la humanidad —dijo Jordan—. ¿En serio prefieres salvar una vida a cambio de la muerte de otras mil? Sería mucho más fácil sacrificar una y salvar las otras.

—Esteban, ¡no le hagas caso!

—Hermanita, te conviene mantener la boca cerrada o te mataré de todas formas.

—¡No soy tu hermanita y tú no eres mi hermano! —exclamó Rebecca.

—¡¿Pueden dejar sus peleas familiares para después?! ¡Demonios! Por esto mismo prefiero trabajar sola, siempre tienen que meter a sus familiares o parejas —habló Katherine, frunciendo el ceño. Jordan le lanzó una mirada asesina.

Esteban se sintió bastante agradecido de que estuvieran teniendo una minidiscusión, ya que estiró su mano sana y su hoz llegó a ella. Ni Jordan ni Katherine tuvieron tiempo de reaccionar. Esteban se lanzó a atacarlos y, aunque solo tenía una mano operativa, pudo defenderse y atacar.

Rebecca se liberó de las cadenas de Katherine y tomó su bastón para comenzar a pelear con él. Entre los dos, arremetieron contra Katherine y Jordan; pero el chico no contaba con que Katherine hiciera aparecer una lanza negra y se la arrojara. Por instinto, cerró los ojos. Todo pasó tan rápido... El dolor en su estómago se sentiría tarde o temprano.

Pero la lanza nunca se clavó en su cuerpo.

Cuando abrió los ojos, quedó paralizado al ver que Rebecca estaba frente a él y que la lanza se había enterrado en su abdomen.

—Rebecca... —susurró.

—Está... bien... —jadeó la chica, sonriendo—. Huye, Esteban...

Jordan retiró deprisa la lanza ensangrentada y Rebecca cayó en los brazos de Esteban. Una lágrima rodó por el delicado rostro de la chica y Esteban miró colérico a Jordan.

El dolor de su mano era poco comparado con lo que en realidad estaba sintiendo en estos momentos. ¡Qué va! Ese mismo dolor lo había experimentado cinco años atrás.

Dejó a Rebecca con cuidado en el suelo y su guadaña se movió hasta quedar entre sus dedos. Adoptó la posición de pelea y Jordan sonrió de oreja a oreja mientras sacaba una jeringa de su abrigo. Se lanzaron a pelear, ya por tercera vez. Esteban dio todo en cada uno de sus ataques. A pesar de que estaba herido, a Jordan se le dificultó un poco bloquearlo.

—No puedo creer que Becca también se va a encontrar con Rick, ¿eh? ¿Lo extrañas? —preguntó Jordan. Esteban tensó aún más su mandíbula.

—¡No tienes derecho de decir su nombre! —exclamó.

—Esteban, no lo escuches.

—Está jugando contigo.

—Ten cuidado.

—Con la jeringa.

—Protege tu ojo verde.

¿De dónde habían venido esas voces?

—Regla número uno cuando peleas conmigo: nunca me escuches —dijo Jordan, sonriendo.

Por su propia estupidez, Esteban tardó en reaccionar y Jordan enterró la aguja de la jeringa en su ojo. El grito de dolor no tardó en salir de su garganta, pero empeoró una vez que Jordan comenzó a tirar del émbolo.

Esteban experimentó una sensación desagradable y dolorosa. Por dentro, comenzó a parecerle que le quitaban algo importante suyo, como si le robaran el oxígeno. Sus piernas comenzaron a temblar como gelatina. Una vez que Jordan retiró la jeringa con brusquedad, Esteban cayó al suelo sin sentir ninguna parte de su cuerpo. Su cuerpo estaba pesado y frío, como si fuese un cadáver.

Los ojos le pesaron y lo último que vio fue que Jordan, con otra jeringa, le hacía el mismo procedimiento a Rebecca, que, igual que él, gritó del dolor.

Estirando su mano en dirección a Rebecca, Esteban soltó un suspiro de cansancio y sus ojos se cerraron con la imagen de Jordan caminando hacia él.

—Esteban, por favor, despierta —pidió una voz familiar para él. Poco a poco, el chico abrió los ojos para ver el rostro de Alice.

—¿Alice? ¿Qué... está... pasando? ¿Te... encuentras bien? —preguntó Esteban, débil.

—¡Oh, por Moonheart! Esteban, tus ojos... —comenzó a decir Alice, preocupada.

—¿Qué sucede con mis ojos?

Alice se quedó callada durante unos segundos y ayudó a Esteban a sentarse en el suelo. El chico pudo ver que las heridas de Alice estaban vendadas, pero ella seguía pálida. A un lado estaba Rebecca, tapada con su chaqueta mientras respiraba con normalidad.

—Los dos son café... —susurró Alice.

Esas cuatro palabras bastaron para que el mundo se le fuera abajo a Esteban.

Sus dos ojos eran de color café.

***

En todos los años que llevaba vivo, Jordan jamás había sentido tanta satisfacción de ver el Artium Mundi otra vez. La jeringa que había utilizado antes era para romper la barrera que Noah Firelight había usado para proteger el Artium Mundi antes de morir.

Por fin había sido destruida y su gran ejército ya estaba haciendo su trabajo. Muchos Artifex de élite estaban en el suelo, pidiendo piedad, mientras que la Bestia mantenía sus manos tensas y los ojos cerrados. No quería admitirlo, pero esa escoria no lo había decepcionado para nada.

El pueblo ya había sido sometido, el instituto también y solo faltaba el castillo Silvertear; pero él mismo se encargaría de ese lugar y de su hermano mayor.

Muchos portales comenzaron a abrirse y de estos salieron los Artifex que se encontraban en el mundo humano, entre ellos Tania Goldnote. Jordan bostezó y le hizo una seña a la Bestia, que apretó sus puños con fuerza. Todos los soldados de élite que ella mantenía en su Vincula Mentis cayeron inconscientes al suelo.

Kris volvió a tensar sus manos y antes de que Tania y los demás Artifex pudieran reaccionar, todos estaban en el suelo, retorciéndose y gritando.

Eran demasiadas personas —sin una cantidad exacta— que gritaban por piedad, y solo una chica de catorce años había sido capaz de lograr aquello con sus diez dedos y sus dos manos.

Jordan sonrió con satisfacción. En sus manos tenía la reliquia de Windflower y Goldnote, y en el bolsillo de su abrigo cargaba el diario de Evelyn Moonheart.

Todo estaba saliendo tal como lo había planeado.

Iris estaba escondida en un callejón, y con una de sus manos tapaba su boca mientras intentaba reprimir las lágrimas que amenazaban con salir de sus ojos. Los gritos que escuchaba la hacían revivir sucesos que jamás pensó que volverían a suceder. Tenía que buscar a Esteban, a Rebecca y a Alice. El Artium Mundi peligraba y las esperanzas eran pocas.

Pero las hojas del diario con la ubicación de Evelyn Moonheart eran lo poco que les quedaba.

Alice había logrado abrir un portal enviándole las hojas correspondientes a Iris. Al principio no lo entendió, pero cuando los Puppeteers comenzaron a aparecer por portales y el terror llegó a las calles del pueblo, comprendió que el Artium Mundi tenía las horas contadas antes de que comenzara el reinado de Jordan.

Y había que detenerlo a toda costa.

Iris le dio una última mirada al pueblo y abrió un portal para cruzarlo. Debía encontrar a los demás y organizar un plan.

Capítulo 10

Esteban estuvo los siguientes quince minutos mirando el suelo, todo había cambiado en menos de un día.

Ya estaba recuperado y podía hablar bien sin sentir mucho cansancio. Alice se recuperó rápido gracias a que Jordan la tomó por muerta al ver sus graves heridas. Debido a eso, no le quitó la magia también a ella. Alice le explicó que curó a Rebecca lo más deprisa posible para sacarla de peligro. Para suerte de la chica, la lanza no perforó nada vital. De verdad, su fortuna era de plata.

Alice le había dibujado un espejo, y al ver su reflejo, Esteban no se reconoció a sí mismo. Tocó su cara y ya no tenía la piel suave y sin ninguna imperfección, ahora todo era distinto. Su piel no era tersa y en la zona en la que se suponía que debía crecerle la barba y el bigote había unos pelos de color negro. Vale, el asunto era malo, muy malo.

—Esto está muy mal —declaró Alice detrás de él mientras le cambiaba los vendajes a Rebecca.

—Pues claro que lo está, Alice. Ahora parezco un hombre adulto de veintidós años. Me está comenzando a salir la barba y el bigote —respondió Esteban, alarmado.

—No puedo creer que eso sea lo que en realidad te preocupa en estos momentos.

—Alice, en veintidós años no he tenido ni un pelo ni un grano. Que ahora me salga vello corporal después de que Jordan me robara lo que sea que me haya quitado es para preocuparse.

—¡Demonios! De verdad te ves mayor.

Esteban se llevó las manos a la cabeza y trató de tranquilizarse antes de perder la razón.

—¿Cómo sigue Rebecca? —preguntó, acercándose con cuidado. Alice miró a su hermana.

—Está fuera de peligro, pero hay algo que me preocupa: tiene unos cabellos grises y la veo un poco más pálida.

—Jordan también le hizo algo a ella. Lo último que pude escuchar fue un grito suyo —comentó Esteban, mirando el rostro de Rebecca.

—Les quitó la magia de Pictorum a los dos… —reflexionó Alice para después tirar de sus cabellos con frustración—. ¡Rebecca está envejeciendo!, ¡y tú también! —concluyó.

—Eso significa que…

—¡Rebecca va a morir! ¡No, no, no! Esto no puede estar sucediendo. ¡Tenemos que hacer algo! ¡No puede morir!

—Alice, Alice, escúchame —dijo Esteban sujetándola de los hombros—. Tenemos que salir de aquí e ir al barrio de la música, de seguro alguien está allá. En estos momentos, la desesperación no es nuestra mejor opción.

—¡Mierda! ¡Ya estás hablando como alguien mayor! ¡Incluso tu voz se volvió más grave! —exclamó Alice, alarmada.

Los dos giraron sus cabezas al oír que Rebecca se despertaba. Alice la ayudó a sentarse en el suelo. Cuando abrió los ojos por completo, a Esteban se le bajó la presión.

Los bellos ojos de Rebecca ya no eran de ese tono rosado que transmitía tantas cosas con una sola mirada, sino que ahora eran de un tono verde. Estaba pálida y respiraba con dificultad. Su cabello castaño tenía unos pelos de color gris que podían ser canas.

—¿Están… bien? —preguntó con tos mientras comenzaba a tiritar, tal vez de frío.

Esteban se quitó la sudadera que llevaba puesta y ayudó a Rebecca a colocársela. Ella dejó de tiritar de inmediato y Alice abrazó a su hermana mientras le frotaba los hombros, intentando darle calor.

Le hicieron un resumen muy breve de lo que había sucedido y lo que estaba ocurriendo en esos precisos momentos.

—Jordan tiene las cuatro reliquias —murmuró Rebecca—, y tiene el diario.

—Sí, pero no tiene lo esencial. Pude quitar las hojas más importantes del diario y se las envié a Iris. Será muy tarde para cuando se dé cuenta de que las hojas no están —contó Alice.

—Pero como Jordan me quitó mi magia, las reliquias dejaron de pertenecerme —añadió Esteban, jugando con sus manos—. ¿La maldición de Goldnote sigue sobre mí?

—La maldición seguirá sobre ti hasta que mueras.

Esteban asintió en silencio y miró el espejo que Alice le dibujó. Lo tomó en sus manos y se miró a sí mismo, de verdad parecía otra persona. Las manos de Rebecca le quitaron despacio el espejo y la chica tomó sus manos para verlo a los ojos. Esteban le devolvió la mirada, pero esta vez fue muy distinto: sus ojos no expresaban nada, a excepción del cansancio.

A la Rebecca que estaba frente a él parecían haberle agregado unos treinta años, más o menos.

Decidieron que ya era hora de salir del lugar. Entre Esteban y Alice ayudaron a Rebecca a levantarse para que pudiera mantenerse en pie, aunque las piernas le temblaban de una manera muy preocupante. Alice abrió un portal y los tres lo cruzaron para aparecer en el barrio de la música, en específico, frente al restaurante de Tania. Era de día, por lo que era probable que hubiesen pasado un buen rato en el mundo de los Puppeteers.

Entraron al restaurante y dejaron a Rebecca sentada en una silla. Esteban buscó por todo el local a alguien, pero no había ni un alma. Afuera fue igual, el barrio de la música estaba por completo vacío, y vaya que daba miedo. Esteban regresó al restaurante. Alice le había preparado una taza con té a Rebecca mientras ella trataba de comer algo ligero. El pelinegro sacó su libreta y la abrió para buscar en las hojas su oz. Encontró la página en la que estaba plasmada su arma, pero al tocar el dibujo, nada sucedió. Era como si fuera una simple imagen.

Estaba desarmado de pies a cabeza.

Después de haber comido algo, Rebecca tenía mejor cara, y Alice se encargó de cambiarle los vendajes. Un portal se abrió en el escenario del restaurante y Esteban tomó lo primero que tuvo a la mano, al igual que Alice. Ella recogió un cuchillo y, el chico, una bandeja circular.

Del portal salió Iris. Al verla, Esteban y Alice soltaron las armas. Iris bajó del escenario y corrió hacia el muchacho para colocar sus manos en su rostro y ver sus ojos. Esteban bajó un poco la mirada e Iris lo abrazó con fuerza. A pesar de que ella era más bajita que él, su abrazo lo ayudó a sentirse mejor. Iris también abrazó a Alice y a Rebecca. Tuvieron que contarle lo sucedido y ella también les narró todo lo que había ocurrido en el Artium Mundi.

—Tienen a Tania, a Ezra y a ChanHyun. Es probable que ya hayan tomado el castillo —resumió Iris. Rebecca se llevó las manos a la cabeza.

—Gray debe estar bien, chicas. No creo que se haya rendido tan fácil —dijo Esteban.

—Tenían a una chica que hizo picadillo a los mejores soldados de élite…

—¿Una chica? ¿Era joven y con el pelo blanco? —preguntó Esteban. Iris asintió—. James puede calmarla. Él es el único al que ella respeta de todos los Puppeteers.

—¿Y cómo sabes eso? —indagó Alice con curiosidad.

—Ya se los explicaré, pero ahora debemos ver la forma de hacer…

Esteban no pudo terminar la frase, ya que afuera se escucharon voces. No eran las voces de humanos que a Esteban le hubiera alegrado escuchar.

Era la voz de Katherine.

Del otro lado de la puerta del restaurante se oía a Katherine gritarle a otros Puppeteers que eran unos buenos para nada y blablablá. Esteban había cerrado la puerta con pestillo y Katherine pareció darse cuenta, pues comenzó a mover la manilla con desesperación.

Los cuatro caminaron rápido y en silencio hacia la cocina y se escondieron ahí dentro. Iris metió en su bolso todos los cuchillos que había, por si las moscas. Estaban abrió la puerta que daba al callejón y todos salieron por esta.

—¿Adónde vamos? —susurró Rebecca.

—Tengo una idea, pero necesitamos a alguien para eso. Iris, debemos ir al departamento de Irene.

Todas miraron a Esteban con confusión, pero de todos modos, Iris abrió un portal y volvieron a cruzarlo.

Cuando estuvieron al otro lado, estaban afuera del departamento de Irene. Esteban tocó la puerta. Adriana no se encontraría en casa, era sábado y ella solía ir a visitar a los padres de Irene en aquellos días, por lo que no correría ningún peligro. Lo último que Esteban quería era que la pequeña se viera involucrada en algo de vida o muerte.

La puerta se abrió y dejó ver a Irene, que vio con perplejidad a Esteban y a sus amigas. El chico la miró y ella, sin decir nada, los dejó pasar a todos, aún con esa mirada de confusión en su rostro.

—¿Puedo preguntarte por qué tus ojos son café? —inquirió, cerrando la puerta para mirar a Esteban—. ¿Tiene algo que ver con ese trabajo de la universidad para el que necesitas lentillas?

Esteban quedó confundido durante un cuarto de segundo, Irene le hizo dudar de toda su existencia con eso. Al final, decidió que no era algo relevante para el momento, aparte de que Esteban no estudiaba nada en lo que tuviera que ocupar lentillas de colores.

—Irene, ellas son Alice, Rebecca e Iris. Chicas, ella es Irene. Ahora que todas se conocen, prosigo. Irene, nos hemos metido en un lío gordo y necesitamos tu ayuda.

—¡¿Te has metido en las drogas?! —exclamó Irene, preocupada.

—¿Qué? ¡No! Es algo mucho peor.

—Esteban, ya te había dicho que no era buena idea hacerles bromas telefónicas a los yakuza.

—Irene, no estoy metido en drogas y tampoco tengo problemas con las mafias, de momento. Esto es un tema más serio, y bueno, como tú eres humana, podrás ayudarnos.

—¿Tú y tus amigas no son humanos, acaso? —bromeó Irene, alzando las cejas. Esteban formó una línea con sus labios.

—¿Se lo dices tú o se lo decimos nosotras? —preguntó Iris.

—Ya habrá tiempo para explicaciones, ahora debemos encontrar el modo de infiltrarnos en el Artium Mundi —expresó Rebecca. Irene iba a decir algo, pero se escucharon golpes en la puerta.

—¡Esteban Firelight François! ¡Por orden del nuevo gobernador del Artium Mundi, tenemos la misión de capturarte! —exclamó una voz femenina del otro lado de la puerta. Esteban se puso a rezar hasta en latín al darse cuenta de que era la voz de Katherine.

La chica tenía complejo de policía.

—¿Firelight? ¿Artium Mundi? Esteban, ¿en qué demonios te has metido?

Iris sacó su pincel y dibujó una cruz sobre la puerta. Esteban conocía esa técnica: protección. Iris corrió a abrir la puerta del balcón y se paró con agilidad en el barandal para dejarse caer. Alice y Rebecca imitaron el acto, solo que ellas se lanzaron de un impulso, sin tocar el barandal. Por supuesto, Alice tuvo que ayudar a su hermana, ya que Rebecca se estaba comenzando a agotar mucho.

Esteban tomó de la mano a Irene, la llevó al balcón y cerró la puerta. Esteban se sentó en el barandal y tiró de ella para que hiciera lo mismo, pero su amiga estaba al borde del colapso, porque no entendía ni tres cuartos de lo que estaba sucediendo en esos momentos. Algo razonable, a Esteban también le pasó.

—¡Esteban! ¿Qué haces? ¡Lanzarse por el balcón no es la opción más razonable!

—Irene, ¡esto no es tener tendencia suicida, si es lo que estás pensando! ¡Tengo todos los cables conectados y las pocas neuronas que me quedan están funcionando! —exclamó él. Irene lo miró asustada para después maldecir y sentarse en el barandal con él.

Esteban se impulsó y tiró de la chica al mismo tiempo que la puerta del departamento era derribada. Irene soltó un grito y se aferró, asustada, a Esteban. En el suelo había un portal abierto. En teoría, debieron haber caído contra el suelo y muerto, pero cruzaron el portal y este se cerró.

Katherine se asomó por el balcón y tensó la mandíbula al mismo tiempo que pateaba una maceta del balcón. Jordan le había encargado la divertidísima tarea de capturar a los otros payasos. Katherine de verdad pensó que Alice y Rebecca habían muerto. Bueno, a Rebecca no le quedaba mucho tiempo antes de que comenzara a envejecer.

Los Puppeteers que la acompañaban miraron a Katherine nerviosos. Habían colocado una técnica de protección, por lo que tardaron en derrumbar la puerta. Katherine a veces intentaba mantener controlados sus ataques de ira, pero es que la gente no colaboraba.

La chica suspiró, frustrada pero no derrotada. Iba a encontrar a esos idiotas y se encargaría de ellos antes de que hallaran la manera de entrar al Artium Mundi de algún modo, cosa que dudaba, pues Alice Silvertear estaba muy débil, Rebecca y Esteban no tenían magia y se habían aliado con una miserable humana que de seguro no tenía ni la menor idea de cómo sujetar un cuchillo para apuñalar a alguien.

Pero aun así, algo inquietaba a Katherine, como si un detalle se le hubiese pasado por alto.

Capítulo 11

El Artium Mundi cayó en menos de lo esperado en manos de Jordan y los Puppeteers. Los ejércitos siempre tuvieron en cuenta que Jordan era una gran amenaza y se entrenaban con la idea de derrotar a un ejército de Puppeteers, pero esa chica de pelo blanco les sacudió el piso, casi de forma literal. Con solo diez dedos, se cargó a los escuadrones de élite sin ni siquiera sudar.

Una verdadera bestia.

Todos fueron privados de sus armas y de sus bienes. Muchos fueron encarcelados y a los más débiles se les dio la opción de ser sirvientes de Jordan o morir. Como era de esperar, los patriotas fueron los que murieron de inmediato. La gente en el Artium Mundi no tuvo otra opción que inclinarse ante Jordan si querían seguir viviendo. Jordan era el nuevo gobernador del lugar y todos los Artifex que residían ahí sabían los tiempos difíciles y crueles que se aproximaban.

En todos los años que llevaba viviendo que la barrera del Artium Mundi, Gray jamás se imaginó que sería derribada y tampoco quería imaginarse cómo había caído. En el instante de la invasión, él estaba en el balcón de su habitación, meditando sobre algo que le había comentado Iris. Jordan apareció allí para darle una buena paliza. James estaba adentro de su habitación, dormido, y Gray hizo todo lo posible para mantener a Jordan alejado de él.

Y, en efecto, lo hizo. De momento, James estaba a salvo de Jordan.

Solo que él estaba encadenado.

Jordan había construido su corte real en el sitio en el que se realizaba la ceremonia de los clanes. Habían encadenado de los brazos a Gray en la plataforma sobre la que se les asignaba el clan. Para disfrutar mejor, Jordan obligó a un Pictorum a construirle un pedestal un poco más alto con un trono para mirar a su hermano ser azotado por uno de sus vasallos.

A Gray le habían quitado la camisa, los zapatos y los lentes, solo le dejaron el pantalón, que ya estaba hecho jirones. Un Puppeteer había comenzado a azotarlo unos quince minutos atrás con una correa y Jordan sonreía con satisfacción cada vez que miraba la cara de dolor de su hermano. Sin embargo, a pesar del cansancio y el dolor, Gray jamás bajó la mirada, pues sabía que hacerlo significaba una victoria para Jordan.

Cuando eran niños, sucedían situaciones parecidas. Si Gray no se levantaba del suelo, Jordan triunfaba.

—¿Te vas a rendir, Graythony? —solía decir—. ¡Vamos, no seas débil! Eres el mayor, tienes que ser el fuerte de la familia.

Tania, ChanHyun y Ezra estaban atados a otros pilares mientras miraban con rabia a Jordan. Les habían quitado la ropa y los habían obligado a colocarse ropa negra que no abrigaba ni tres. Para colmo, muchos Puppeteers se acercaban a ellos y les lanzaban cubetas con agua y hielo de vez en cuando, provocando que les diera más frío del que ya tenían.

Si habláramos de quién era la persona que tenía más ganas de saltar sobre Jordan y rajarle la yugular con un cuchillo, esta sería Tania. El hecho de que la barrera de Noah Firelight hubiera sido destruida indicaba que Esteban estaba muerto. Al momento de colocarla, Noah había dicho que solo un Firelight podía derribarla, dejando a los Puppeteers pasar, pero para eso, el guardián debía estar muerto.

Tania había llegado a la conclusión de que Esteban estaba muerto, en efecto, y de que la reliquia de Goldnote y de Windflower estaban en manos de Jordan. Era conocimiento básico saber que una reliquia podía escoger un nuevo portador una vez que el antiguo estuviera muerto.

Jordan había asesinado a Esteban, y si Tania lograba desatarse, no se contendría en matar al desgraciado.

Tenía la esperanza de que Rebecca estuviera viva, pero ella le había prometido a Noah que siempre protegería Esteban, aunque fuese lo último que hiciera. Becca siempre cumplía sus promesas y todos lo sabían.

***

Sarah buscaba a James por todas las habitaciones del castillo. Había ido hacía poco a la prisión del Artium Mundi y no lo había encontrado por ninguna parte. Después, fue al castillo y ningún sirviente se dignó a decirle algo, por lo que decidió mandar al hospital a unos cuantos. Cuando le preguntó a una criada del castillo, ella le contó que James estaba en un dormitorio del mismo. Por supuesto, Sarah tuvo que hacerla hablar por las malas, porque la muy bastarda se negaba a decir algo con la ubicación de James por «lealtad», pero era la última opción de Sarah para saber dónde estaba James.

Había buscado por cada rincón del castillo y aún no encontraba a su esposo. Bueno, a esas alturas ya no eran considerados esposos. Para que dos Puppeteers estuviesen casados debían tener un mismo anillo en los dedos como medio de conexión; pero cuando capturaron a James, le quitaron todas las sortijas y el matrimonio se rompió. De cualquier modo, James seguía siendo de ella, no había excepción alguna.

Sarah abrió la última puerta de una patada. Supo que era la habitación de Gray por la gama de colores y por el hecho de que era muy aburrida, igual que quinientos años atrás.

Al entrar, vio que había alguien acostado sobre la cama, sumido en un sueño profundo.

Llevaba camiseta de manga larga a rayas, pantalones y cabello negros.

Era James.

Sarah se acercó a la cama con rapidez, pero algo le llamó la atención al ver dormido de James. No estaba en posición fetal, como si lo estuviesen golpeando, y su expresión era de tranquilidad. Sarah recordaba que al dormir con James, él siempre le daba la espalda y miraba hacia la pared; además de que se ponía en posición fetal y se abrazaba a sí mismo. Ahora James dormía como si por fin estuviera tranquilo y ya no tuviese miedo de cerrar los ojos.

James abrió los ojos, despacio, y se estiró, pero su tranquilidad se desvaneció una vez que vio a Sarah parada al lado de la cama. El chico entró en modo alerta y retrocedió para terminar cayéndose de la cama, nervioso. ¿Qué demonios hacía Sarah ahí? ¿Dónde estaba Gray?

—Tú nunca despiertas abriendo los ojos despacio… —murmuró Sarah, rodeando la cama hasta quedar frente a él—. Pareces un niño pequeño que duerme de forma plácida luego de un largo día y que se está preparando para el siguiente.

James se levantó del suelo y miró a Sarah.

—¿Qué haces aquí? —interrogó James, intentando no hacer visible su nerviosismo.

Y recordó:

—¡Basura inservible! ¡Ni para satisfacer a una mujer sirves!

—Lo siento…

—No quería que las cosas terminaran así, pero no hay otra opción. Diviértete.

—¡Sarah! ¡Por favor, ayúdame! ¡No me dejes con ellos!

James sintió un escalofrío por su cuerpo y apretó los puños, tratando de contener su nerviosismo. Había hablado con Gray sobre ese momento, algún día iba a suceder e iba a tener que enfrentarlo.

—La misma pregunta tendría que hacerte yo, cariño: ¿por qué estabas durmiendo en la cama de Gray Silvertear? ¿Por qué había una foto tuya en el libro-cartera del maricón de Gray? ¿Por qué demonios estás aquí y no en la prisión del Artium Mundi?

—No es de tu incumbencia —respondió James, mirándola a los ojos.

Unos años atrás, cada vez que Sarah interrogaba a James, él respondía nervioso, con la mirada baja y los hombros encogidos, pero ahora no había hecho nada de eso. Ya no le tenía miedo a esa mujer que por mucho tiempo llamó «esposa».

—Soy tu esposa y tengo derecho a saber todo de ti. Tú eres mío y yo soy tuya —habló Sarah, seria, llevando su mano al cuello de James, pero el chico sujetó su muñeca.

—Tú ya no eres mi esposa, Sarah. Nunca quisiste serlo y tampoco lo fuiste. Lo nuestro nunca fue amor —declaró.

James soltó la mano de Sarah y se alejó de ella. Por el rabillo del ojo buscó algo con lo que defenderse, la conocía lo suficiente para saber que intentaría atacarlo con sus propias manos.

—Tú me amas, me adoras, me ves como si fuera una puta diosa, solo que estás confundido —insistió Sarah.

—Yo no estoy confundido, Sarah —afirmó James, frunciendo el ceño—. Gray es quien de verdad me ama, y yo lo amo.

—Él no te ama, yo soy la única que te ama y te puede proteger. Hice el juramento de vivir toda mi eternidad a tu lado. La mierda viviente de Gray jamás haría eso por ti. Él nunca te dirá que te ama y jamás te jurará amor eterno, todo lo que él te dice es mentira. Nadie de esta gentuza te quiere, James. Yo soy la única que te ama —repitió.

—Tú no me amas, Sarah. Nunca lo hiciste.

James no se dignó a dejar que Sarah respondiera algo; ni la miró. Salió de la habitación de Gray a paso rápido, no sin antes tomar su sudadera negra y colocársela.

Bajó corriendo las escaleras y se encontró con muchos Puppeteers en el camino. Ninguno de ellos lo tomó en cuenta y James agradeció eso, pero su desesperación aumentó. ¿Qué hacían todos ellos allí? Los Puppeteers por sí solos no podían entrar al Artium Mundi. Salió del castillo y quedó con la boca abierta al ver que en el pueblo unos cuantos Puppeteers estaban quemando unos cuerpos en una gran hoguera.

Había sucedido, el plan de Jordan había funcionado.

Llevó sus manos a su cabello y tiró de este con desesperación. No podía estar sucediendo. Significaba que Esteban estaba muerto y que Kris estaba ahí.

James comenzó a correr por el puente de piedra caliza que conectaba el castillo y el pueblo. Mientras avanzaba, se preguntaba dónde estarían Gray y los demás. Jordan siempre hablaba de ejecutar a Gray. Antes, le daba igual a quién ejecutara primero, pero ahora debía impedir que matara a Gray y luego a Tania, a Ezra, a ChanHyun y a Iris.

James llegó al pueblo y miró con desesperación por todas partes. En el foro había muchos Puppeteers y en la plataforma en la que se realizaba la ceremonia había una persona de rodillas con los brazos extendidos.

Tomó aire y retomó su carrera en dirección al foro.

***

Jordan miraba a Gray con atención. Llevaba alrededor de diez minutos sin moverse. Eso comenzaba a ser aburrido. Llamaría a la Bestia para que fuese y jugara un poco con la mente de su hermano, luego lo mataría frente a todo el Artium Mundi. Sí, esa era una buena opción.

—¿Qué te sucede, Tania? ¿Tienes frío? —preguntó Jordan con un tono burlesco.

Tania le gritó unos buenos insultos.

—¿Quién diría que por fin lo logré? Ahora yo estoy por encima de todos ustedes —declaró Jordan—. ¡Sebastián! ¡Ve a rellenar las cubetas!

Sebastián tenía el ceño fruncido y miraba con furia a Jordan. Había criado a ese niñito narcisista para evitar que terminara como estaba ahora, pero la ambición de los señores Silvertear lo convirtió en ese desgraciado.

—Sí, mi señor —masculló para tomar las cubetas vacías y darle una mirada de compasión a Tania antes de retirarse.

—¡Maldito imbécil! ¡Una vez que me libere, le rezarás incluso a Evelyn Moonheart! —vociferó Tania, furiosa. Ezra y ChanHyun la miraban asustados.

—¡Oye, Gray! ¿Sigues vivo? —gritó Jordan. Gray tiró de las cadenas con fuerza, provocando una risa por parte del Puppeteer—. Nunca te rindes, ¿eh?

Jordan hizo un movimiento con su mano y el Puppeteer encargado de azotarlo asintió para tomar el látigo y colocarse detrás del chico, dispuesto a zurrarlo de nuevo. Gray tensó la mandíbula y apretó sus puños con fuerza. No sabía cuánto más podría soportar, lo único seguro es que no bajaría la cabeza.

¿Qué más podía perder? Becca y Alice de seguro estaban muertas, sus vidas habían sido tomadas por Jordan. Era gracioso admitirlo, pero Jordan había asesinado, en efecto, a toda la familia Silvertear.

Gray tragó saliva y tomó aire, preparándose para lo que venía. Vio la sombra del Puppeteer levantar su brazo para azotarlo y de inmediato, todos los pelos de su cuerpo se erizaron.

Esperó a que el primer azote llegara, pero en vez de eso, escuchó que alguien gritaba su nombre para después sentir que lo abrazaba por la espalda, protegiéndolo de los azotes. Oyó un jadeo de dolor y deprisa giró la cabeza. Se trataba de James. El Puppeteer soltó el látigo y miró hacia todos lados, asustado.

Jordan y todos los Puppeteers se pusieron en estado de alerta. Miraron a James y luego a Jordan, esperando una orden de él, pero su líder ni siquiera abrió la boca.

James logró quitarle las cadenas de las muñecas a Gray y se puso de rodillas. Estando frente a él, tomó su rostro con sus manos, preocupado. Gray apoyó la cabeza en el hombro de James y soltó un suspiro de alivio.

—¿Estás bien? Tus heridas no se ven para nada leves —dijo James, preocupado.

—Estoy respirando, creo que eso es lo importante —murmuró Gray—. Puede que me desmaye.

—Estás bien, ¿sí? Estás conmigo, estoy aquí. No me voy a ir.

James ayudó a Gray a levantarse y lo llevó hasta los pilares donde estaban Tania, Ezra y ChanHyun. Dos Puppeteers se le acercaron para llevárselo, pero James los fulminó con la mirada y los tipos se alejaron con miedo.

Dejó a Gray recostado boca abajo al lado de los pilares y miró a los demás con preocupación. Ezra y ChanHyun lo veían con orgullo y alivio mientras que Tania... bueno, Tania estaba enojada, triste, alegre, aliviada y con un instinto homicida peor que el de Michael Myers.

James fijó la mirada en Jordan, que por fin se dignó a levantarse de su trono y bajar por las escaleras. James caminó hasta él. Apenas lo tuvo delante, le dio un golpe en la cara que lo dejó tambaleando. Todos los Puppeteers ahogaron un grito y lo miraron asustados.

—¡James! Vaya, menuda forma de decir «hola» —dijo Jordan, sobándose la mandíbula—. Me esperaba un abrazo o algo por el estilo.

—¿Un abrazo? ¿En serio crees que después de todo lo que me hicieron Sarah y tú les daría un abrazo cuando los volviera a ver? —bufó James.

—¡Bah! No empieces, James. Sentimos haberte tratado como mierda, aunque lo eres. Olvidemos todo esto y vuelve con tu verdadera familia, ¿sí?

—¿Perdonar y olvidar? Primero, no soy Dios, y segundo, no tengo Alzheimer. No pienso volver con ustedes en mi vida. Siempre me trataron como mierda solo porque no soy una escoria igual a todos ustedes —declaró James, molesto. Jordan cambió su expresión a una seria.

–¡Así que has elegido unirte a esta tropa de payasos! Pensé que eras más inteligente, James. También asumo que has rechazado a Sarah. ¡Una lástima! Hacían linda pareja. Pero bueno, creo que todos sufrimos el síndrome de la estupidez alguna vez en nuestras vidas.

—¿Sabes qué síndrome tienes tú? ¡El síndrome de la abeja! Te crees rey y eres solo un bicho —escupió Tania. Jordan la miró mal.

—Veo que has tenido mucha valentía al sacar a Gray, pero necesito a alguien a quien azotar para entretenerme. Tendrás que colocarte en su lugar o pelear conmigo. Siempre he querido escuchar tus huesos romperse.

—¿Vas a pelear tú conmigo? ¡Qué raro! Por lo general, envías a alguien para que haga todo por ti —respondió James. Jordan, furioso, lo tomó por el cuello.

James intentó que Jordan lo soltara, pero en los últimos años estuvo haciendo pesas o algo así, porque tenía demasiada fuerza en el brazo. Gray intentó levantarse para ayudar a su pareja, pero el dolor de su espalda se lo impidió por completo. Jordan lanzó al chico al suelo y lo pateó en el estómago, luego tomó el látigo del Puppeteer, dispuesto a azotarlo, pero una mano en su muñeca lo detuvo.

James alzó la mirada y abrió los ojos, sorprendido al ver que se trataba de Kris. Por poco no la reconoció, pero cuando reparó en sus ojos apagados y llenos de odio, al igual que la cicatriz, supo que se trataba de ella. La pequeña niña que él crió ahora era toda una adolescente.

—Atrévete a golpearlo de nuevo y te juro que será la última vez que tendrás los treinta huesos de tu extremidad en una pieza —amenazó ella con la mirada fija en Jordan.

Capítulo 12

Kris soltó el brazo de Jordan y se colocó delante de James en un acto de protección. Jordan chasqueó la lengua y estuvo a punto de indicarles con su mano a los otros Puppeteers que se llevaran al chico, pero Kris negó con la cabeza de una forma amenazante. Jordan maldijo. Kris mantuvo la vista fija en él y, como por un mecanismo de defensa, este se alejó unos metros.

Una vez que Jordan estuvo a una distancia prudente de ellos, Kris se dio la vuelta y su expresión se suavizó de inmediato. Abrazó a James con fuerza y el gesto fue correspondido. Había crecido mucho, antes alcanzaba hasta su cintura, pero ahora Kris le llegaba al pecho. James acarició el blanco cabello de la chica y ambos se quedaron abrazados durante un momento en completo silencio. Nadie se atrevió a interrumpir la escena, y James ya se hacía una idea del porqué.

Kris sintió que todo su cuerpo se relajaba, James había cambiado mucho. Se veía más feliz, aunque estuvieran en una situación compleja. Ya no tenía los anillos de Puppeteer; pero el solo hecho de volver a abrazarlo y tenerlo cerca la hizo sentirse como una persona normal, no como un monstruo.

Cuando se separaron del abrazo, James se acercó a Gray para revisar qué tan graves eran sus heridas. Entretanto, Kris volvió a plantearle cara a Jordan.

—Si le tocas un pelo, despídete del bello plan de someter al Artium Mundi —lo amenazó, mirándolo.

Jordan bufó y se acercó a la peliblanca para tomarla del cabello y dedicarle una sonrisa burlona.

—No me das miedo, pedazo de escoria. Te recuerdo que sigues siendo inferior a mí. Aprende cuál es tu puesto, en los siguientes años te lo recordaré. Mejor ve a hacer algo productivo y arréglate para la cena.

Kris miró con odio a Jordan y dio media vuelta para irse caminando con las manos metidas dentro de los bolsillos de la sudadera. Se dirigió al puente que conectaba el foro con el pueblo.

Cuando Kris ya no estuvo a la vista, Jordan chasqueó los dedos y sus cadenas agarraron a James para atarlo a uno de los pilares junto a Tania, Ezra y ChanHyun.

Gray fue arrastrado de nuevo hasta la plataforma. Después, un Puppeteer volvió a atar sus muñecas con las cadenas. Se notaba que estaba ocupando toda su energía en intentar curar sus heridas, pero se veía desgastado hasta el borde de desmayarse.

—¿Y ella es buena o mala? —preguntó Ezra, refiriéndose a Kris.

—Ambas. Es como la mezcla de un dragón con un cachorro bebé —respondió James—. Depende de con quién trate, desde luego.

Nadie dijo nada durante unos pocos minutos, lo único que se escuchaba era a los Puppeteers hablar entre sí y los jadeos de dolor de Gray, pues habían comenzado a azotarlo de nuevo, apenas logró curar sus heridas. Ninguno de los cuatro que estaban atados a los pilares pudo observar la escena de Gray gritando de sufrimiento.

Tania solo podía pensar en el odio que le guardaba a Jordan por haber asesinado a Esteban. El chico era como el hijo que no tenía. De alguna forma, él le había dado felicidad a Tania, orden a su vida y muchos buenos recuerdos.

Ahora entendía por qué en las leyes del Artium Mundi estaba prohibido establecer una relación muy estrecha con los humanos, ¡ellos viven tan poco y no lo saben! Quizás, esa era la única parte negativa de ser un Artifex: la inmortalidad a veces no es una bendición, sino un castigo.

***

Esteban miró a ambos lados y le hizo una señal a Irene, a Alice y a Iris para que comenzaran a moverse detrás de él. Corrieron lo más rápido posible hasta que llegaron a la boutique de Ezra. Esteban llevaba en su espalda a Rebecca, que no sentía las piernas, por lo que Iris abrió la puerta y entraron todos. Acto seguido, la cerró para después bloquearla con ayuda de Alice, en tanto Irene cerraba las cortinas.

Esteban dejó a Rebecca recostada en un sofá y se dejó caer en el suelo, agotado. Habían logrado entrar al Artium Mundi sin ser seguidos por Katherine, pero en el camino a la boutique de Ezra, habían sufrido cuarenta infartos, puesto que se encontraron con varios Puppeteers. Al menos, no fueron descubiertos. Irene se sentó en el suelo, al lado de Esteban, y lo miró sin creer lo que estaba sucediendo.

—Esteban, te juro que no entiendo esta situación. Salté del balcón de mi casa y en vez de morirme, terminé apareciendo en un mundo flotante sacado de una película de Barbie en la que, al parecer, se está desarrollando una especie de revolución francesa mágica —reprochó, al borde de entrar en crisis.

—Es bastante parecido a lo que Rick y yo pensábamos cuando llegamos por primera vez —murmuró Esteban. Irene lo miró aún más confundida.

—¿Qué tiene que ver Rick en todo esto? Esteban, ¿qué diablos eres? Es claro que no eres del todo humano. Tu piel nunca ha sufrido un cambio, tienes rasgos más o menos delicados y te ves casi igual que hace cinco años —exclamó Irene con la voz quebrada.

—Es hijo de un Pictorum y una humana —respondió Rebecca, sentándose en el sofá con algo de dificultad—. Esteban Firelight François.

—Hijo de Noah Firelight y de Giselle François —agregó Iris.

—Te explicaré todo lo que necesites saber, Irene, pero por ahora solo confía en mí —pidió Esteban con una leve sonrisa—. Tengo un plan para infiltrarnos en el castillo.

—¿No hubiese sido mejor idea entrar en el instituto y así sacar las armas? —preguntó Alice. Esteban negó.

—Lo que necesitamos está justo aquí. Espero que Ezra tenga ropa negra.

Iris lo miró con una sonrisa y Alice asintió, convencida. Por su parte, Rebecca alzó los pulgares a modo de aprobación. Esteban se giró a ver a Irene para examinar cómo iba vestida. Pantalones negros, sudadera blanca y unas converse, no era un mal atuendo.

Se pusieron manos a la obra. Esteban buscó ropa de color negro similar a la que ocupaban los Puppeteers. Encontró varias prendas de ese color y algunos accesorios. También sacó ropa más colorida para Irene.

Esteban les entregó las prendas a las chicas y fue a cambiarse a un probador. Se vistió con ropa negra y unos guantes negros que ocultaban sus manos. Ninguna parte de su cuerpo estaba expuesta, a excepción del rostro. Cuando las chicas le avisaron que podía salir, lo hizo y se sorprendió al verlas a todas vestidas de negro y a rayas. Irene, por su lado, llevaba ropa más colorida e Iris le había hecho unas trenzas en el cabello.

Iris ayudó a Irene a colocarse unas lentillas de colores para hacerla pasar por una Pictorum. Mientras tanto, Alice terminaba de colocarle las botas negras a Rebecca.

Alice usó magia para hacer una ilusión. La piel de Rebecca, de Alice y de Esteban se volvió de un tono blanco. Sus ojos se oscurecieron y quedaron en una tonalidad negra. El cabello de Iris se había hecho negro, al igual que el de Alice y Rebecca. También los labios se tiñeron de negro, incluyendo los párpados y la línea inferior de las pestañas.

Iris y Alice guardaron sus libretas de forma que no se vieran a simple vista. Esteban hizo lo mismo, pero también tuvo que guardar el pincel de Rebecca, que tomó un tamaño mínimo.

Todos caminaron hasta la puerta trasera de la boutique, la cual daba directo a un callejón. Caminaron pegados a la pared hasta el final de esta. Iris se colocó la capucha de la sudadera y Esteban y Alice tomaron del brazo a Irene. Iris cargó a Rebecca en su espalda y salieron del callejón rogando que ningún Puppeteer los detuviera.

Caminaron por el pueblo del Artium Mundi y se toparon con muchos Puppeteers que los ignoraban. Para ellos eran solo cuatro Puppeteers llevando a una Pictorum rebelde para que fuera juzgada por Jordan.

El Artium Mundi de verdad estaba sufriendo un cambio total. La mayoría de las viviendas estaban destruidas y una hoguera llena de cuerpos crepitaba en el centro de la plaza en la que estaba la fuente que Esteban usó para salvar a todos de la peste de tinta cinco años atrás. El chico no quiso seguir viendo eso y fijó la mirada adelante, pero siendo honestos, no había ningún sitio decente al que mirar. Todo había sido tomado por los Puppeteers y algunos ya comenzaban a pintar los coloridos edificios de negro.

Se dirigían al castillo cuando Esteban vio a Sarah caminando por el puente de piedra caliza en dirección al foro. Detuvo la marcha y reparó en que se había construido un trono negro que antes no estaba ahí. Iris le miró, confundida, y Esteban señaló con la cabeza que tendrían que ir allá si querían encontrar a los demás.

Volvieron a caminar, pero esta vez en dirección al foro. Unos Puppeteers los miraron, perplejos, y estuvieron a punto de acercarse hasta que un portal se abrió y por este cruzó Katherine con los otros Puppeteers.

—Creo que se me bajó la presión —susurró Esteban, viendo por el rabillo del ojo a Katherine.

—Hay que seguir caminando —declaró Alice, nerviosa—. Estamos cerca.

Todos asintieron y trataron de mantenerse tranquilos, pero escucharon que Katherine les gritaba, pidiéndoles que se detuvieran.

Esteban comenzó a rezar en su mente en cuarenta idiomas distintos. Se quedó tan rígido que con facilidad podía servir de árbol, solo le faltaban las ramas con las hojas.

Katherine se acercó a ellos y examinó de pies a cabeza a Irene, que sacó sus dotes de actriz y comenzó a forcejear mientras miraba mal a Katherine. Scarlett Johansson hubiera temblado.

—¿Qué le sucedió a ella? —preguntó Katherine, señalando a Rebecca.

—La Pictorum la atacó y pudimos detenerla a tiempo —respondió Esteban.

—Ustedes dos lleven a esta escoria adonde el amo Jordan —ordenó, señalando a Iris y a Alice—. Tú lleva a tu compañera con los médicos para que alguien la revise —concluyó, mirándolo a él.

Esteban asintió. Iris dejó a Rebecca de pie en el suelo y ayudó a subirla a la espalda del chico. Con la mirada, Alice le indicó que mantuviera la calma; luego, agarró con fingida fuerza el brazo de Irene y la llevó hacia el foro.

Katherine se fue a otro sitio y Esteban se quedó ahí parado, como si lo hubiesen plantado en una cita, pareciendo un imbécil. Rebecca levantó su mano con debilidad y señaló en dirección al puente que conectaba el castillo y el pueblo. Él comenzó a caminar allá, intentando mantener la calma. Si no, Rebecca y él estarían más que jodidos.

—¡Oye! ¡Ven aquí! —gritó Katherine. La tensión de Esteban fue total.

El chico volteó despacio y caminó de nuevo hacia Katherine. Podía sentir las manos de Rebecca apretando un poco sus hombros, pero no había de otra. No podían levantar sospechas.

—Se me había olvidado preguntar tu nombre. ¿Eres nuevo? —inquirió Katherine, sacando un pergamino.

—Eh... sí, me uní hace poco a ustedes —replicó Esteban.

—¿Tú nombre de humano era Gohan Ramírez? —preguntó Katherine, mirando la lista. Estuvo a punto de soltar una carcajada.

—Sí, Gohan, claro.

—¿Y el nombre de ella es Ginny González?

—Sí, Ginny —contestó Esteban.

—Menudos nombres les colocan las madres a sus hijos hoy en día —murmuró Katherine—. El registro civil está por allá, si quieres cambiarte el nombre; a menos que puedas hacer un *kame hame ha*.

—Lo tendré en cuenta —afirmó Esteban, forzando una sonrisa.

El muchacho emprendió una marcha rápida para intentar alejarse de Katherine. Nunca había estado tan nervioso, ni siquiera cuando tuvo su primera evaluación en la universidad. Rebecca murmuró algo, pero Esteban no pudo escucharla bien, su voz sonaba muy arrastrada. Los años le estaban cayendo encima a la chica.

***

Iris, Alice e Irene subieron por el puente de piedra caliza hasta el foro en el que estaban todos los Puppeteers. En el camino se cruzaron con varios Puppeteers, pero ninguno les dio atención porque no notaron de quiénes se trataba en realidad. Cuando por fin llegaron, Alice tuvo que morderse el labio inferior con fuerza para evitar soltar un grito. Su hermano estaba siendo azotado; Tania y los demás estaban atados a unos pilares, empapados hasta los huesos, y Jordan miraba todo como si fuese un espectáculo de circo.

Tania levantó la mirada y encontró la de Alice. La expresión de odio de la rubia cambió a una de alivio total, como si le hubiesen quitado el peso del mundo de encima. ChanHyun, Ezra y James también lo percibieron. Sus facciones se relajaron al ver a Iris y a Alice.

Por la cabeza de Tania pasó un pensamiento: si Alice estaba viva, Esteban y Rebecca también lo estaban. Sin embargo, no quería hacerse muchas ilusiones. Pensó lo mismo en la guerra, cuando vio a Gray volver sano y a salvo de la zona de batalla.

Las chicas llevaron a Irene hasta el inicio de las escaleras para subir al egocéntrico y exagerado trono de Jordan.

Jordan miró a Irene de pies a cabeza, examinándola por completo. Había algo que no lo convencía de esta Pictorum. Vio a ambas chicas y se fijó bien en que en sus manos había anillos, pero no tenían cadenas.

Se levantó de su trono de forma brusca y estiró la mano. Las cadenas de los anillos se dirigieron deprisa hacia las chicas, pero Iris bloqueó el ataque con un escudo. Jordan frunció el ceño y saltó hacia Iris.

Si Alice estaba viva, en ese caso, el bastardo y su hermana debían estarlo también, y por lógica, todos estarían en el Artium Mundi.

De inmediato, Alice sacó sus armas y comenzó a dispararles a todos los Puppeteers que saltaron sobre ellas para atacarlas. Miró a Irene y su primer pensamiento fue que debía sacar a la humana de ahí. Velvet salió de su libreta, pero en vez de ser un pequeño perrito, apareció como inmenso un perro agresivo que subió a Irene a su lomo para saltar del foro y caer en el vacío.

—¡Ya está casi toda la familia reunida! ¡Sería una excelente idea traer a Rebecca para que los hermanos Silvertear estemos todos reunidos! —exclamó Jordan, mirando a Alice con una sonrisa.

Gray levantó la mirada al instante y vio a su hermana parada con sus armas en las manos. Sintió volver toda la energía de su cuerpo, como si hubiese recibido una descarga eléctrica. Alice estaba viva, y eso podría significar que Rebecca y Esteban también.

Capítulo 13

Esteban supo que su vida y la de Rebecca habían acabado en el momento en que Katherine gritó: «¡Por ellos!» y todos los Puppeteers que estaban en la plaza los rodearon. Esteban había intentado abandonar el lugar antes de que algo como eso pasara, pero daba la impresión de que el destino y todo lo místico se habían enojado con él y procuraban que todo le saliera mal. Ahora entendía por qué su querida abuela leía el horóscopo cada mañana antes de salir de la casa.

No podía permitir que los Puppeteers les hicieran algo, y menos ahora que no tenía poder alguno y Rebecca estaba envejeciendo poco a poco. Varios mechones de su cabello ya habían adoptado un tono blanco-gris y la piel de sus manos estaba arrugada. No tenían mucho tiempo, Rebecca ya debía estar por los setenta a ese paso.

Katherine se abrió paso entre los Puppeteers y fijó la mirada en Esteban, como si fuese un chicle que se pegó a su zapato.

—Creo que nuestro Gohan se parece un poco a cierto chico parisino llamado Esteban. ¡Qué coincidencia también que Ginny sea la copia perfecta de Rebecca! —apuntó Katherine, haciendo un movimiento con su mano. Por la cara que pusieron la mayoría de los Puppeteers, la ilusión había desaparecido.

Esteban miró en todas direcciones, las posibilidades de escapar sin alguna herida estaban bajo el 40 %, todos los Puppeteers habían rodeado las zonas de escape o de escondite. Sintió que la mano de Rebecca apretaba su hombro con la poca fuerza que le quedaba y levantó su mano en dirección a Katherine.

Al principio, Esteban no entendió a qué se refería, pero cuando vio que detrás de Katherine estaba el puerto que daba a la nada, comprendió lo que tenía que hacer.

—Australia —susurró una voz en su oído, pero no pertenecía a Rebecca.

—¡Atrápenlos! —gritó Katherine.

—¡Corre! —indicó la misma voz.

Y como si de una orden se tratase, Esteban comenzó a correr hacia el puerto mientras esquivaba a varios Puppeteers. Se agachaba para evitar que cientos de cadenas lo atraparan. La misma voz le decía a qué lado debía dirigirse para evitar un ataque o a un Puppeteer. Una vez que estuvieron en el borde, Esteban no lo dudó y saltó, aún llevando a Rebecca en su espalda.

Los dos cayeron por el cielo y un portal se abrió bajo sus pies. Esteban pensó en Australia al instante y atravesó el portal a la velocidad de una bala, para aparecer a diez metros de altura del suelo.

La caída fue dolorosa y Esteban soltó un grito de dolor agonizante. Hubiera jurado que escuchó más de un hueso romperse. Si bien no fue mucha altura, el impacto contra el suelo fue una joda total. Le dolía hasta respirar y mantener los ojos abiertos. Rebecca, que estaba sobre su espalda, cayó a su lado y lo miró con los ojos entreabiertos. Aparentaba la edad de una anciana de cien años que con suerte podía respirar.

Esteban solo sabía que estaban en un desierto en medio de la nada, que hacía calor y que su cuerpo dolía como el demonio. ¿En serio iba a morir así, en un desierto y con varios huesos rotos?

Rebecca estiró su mano hasta la de Esteban y la tomó con mucho cuidado. El chico la miró y una lágrima se escapó por su mejilla. Sentía dolor y desesperación al ver a su amiga en la cuerda de la vida y la muerte.

Parpadeó y vio a una niña de cuclillas junto a Rebecca. Ya no sabía si era real o una alucinación por el dolor.

—Esteban Firelight François. Mestizo. Veintidós años. Libra, francés y Pictorum no reconocido —dijo la pequeña—. Rebecca Rose Silvertear. Artifex. 1805 años. Leo, Pictorum continuó.

Por fin, Esteban cerró los ojos, agotado. Se quedó con el recuerdo de la niña fijando la mirada en Rebecca y pronunciando aquellas palabras.

La pequeña miró el cadáver de Esteban Firelight y de Rebecca Silvertear.

Se acercó a Rebecca y tocó el sitio que estaba en medio de sus cejas. Su cabello volvió a teñirse de café y su arrugada piel rejuveneció para volver a la apariencia de una chica de dieciocho años. Miró a Esteban y estiró su mano para tocar el mismo lugar en el que había tocado a Rebecca. El chico volvió a respirar, al igual que su amiga.

***

Esteban abrió los ojos y lo primero que vio fue el interior de una cueva oscura, aunque había algo de luz proveniente de unas velas. Los recuerdos de su caída, de Rebecca en sus últimos suspiros y de aquella niña aparecieron de golpe en su cabeza. Se levantó de forma brusca de donde estaba acostado. Su cuerpo no dolía, pero apenas se puso en pie, se mareó y se vio obligado a sentarse de nuevo. Miró la cueva. En otra cama un poco más pequeña estaba Rebecca acostada y respirando de manera regular. Esteban se sintió aliviado al verla joven y viva.

Observó la cueva con más detalle. Había una gran estantería con libros, pero protegida con vidrio y cerrada con llave. El lugar tenía varios papeles pegados en las paredes de roca y había retratos de personas, lugares y símbolos. En una esquina estaba una pequeña caja de juguetes casi vacía. La mayoría de los juguetes eran hechos a mano y se notaba que hacía mucho tiempo que no se usaban.

El chico comenzó se dirigió a la salida de la cueva. Afuera, se dio cuenta de que ya era de noche y que estaban en un precipicio en el que solo se tenía vista de las nubes y el cielo. Había alguien sentado en el suelo, al parecer, frente a una fogata.

Esteban caminó hasta la persona, que estaba de espaldas, y se aclaró la voz.

—Esto… —comenzó a decir—. No sé quién ni qué eres, pero gracias por salvarnos a mí y a mi amiga. Estamos muy agradecidos contigo. No sé si estoy vivo o muerto, la verdad, pero en estos últimos años he pasado por todo, así que supongo que es lo primero.

La persona se levantó y dejó caer la capucha café que llevaba puesta. Se dio vuelta y dejó a la vista el rostro de una hermosa mujer de unos treinta años.

Su piel era oscura y bellísima, sus ojos eran grises y tenía el cabello castaño con varias trenzas. Por algún motivo, Esteban sintió la gran necesidad de arrodillarse, sus piernas incluso temblaron.

La presencia de esa mujer era impresionante y a la vez daba un poco de miedo.

—Esteban Firelight François —habló la mujer. Esteban cayó de rodillas al suelo, aún mirando a la mujer.

—¿Quién es usted? —inquirió.

—Evelyn Moonheart, la primera Sciptor.

Esteban sintió que estaba por desmayarse. ¿Ella era Evelyn Moonheart? ¿La primera Sciptor? ¿La mujer más vieja de toda la humanidad? ¿La única de los tres padres que seguía viva?

«Pues claro que lo es, ni que fuera Beyoncé. Avíspate, Esteban, avíspate», pensó el chico, negando deprisa con la cabeza.

Evelyn lo miró con aquellos ojos grises y gélidos y colocó sus dedos en su mentón, mirándolo fijamente. Como si fuera una orden, Esteban se levantó, aún viendo a la mujer.

Seguía sin creer que estaba frente a Evelyn Moonheart. Ni encontrarse con Chris Evans en la calle por casualidad se comparaba con eso. No quería imaginarse el rostro de Rebecca al enterarse de que ambos estaban en la cueva de Evelyn Moonheart.

La mujer le hizo un movimiento con la cabeza para indicarle que la siguiera. Esteban lo hizo, siguió a Evelyn hasta el interior de la cueva y ella se sentó en el suelo con la vista fija en la vela que iluminaba el sitio. Esteban se sentó frente a ella y se mordió el labio, nervioso. ¿Qué se suponía que tenía que decir? Su mente se sentía igual de vacía que esa vez en la que se había pasado estudiando toda una noche para un examen y el día de la prueba no se acordaba de nada.

—Sé por qué estás aquí —afirmó Evelyn—. Quieres la reliquia.

—No puedo permitir que caigan en manos de Jordan, él me arrebató las otras dos reliquias, y si obtiene esta, el Artium Mundi estará perdido —explicó Esteban.

—Lo sé, llevo siglos observando el mismo plan fallar y fallar; pero en esta ocasión, el chico jugó bien sus cartas.

—Necesito que me dé la reliquia, por favor —pidió Esteban—. Debo salvar a mis amigos y a toda la humanidad, todos ellos dependen de mí.

—¿Por qué te esfuerzas tanto en salvar a la humanidad y a tus amigos? Siempre diré que la humanidad fue mi peor creación. Ya los ves ahí, destruyendo todo lo bello que pude crear, asesinándose entre sí, maltratando a los animales, dañando el único sitio donde podrán vivir. La humanidad es una plaga, tú mismo deberías saberlo. Todos esos comentarios crueles que te llegaron cuando eras pequeño a ti y a tu abuela, los solitarios días del padre y de la madre que pasaste en la escuela… ¿no te da impotencia?

Esteban se quedó pensativo durante unos minutos. Lo que decía Evelyn era cierto en parte. La humanidad destruyó muchas cosas maravillosas y parte de ella también se encargó de decirle cosas hirientes cuando era pequeño. Aunque no le gustara guardar rencor, a Esteban le causaba rabia recordar lo mal que lo hacían sentir sus compañeros en la primaria porque no tenía madre o padre hasta el punto de hacerlo llorar.

Pero en esa humanidad estaba Rick, su abuela, su madre, Irene y Adriana.

—Durante mucho tiempo me sentí mal por culpa de la gente ajena de mi cariño que me rodeaba, pero ellos desaparecieron y ahora están aquellos que me quieren por lo que soy, y si hay gente como la que me aceptó, entonces sé que quedan personas buenas en este mundo —declaró Esteban.

—¿Y la gente mala que te dañó?

—Gente mala siempre va a haber, Evelyn, el mundo no es perfecto —admitió Esteban—; pero hay ciertas personas que conoces a lo largo de tu vida que la tiñen de distintos colores. Y esos colores, aunque sean pocos, son los que importan.

Evelyn dibujó una sonrisa sarcástica en sus labios y echó la cabeza hacia atrás.

—Recuerdo haber tenido esta misma conversación con alguien hace siglos, o quizá milenios… —murmuró—. La vida eterna a veces agota.

—Si está tan cansada, ¿por qué no descansa? Sé que vivir para siempre debe ser horrible, pero usted decidió inmortalizarse.

Evelyn se rio y volvió a mirar a Esteban con una sonrisa rota.

—¡Siempre cuentan tan mal la historia original! Yo nunca quise inmortalizarme. Descubrí la forma, pero mi inmortalidad fue una maldición por parte de Jack Windflower. Él era la vida, yo la muerte y… —dijo, pero se detuvo, como si mencionar el nombre de Bella le produjera mucho dolor—, y Bella era el balance entre ambos.

—¿Qué poder tiene la familia Windflower? —preguntó Esteban, mirando a Evelyn a los ojos.

—Veo que ya sabes la verdad acerca de la familia real. Aún hay descendientes. Con exactitud, quedan dos Windflower en el mundo. Y respondiendo tu otra pregunta, sé que eres un aficionado a la mitología griega, ¿me equivoco?

—¿A qué se refiere?

—El poder de los Windflower no es por fuerza algo que se pueda ver a simple vista —afirmó Evelyn, mirándolo con una sonrisa—. *Trois dieux de l'Olympe sont. Trois parents de Zeus sont. Une déesse de cela est et les deux autres doivent avoir une progéniture.*

Tres dioses del olimpo.

Tres parientes de Zeus.

Una de ellas de aquello es.

Y los otros dos, la descendencia deben tener.

Esteban se sorprendió y abrió la boca para decir algo, pero no emitió sonido alguno. El chico retomó la compostura y miró de nuevo a Evelyn, ahora con una expresión más seria. Luego llegaría el momento de sacar conclusiones y teorías conspirativas, pero Esteban ya se hacía una idea acerca de cuál era el poder de los Windflower.

—Lamento cambiar de tema de manera tan brusca, pero necesito la reliquia para salvar a mis amigos. No tengo mucho tiempo que perder.

—No te la puedo dar, Esteban, tienes que ganártela.

¡Qué maravilla! Ahora quizás tendría que hacer algo similar a las doce tareas de Heracles para conseguir la dichosa reliquia y poder salvar a sus amigos. ¿Quién diría que hasta este punto tendría que probar su valor y destreza para ganarse un anillo? Ya parecía una trivia o alguna de esas competencias que hacían en el instituto.

—Vale, ¿qué tengo que hacer para lograrlo? —preguntó, viendo que Evelyn sacaba la reliquia de su bolsillo. Su cara se desfiguró—. ¿No me la tengo que ganar?

—Bloqueé la reliquia hace mucho. La *mens lapis* te hará entrar en un trance y la reliquia tomará forma de aquello que más amas, pero debes tener cuidado, porque habrá muchas otras cosas que te harán creer que eso es lo que amas. Elige con sabiduría.

—¿Qué pasará con Rebecca? —preguntó Esteban, mirando a la chica, quien seguía sumida en un sueño profundo.

—No le sucederá nada malo. Estará a salvo —contestó Evelyn. Esteban se quedó un poco más tranquilo.

El chico miró a Evelyn para asentir con la cabeza y ella le señaló la cama. Él se levantó del suelo y caminó allí para recostarse. Evelyn colocó el anillo en uno de sus dedos y pronunció unas palabras en un idioma que a Esteban no se le hacía familiar. De un momento a otro, sintió que sus párpados pesaban, como si de rocas se tratasen.

Cerró sus ojos de nuevo y cayó en un sueño profundo.

Evelyn miró a Esteban dormir y una sonrisa nostálgica se dibujó en sus labios.

—¿Por qué me recuerdas tanto a él? Es desagradable —masculló para después mirar a Rebecca—. Una Silvertear, era obvio. Siempre han estado destinados a establecer un vínculo con ellos...

Evelyn soltó un suspiro, salió de la cueva y se sentó en el suelo para retomar su hábito de mirar a la nada.

Capítulo 14

Esteban abrió los ojos y se sentó en la cama, sobresaltado. Su corazón latía a mil por hora, casi como si se fuese a parar.

Se dio cuenta de que estaba en el departamento de Tania, en su habitación; pero había algo raro en el ambiente, o más bien en la decoración. Recordaba que en alguna zona tenía una caja con las cosas que fueron de Rick. Nunca pudo deshacerse de ellas, así que las guardaba allí, pero ahora no estaban.

Se levantó de la cama y caminó hasta la ventana para abrirla y asomarse. Seguía en Nueva York y, por la vestimenta de la gente que pasaba por el barrio de la música, dedujo que era verano. Decidió vestirse y salir a buscar a Tania para preguntarle qué estaba sucediendo. La encontró en la cocina y se llevó la gran sorpresa de ver a Alice colocando la mesa mientras que Tania preparaba el desayuno.

—Hola, Esteban —saludó Alice con una sonrisa—. ¿Cómo has dormido?

—Bien —murmuró el chico, un tanto confundido—. ¿Puedo preguntar qué haces aquí? O sea, sé que tú y Tania son pareja, pero...

—Esteban, no seas idiota. Sé que tu madre te dejó caer de la cuna cuando eras pequeño, pero ¡vamos! Alice lleva viviendo aquí desde que saliste del instituto —respondió Tania, mirándolo.

—¿Qué? Pero si mi mamá murió cuando yo era bebé.

—Esteban, tu madre está más viva que Sebastián. De hecho, ayer vino con tu padre a cenar al restaurante. ¿En serio no lo recuerdas?

Alice lo miró, preocupada. Esteban no entendía nada, se sentía desorientado. ¿Qué estaba pasando?

—Déjalo, Alice, creo que su abuela tenía razón al decir que era mala idea que lo dejaran dormir en el sofá cuando era bebé.

—¡Tania! —exclamó Alice a modo de regaño y Tania comenzó a silbar.

Vale, de verdad, algo estaba sucediendo, algo muy extraño y a la vez agradable, si Esteban era sincero.

Fue entonces cuando su cerebro recordó que estaba dentro del trance de la reliquia de Moonheart y que debía buscar aquello que más amaba para poder salir, ganarse la reliquia y así salvar al Artium Mundi y a sus amigos.

Aunque le doliera admitirlo, nada de eso era verdad. Sus padres estaban muertos, al igual que su abuela.

Esteban salió deprisa por la puerta del departamento, mientras escuchaba los gritos de Tania y de Alice para que volviera y tomara desayuno. Pero ya era muy tarde, Esteban ya había salido y estaba bajando por las escaleras en dirección al restaurante.

Cuando estuvo abajo, observó el local. Todo estaba idéntico, pero vio a una mujer en la caja registradora contando el dinero del local. La figura misteriosa se dio vuelta y los ojos de Esteban se cristalizaron al notar que se trataba de su abuela, que lo miró con una sonrisa en sus labios.

Lo primero que hizo Esteban fue correr hacia ella para intentar abrazarla, pero su abuela lo detuvo sin tocarlo y lo miró a los ojos. Esteban no lo entendió, pero algo dentro de su corazón se rompió al darse cuenta de que si había evitado que él la tocara era porque ella no había tomado la forma de la reliquia.

—Mi precioso niño, yo sé que me amas, pero no soy lo que buscas —dijo ella con una sonrisa llena de cariño para seguir contando el dinero de la caja registradora.

Una lágrima cayó por su mejilla y Esteban asintió con la cabeza para sonreír por última vez a su abuela y despedirse de ella agitando la mano. Aún sonriendo, la mujer agitó su mano a modo de despedida y continuó con su trabajo. Esteban salió por la puerta del restaurante con el corazón apretado.

Al estar afuera, Esteban miró en todas direcciones. Reparó en que llevaba puesto su traje de pelea, por completo nuevo. Era una camiseta blanca con unos pantalones negros, unos botines verdes y una chaqueta del mismo color que le llegaba a la mitad de los muslos. En el pantalón tenía un cinturón para enganchar su libreta y lápiz, pero ahora no tenía a mano nada de eso, por lo que la prenda no cumplía su función principal.

Miró el barrio de la música. Estaba desierto, no había nadie por ninguna parte. Esteban reparó en que la puerta de un edificio estaba abierta y, por esta, dos personas salieron tomadas del brazo. Se trataba de una hermosa mujer de cabello negro recogido en una trenza y de un hombre con cabello de color castaño claro.

Ambos se detuvieron a unos cuantos metros de Esteban y el chico se quedó parado ahí, sin poder moverse por un buen rato.

—Hola, Esteban —saludó el hombre con una sonrisa cálida.

—¿Papá? —susurró él, al borde de colocarse a llorar, otra vez.

—¿Por qué lloras? Mi niño, no hay motivo para llorar —respondió su madre con una sonrisa mientras lo miraba.

Era hermosa. En las fotos que había visto de ella, su madre sonreía y sus ojos se cerraban formando líneas. Tenía una sonrisa muy hermosa.

Esteban sonrió con lágrimas acumuladas en sus ojos y se acercó para abrazarlos, pero ellos no lo dejaron y él los miró, confundido. ¿Acaso tampoco quería esto? ¡Pero si era lo que Esteban más anhelaba en su vida! Estar con sus padres era algo que había soñado desde que era pequeño, y también ver de nuevo a su abuela. ¿En realidad había algo que Esteban deseara aún más?

—Estamos orgullosos de ti, Esteban, y sabemos que no somos una de las cosas que más deseas —dijo su padre—. Está bien, no hay problema.

—Pero yo de verdad quiero esto. Quiero abrazarlos, aunque sea una vez —expresó el chico con la voz entrecortada, llevándose las manos al pecho.

—Sigue buscando, lo que deseas está cerca —informó su madre con su hermosa sonrisa.

Sus padres pasaron por su lado y siguieron su camino. Esteban se giró para decirles una última cosa, pero ya no estaban. Fue como si el viento se los hubiese llevado.

Esteban decidió que sería una mejor idea continuar caminando para encontrar aquello que más quería en el mundo. La verdad, iba a ser difícil. No se le ocurría qué podía ser, si no era su familia.

Siguió caminando para salir del barrio de la música y encontrarse con las vacías calles de Nueva York. No había ni un auto ni una paloma por el sitio. Estaba del todo vacío. Para ser sinceros, daba algo de miedo. Estar solo en una ciudad «fantasma» le recordaba más o menos a la película Soy leyenda, en la que actuó Will Smith. Esperaba y rogaba que no le apareciese algún monstruo de la nada, sí, eso no sería muy agradable que digamos.

El trayecto se le hizo eterno a Esteban, pero al parecer solo llevaba caminando unos cinco minutos. La ciudad era inmensa. ¿Dónde se suponía que debía buscar? Ahora se sentía igual de idiota que cuando era pequeño y veía *Dora, la exploradora,* casi que gritándole a la televisión dónde estaba el jodido castillo que la caricatura no veía. Y era probable que aún siguiese haciéndolo con veintidós años, gracias a Adriana.

—¡Eh, Esteban! —gritó una voz a sus espaldas. Él se detuvo de inmediato.

Se quedó paralizado durante unos segundos. No tuvo la fuerza suficiente para darse vuelta y mirar a la persona que lo había llamado.

—¡Oye! ¡Te estoy hablando! ¡No es gracioso que te hagas el sordo! —exclamó la voz con un tono divertido.

Esteban tragó saliva, tomó aire y volteó para mirar a la persona que lo llamaba por su nombre.

Una vez que lo vio, Esteban (otra vez, para variar) dejó que las lágrimas cayeran por sus mejillas y que un grito se quedara atascado en su garganta. Le tembló el mentón y sus piernas también temblaron.

Corriendo hacia él se encontraba Rick, vestido de blanco y con su cabello rubio natural despeinado.

Rick llegó, se detuvo frente a él y lo miró con esa sonrisa tan característica suya, la misma que le dio a Esteban la primera vez que se vieron cuando eran niños, la sonrisa que Rick le dedicaba cada vez que estaba triste, esa sonrisa que iluminaba sus días.

Esteban dejó que sus piernas se movieran por sí solas y se acercó a su amigo para abrazarlo con fuerza mientras intentaba controlar sus sollozos. Abrazarlo fue como si todos los momentos desagradables que vivió alguna vez hubieran desaparecido por completo. Abrazar a su amigo se sintió igual que la última vez, como si él estuviera vivo y con él.

Rick correspondió su abrazo y se rio. Se quedaron así durante un buen rato, hasta que decidieron separarse. Esteban se limpió las lágrimas con el dorso de la mano y soltó una risa nerviosa.

—Parezco un bebé llorando, ¿no? —preguntó Esteban.

—No está mal llorar. Venga, si no nos vemos desde hace cinco años. Es normal tener algo de nostalgia —respondió Rick—. Te ves igual que la última vez, aunque podría decir que algo falta, o más bien sobra.

—¿Qué cosa?

—Tienes el bigote de la pubertad, al fin —dijo Rick, riendo. Esteban soltó una risa.

—Te has dejado el cabello rubio —murmuró mientras su amigo se llevaba la mano a la cabeza.

—Bueno, nunca está mal volver al color natural. Supongo que el rubio me va bien —comentó, y luego volvió a mirarlo—. ¿Quieres que vayamos a tomar algo con los demás?, ¿o estás muy ocupado?

—Tengo el tiempo contado aquí, afuera no están muy bien las cosas.

—Entonces supongo que tendrás que irte —concluyó Rick un poco triste—. Sabes que esto no fue culpa tuya, ¿cierto? Te conozco y sé que de seguro has estado castigándote por esto.

—No puedo negar la realidad.

—Esteban, nada de esto es tu culpa. Yo mismo me arriesgué, siempre corrí el riesgo y lo tenía aceptado.

Esteban miró a Rick y se le volvió a formar un nudo en la garganta. Lo abrazó de nuevo, con el mismo cariño que antes. Rick correspondió su abrazo sin dudar y ninguno de los dos dijo nada durante un corto periodo de tiempo.

***

La mayoría de los Puppeteers se encontraban sentados en el comedor del castillo, otros estaban montando guardia y otros castigaban a los que intentaron revelarse sin éxito alguno.

Habían logrado aprisionar a Iris y a Alice, pero seguían sin encontrar a la otra chica que las acompañaba. Esas dos eran bastante estúpidas si creían que iban a poder contra todos los Puppeteers que se hallaban en el foro para ese momento.

Kris estaba sentada en una de las sillas con su atuendo de siempre, mientras que los demás Puppeteers iban vestidos con más formalidad. Kris no podía evitar querer enterrarle el tenedor en la yugular a todos los Puppeteers que la rodeaban, era una opción muy tentadora. Ya había cumplido con su parte del trato y sabía que Jordan la mataría pronto, pero el muy perla había cambiado los planes.

Katherine estaba sentada frente a ella, y Sarah, a su lado derecho. Ambas chicas se habían arreglado un poco, pero como siempre, la que más destacaba era Sarah. A pesar de todo, esta sentía un sabor amargo en la boca. Había algo que le impedía disfrutar al 100 % esa gran y deliciosa victoria.

Oh, claro, ese algo tenía nombre y apellido. Seguía sin creer que James la había cambiado por el inútil de Gray Silvertear. El tema de verdad la ofendió.

—Parece que alguien anda de mal humor —canturreó Katherine mientras bebía de una copa.

Sarah la fulminó con la mirada y Kris escuchaba la conversación sin mucho interés.

—¡Cállate, mierda viviente! —espetó Sarah, molesta.

—¡Dejen de pelearse por una puta vez! Sus palabras son como ciempiés en mis oídos —exclamó Kris, frunciendo el ceño.

—Parece que Sarah no es la única que está brava. ¿Te molesta algo, princesita? —preguntó Katherine a modo de burla.

—¿Me ves con corona y castillo propio? Cállate, estúpida de mierda —respondió Kris, seria.

—Con esa boca, ¿quién va a querer hablar contigo? Deja de usar tantas groserías —murmuró un Puppeteer. Kris rodó los ojos.

—Yo no sé quién dijo que las groserías son malas palabras, si solo son adjetivos de alto impacto.

—Eres insoportable —bufó Katherine, mirando su copa—. ¿Dónde está Jordan?

Como si lo hubiese invocado, Jordan cruzó por la puerta del comedor y todos los Puppeteers presentes se quedaron callados y se acomodaron en sus asientos. Jordan tenía un semblante serio y en sus manos llevaba las cuatro reliquias. Las dejó sobre el plato y miró a todos los Puppeteers, quienes no entendían nada.

Kris, Sarah y Katherine miraron las reliquias y luego a Jordan exigiendo una explicación, pero cuando se dieron cuenta de que la reliquia de Windflower y Goldnote tenían sus piedras blancas y la reliquia de los Auctorum y los Ballerines se habían vuelto del mismo color, supieron qué era lo que estaba sucediendo.

—El mestizo encontró la reliquia de Moonheart —dedujo Katherine con los ojos abiertos.

—Y sé cómo encontrarlos —respondió Jordan con una sonrisa en sus labios.

Jordan sacó de su bolsillo unas hojas pertenecientes al diario de Evelyn Moonheart que detallaban dónde estaba su escondite. Para su suerte, también explicaban la manera de entrar en el trance de la reliquia.

Capítulo 15

Rick y Esteban caminaron por las calles vacías de Nueva York conversando acerca de algún tema. Por ejemplo, hablaron del día en que Esteban fue a ver la última película de *Los juegos del hambre* y lloró la cinta entera. El chico le dio una breve explicación a Rick de lo que sucedió y su amigo quedó igual de destruido que él, a pesar de que resumió la historia en menos de quince minutos.

Algo que siempre le gustó de su amistad con Rick fue que podían platicar de cualquier tema y jamás se aburrirían de nada. Siempre tuvieron tema de conversación.

Esteban sintió por un momento que había hablado mucho y trató de preguntarle a Rick por alguna cosa. Esa fue una de las pocas veces en que no supo qué decir para que la conversación no se enfocara solo en él, pero nada vino a su mente y la razón le dolió.

Pasaron frente a su antigua escuela y ambos se quedaron mirando el edificio durante un rato.

—¿Cómo estuvo la graduación y la fiesta? —preguntó Rick y Esteban lo miró.

—Fue buena, supongo. Muchos profesores lloraron y las túnicas con los sombreros estaban geniales. Tania fue y arrastró a Gray con ella para que le diera apoyo moral, porque yo ya era un hombre hecho y derecho —contó Esteban, recordando aquel lindo día—. Le pedí a Rebecca que me acompañara a la fiesta y varios de los chicos pensaron que era mi novia porque la llevé también a otro baile que hubo. De nuevo salí rey, pero me tocó con otra chica del curso.

—¡Mírate! ¡Tuviste que bailar con tu reina! —bromeó Rick. Esteban sonrió—. Hay algo distinto en ti —observó—, tu sonrisa no es la misma de antes.

—¿A qué te refieres?

—Cuando sonreías, lo hacías con ganas y tus ojos se volvían casi una línea recta, pero ahora solo elevas un poco la comisura de los labios y no cierras los ojos —analizó Rick, mirando a Esteban.

—Rick, debo decir que a veces me aterra lo bien que me conoces —admitió Esteban y su amigo soltó una risa.

—¿Debes irte? —preguntó.

Esteban no dijo nada, solo dirigió su mirada al suelo.

—Si fuera por mí, me quedaría aquí, pero no puedo. Debo salvar a todos allá afuera, Jordan los tiene bajo su merced.

—Te llevaré a la salida —murmuró Rick—. Voy a extrañarte, lo sabes, ¿cierto?

—Yo llevo extrañándote desde el 1 de abril del 2015 —dijo Esteban, intentando que su voz no se rompiera.

—Saldrás adelante, Esteban, siempre lo haces —aseguró Rick, abrazándolo por los hombros para despeinar su cabello con la mano. Esteban se rio.

Continuaron caminando hasta que llegaron a la antigua casa de Esteban. Se veía igual que la última vez que la vio. Todos los recuerdos que conservaba del sitio volvieron a su cabeza y no pudo evitar sentir melancolía por su infancia y adolescencia. ¿Por qué todo lo bueno debía acabar?

A veces a Esteban le parecía que casi toda su infancia y adolescencia se habían desvanecido y, por más que intentara recordar esos momentos con felicidad, se le hacía imposible. Extrañaba su vida antes de que todas las cosas malas comenzaran a suceder. Sabía que el pasado había que soltarlo en algún momento, pero era difícil, todos aquellos bonitos recuerdos le generaban nostalgia.

Rick lo acompañó hasta la puerta de la casa y los dos se despidieron con un abrazo. Esteban colocó su mano en el picaporte y le dio una última mirada a Rick para abrir la puerta y cruzarla.

Acto seguido, una vez que estuvo dentro de su antigua casa, la puerta se cerró con fuerza y Esteban se dio vuelta para intentar abrirla, pero estaba trancada. Del otro lado no se escuchaba nada y supuso que Rick había desaparecido.

—¡Qué llorón eres! Creo que nunca había conocido a un chico tan llorica que soltara lágrimas al encontrarse de nuevo con su mejor amigo —habló una voz a sus espaldas. Su cuerpo se puso en estado de alerta.

Esteban se dio vuelta de a poco y frente a él estaba Jordan Silvertear, mirando su antigua casa con desagrado, como si no pudiese creer que sus costosas botas estaban apoyadas sobre un suelo que no fuera de mármol.

—¡El mundo humano siempre ha sido tan pobre para mí! Por algo nunca paso por acá —comentó Jordan antes de verlo a los ojos.

—¿Cómo demonios entraste? —interrogó Esteban, lanzándole miles de miradas de odio.

—Tengo mis métodos —aseguró Jordan, que cambió su expresión a una seria—. Dame la reliquia y quizá te deje vivir.

—¿Qué te hace creer que tengo la reliquia?

Jordan le enseñó su blanca mano y bajó todos los dedos, pero dejó el del medio. Esteban no tuvo tiempo de ofenderse. Estaba por devolverle el signo hasta que levantó su mano y vio que su dedo medio lucía el anillo de Evelyn, solo que la piedra tenía un color rojo brillante.

Esteban miró a Jordan y apretó los puños con la mirada seria. Jordan tomó aquello como una respuesta negativa, así que inhaló y exhaló para desplazarse con rapidez al chico y propinarle una patada en el estómago que le provocó jadeos. Jordan lo tiró del pelo hasta el centro de la habitación. Una vez que estuvo ahí, el Puppeteer comenzó a darle patadas por todo el cuerpo. Esteban intentaba defenderse como podía.

La puerta de la casa se abrió con fuerza y una flecha rozó la mejilla de Jordan, quien dejó de patear a Esteban por un rato para sujetarse la zona herida.

Rick entró en la casa sin dudarlo dos veces y, como pudo, levantó a Esteban para sacarlo con rapidez de la casa y cerrar la puerta. Esteban abrió los ojos y notó que Rick llevaba un carcaj con flechas y arco, el mismo que él le había creado cuando estaba vivo.

Ninguno tuvo tiempo de decirse algo, ya que Rick lo tomó de la mano, obligándolo a correr lejos. Cuando estaban cruzando por la calle, la puerta de la casa se abrió y Jordan hecho una furia salió para perseguirlos.

—¡¿Adónde vamos?! —preguntó Esteban mientras corría con Rick.

—¡A cualquier parte donde ese idiota no nos siga!

—¡Qué idiota ni tres cuartos! ¡Loco esnob ególatra de mierda, mejor dicho!

Corrieron por las calles como si sus vidas dependieran de aquello. Si hubieran estado en el mundo humano, ya les hubiese pasado un camión o un tanque por encima unas tres veces. A pesar de que Jordan le había roto hasta el pelo, Esteban no dejó de correr. Quizás era por los niveles de adrenalina, ¿quién sabe?

Esteban sintió que algo lo sujetaba por los tobillos. Al girar la cabeza para ver de qué se trataba, la presión estuvo a punto de bajársele, pues descubrió que las cadenas de Jordan le habían agarrado los tobillos. Cayó al suelo y las cadenas tiraron de él para llevarlo hacia Jordan. Rick, alarmado, sujetó la mano de su amigo e hizo todo lo posible para no soltarlo.

Muchas más cadenas llegaron para enredarse en el cuerpo de Esteban. Tiraron con fuerza de él, provocando que su mano soltara las de Rick para ir directo a Jordan. Una de las cadenas se enredó en su cuello, impidiéndole respirar bien, por lo que Esteban no pudo ocupar su fuerza para aferrarse a algo.

Sin embargo, de un momento a otro, escuchó que las cadenas se cortaban y dejaba de ser tirado por ellas.

Esteban tosió y trató de ponerse de nuevo en pie. Al levantar la vista, se encontró con una mujer vestida de blanco.

Llevaba el mismo traje de guerra que Esteban vio en el Artium Mundi unos años atrás. Tenía el mismo peinado que vio en distintas fotos, retratos e incluso en su estatua.

Frente a Esteban se encontraba Clarissa Silvertear.

Clarissa lo miró por el hombro y Esteban no pudo dejar de pensar en lo mucho que la mujer se parecía a Gray. Es que, ¡hombre!, eran como dos gotas de agua: el mismo perfil, la misma piel blanca y los mismos ojos que desprendían una mirada fría con el enemigo.

Esteban se incorporó y miró a Clarissa, aún sin poder creer que estaba frente a ella.

¿Qué diablos hacía ella ahí? ¿No se suponía que había fallecido? Bueno, la mayoría de las personas con las que Esteban se encontró, excepto Tania y Alice, estaban muertas, por lo que tenía algo de sentido que ella estuviera allí. Aun así, era raro.

—Ho... hola —saludó Esteban, nervioso. Clarissa volvió a envainar sus espadas.

—Hola, Esteban —replicó ella, mirándolo de pies a cabeza y con una leve risa—. Igual a tu padre.

—¿Puedo preguntar qué haces acá? No estoy entendiendo mucho y creo que la falta de oxígeno por las cadenas me afectó un poco, pero es un honor conocerte, me han hablado mucho de ti. Lamento que Rick haya roto la vitrina que guardaba tu traje.

Clarissa esbozó una sonrisa leve, como si la actitud de Esteban le pareciese lo más adorable del mundo.

—Ya entenderás por qué estoy acá. No te preocupes, Rick ya se disculpó hace mucho —respondió ella antes de mirar en la dirección en la que debería estar Jordan. Su expresión volvió a ser la misma de antes.

Rick llegó corriendo a ellos. Al ver a Clarissa, hizo una corta reverencia para después mirar a Esteban, aliviado. Clarissa desenvainó sus espadas y le hizo una seña a Rick para que se llevara a Esteban lo más rápido posible.

A lo lejos se escuchaban gritos de enojo y varias risas que pertenecían a otra voz. Esteban miró a Clarissa con la intención de pedir una explicación, pero ella ya había comenzado a correr en dirección a Jordan para atacar y ganar tiempo.

Rick y Esteban se echaron a correr en dirección contraria. Esteban no tenía idea de adónde se dirigían, pero confiaba en que Rick lo sacaría de allí para poder salvar a todos sus amigos afuera.

Entraron a una tienda, cerraron la puerta y entre los dos comenzaron a bloquear la entrada. Una vez que lograron tapar todo, Rick le indicó que fuera deprisa a la sección de empleados. Esteban cruzó la dichosa puerta y, por unos segundos, perdió el equilibrio al darse cuenta de que estaba al borde de caer al vacío.

Miró a su alrededor para ver dónde diablos se encontraba y reconoció el paisaje parisino con solo mirarlo.

Estaba en la torre Eiffel.

Se giró para ver que Rick había aparecido y miraba hacia todas partes en estado de alerta. Su amigo se le acercó y soltó un suspiro de alivio para abrazarlo. El mismo Rick cortó el abrazo para observar el paisaje y luego a Esteban con una sonrisa melancólica.

—Una vez que hayas llegado al suelo, despertarás. Solo debes lanzarte.

—Esto me recuerda a cuando teníamos exámenes de biología y yo decía que me daban ganas irresistibles de lanzarme de la torre Eiffel. Sin embargo, nunca pensé que lo haría de forma literal —murmuró Esteban.

Rick iba a responderle algo, pero en ese momento escucharon que alguien más estaba ahí aparte de ellos. Los dos se giraron y notaron que Jordan los acompañaba. Tenía una mirada muy distinta a la que acostumbraba, se podría decir que incluso se veía aterrado. Rick sacó una flecha de su carcaj y apuntó a Jordan, esperando que hiciera algún movimiento inesperado, ya que parecía estar en shock.

—Debes irte, Esteban —exclamó Rick, serio—. Gánate tu propia estatua en el Artium Mundi —añadió, sonriendo. Esteban asintió para caminar rápido hacia el borde de las vigas.

Todo el cuerpo de Jordan temblaba y el Puppeteer no sabía la razón de aquel nerviosismo tan repentino. Tampoco tuvo idea alguna de por qué las lágrimas se acumularon en sus ojos, amenazando con salir en cualquier momento. Aún con las manos temblando, sacó un cuchillo deprisa y lo lanzó con fuerza hacia el rubio. El arma alcanzó a Rick, provocando que este se desvaneciera.

Esteban se había lanzado en el momento justo en que Rick desapareció. Mientras caía al vacío, solo rogaba que todos estuvieran bien.

Cuando estuvo a dos metros del suelo, cerró los ojos, esperando la caída para despertar sobresaltado y quizá caerse de la cama, pero nunca tocó el suelo.

Volvió a abrir los ojos y descubrió que ya no estaba en la zona de la torre Eiffel. Todo a su alrededor había desaparecido y él estaba flotando en la nada misma.

Debajo de sus pies se veía un vacío negro. A medida que alzaba la vista, el negro se iba degradando a un verde oscuro. Muy arriba, el tono se aclaraba de a poco. Era como estar bajo del mar, pero de una forma muy distinta.

Esteban supo que no se encontraba solo cuando escuchó una risa capaz de helar su sangre. Esa risa podía hacer temblar a todo un ejército con demasiada facilidad.

—No tienes idea de por cuánto tiempo esperé esto —dijo Jordan con una sonrisa de oreja a oreja.

***

Rebecca despertó y lo primero que pensó fue: «¡Santa mierda, estoy muerta!». En efecto, la chica lo creyó hasta que se dio cuenta de que estaba recostada en una cama. Al mirar sus manos, se llevó la sorpresa de que estas no estaban arrugadas.

Se levantó de la cama y observó su entorno en busca de algo que le indicara que estaba en un sitio peligroso.

En la cama al lado de la suya estaba Esteban, sumido en un sueño profundo. La chica se sintió aliviada de que estuviera bien, pero seguía en estado de alerta por el lugar en el que se encontraban.

Una mujer entró a la cueva y observó a Rebecca antes de caminar hacia una estantería, abrir el vidrio que protegía los libros y meter uno de vuelta.

—Tu hermano está peleando con Esteban y sus secuaces estarán aquí en menos de dos minutos para intentar matarlo —informó, dejando que la capucha que cubría su cara se cayera para revelar su rostro.

Rebecca abrió los ojos y la boca, no dijo nada por unos segundos. Sus piernas se flexionaron de forma automática hasta terminar arrodillada frente a Evelyn Moonheart.

—Evelyn Moonheart —susurró, haciendo una reverencia.

—Los Silvertear, siempre tan educados —dijo la mujer—. Cuando escribí a Gray I, no pensaba que fuera a tener una vida tan buena y fundara la familia más poderosa de todas.

—¿A qué se refiere? —preguntó Rebecca, confundida.

—Que esto quede grabado en tu mente, Rebecca: un Silvertear siempre se encontrará con un descendiente de los tres padres en algún momento de su vida. Ningún descendiente se ha resistido a los encantos de un Silvertear.

Rebecca quiso preguntar a qué diablos se refería con aquello, pero recordó algo que había dicho antes: que los secuaces de Jordan irían allí con el propósito de asesinar a Esteban.

Pero el problema era que no tenía sus poderes, Jordan se los había arrebatado a ella y a Esteban. Bueno, Rebecca había hecho una promesa con Noah. Le había jurado que protegería a Esteban con uña y diente si hacía falta.

—Recuperaste tu magia de Artifex, si es lo que estás pensando —comentó Evelyn—. Te traje de vuelta, aún no era tu hora.

—Muchas gracias, señorita Evelyn. Se lo agradeceré por la eternidad —afirmó Rebecca con una sonrisa.

La chica hizo aparecer su pincel y sonrió con seguridad para después cambiar sus ropas de Puppeteer infiltrada a su traje de pelea. Salió de la cueva y no dudó en lanzarse por el precipicio para encontrar a los Puppeteers y entretenerlos, a fin de que Esteban despertara y pudieran irse del sitio.

Cayó al suelo con sutileza y, como era de esperar, estaba rodeada de unos quince Puppeteers que la miraban como si fuese un trozo de carne y ellos fueran unos animales hambrientos.

—¿Una contra quince? Les hará falta gente —habló Rebecca, transformando su pincel en su bastón, dispuesta a dar pelea.

Capítulo 16

La verdad es que las cosas para Esteban no iban muy bien que digamos. Había iniciado su batalla con Jordan, pero era evidente que tenía muchas desventajas, puesto que no tenía sus poderes y el sitio en el que peleaba era del todo desconocido para él. Se suponía que era su mente, pero de momento, el chico no tenía la menor idea de cómo hacer que su psique le diera un rifle.

Dos disparos y la pelea no habría durado nada; pero no, tenía que jugar a los quemados con Jordan.

Aparte, concentrarse en una cosa externa en medio de una pelea con su mayor enemigo tampoco se le hacía muy fácil a Esteban. Su cerebro solo se enfocaba en esquivar, golpear, proteger y gritar insultos en francés.

Jordan peleaba como si fuese lo único que importara en esos momentos, no perdía la oportunidad para nada. Si le estaba dando un golpe en la cara a Esteban aprovecharía de darle una patada en cualquier parte sensible.

También intentaba atacar con sus cadenas, haciendo todo lo posible para que estas se enredaran en alguna extremidad del cuerpo o el cabello del mestizo, lo que era lo más favorable para Jordan. Al parecer, el Puppeteer tenía planeado que la pelea durara bastante, hasta que Esteban no pudiese ni mantener los ojos abiertos.

Este plan, por desgracia, se estaba realizando. A Esteban le dolía el cuerpo por recibir tantos golpes, y sentía que tenía rotos los doscientos cinco huesos.

Esteban había acabado en el suelo. Jordan lo tomó del cuello para levantarlo y presionar, provocando que al chico le faltara el aire y comenzara a desesperarse. Trató de darle una patada a Jordan para que lo soltara, pero sus piernas no respondían con la suficiente fuerza.

El oxígeno comenzaba a hacerle seria falta a Esteban. Jordan lo notaba, así que, apretó más fuerte con sus manos.

Como último recurso, Esteban intentó rasguñar con fuerza las manos de Jordan para que lo soltara. Ocupó el poco oxígeno y energía que le quedaban en intentar liberarse, pero sus esfuerzos eran vanos.

—¿Te vas a rendir? —preguntó una voz en su oído. No era la voz de Jordan, era una voz de niño.

—No solo debes salvar a los Artifex, también debes salvarte a ti mismo, Esteban. Sálvanos a todos —pidió otra voz, esta vez femenina.

—No te rindas —lo animó otra voz.

—No nos abandones.

—No pares de respirar.

—¡No lo dejes ganar!

—¡Rompe la maldición!

Esteban sacó una fuerza inhumana e ilógica para la situación en la que se encontraba y le dio una potente patada en el estómago a Jordan, provocando que este por fin lo soltara y lo dejara caer al suelo. El Puppeteer se agarró las costillas mientras profería insultos en latín y jadeaba. Entretanto, Esteban respiraba y tosía algo agitado. Se llevó las manos al cuello y acarició la zona herida con delicadeza. Dolía como el demonio y tal vez, si hubieran estado afuera, ya estaría desplomado en el suelo como la alfombra de Jordan.

«Se supone que es mi mente, yo tengo el control en esta situación», pensó Esteban al levantarse con algo de dificultad.

Miró la reliquia de Moonheart, que estaba colocada en su dedo de en medio, y una idea se le vino a la cabeza. Cerró los ojos y murmuró unas palabras en latín. De la reliquia de Moonheart salió una hoz común y corriente. No era como la suya, pero rogaba que funcionara. Iba a salir vivo de esa pelea, ya era un hecho.

Jordan se levantó del suelo con una carcajada sádica saliendo de sus labios. Miró a Esteban y de sus anillos salieron cadenas. Esa fue la señal de que iba a atacarlo por delante, pero las cadenas se fusionaron hasta convertirse en una espada de metal negro. Vale, eso era inesperado.

—¿Sabes? Cuando era más joven, era experto en pelea cuerpo a cuerpo con armas blancas. ¿Quieres una demostración?

—Esa juventud fue antes de la Revolución Francesa, así que dudo que estés en buena forma —contestó Esteban, serio—. Soy 1288 años más joven que tú, ¡no jodas!

Jordan no perdió el tiempo y se acercó a atacar con la espada. Esteban logró bloquear el ataque con su hoz y ese fue el inicio del segundo asalto entre ambos. Esteban manejaba la hoz con una increíble habilidad que le sorprendió incluso a él mismo. Jordan tampoco se quedaba atrás, y por más que a Esteban le costara el orgullo decirlo, era de verdad bueno en esgrima.

Esteban intentó bloquear un ataque de Jordan, pero el chico fue más listo y tomó su guadaña para lanzarla lejos, dejando a Esteban desarmado. No tuvo mucho tiempo de reaccionar de manera inteligente y prudente, por lo que su primer movimiento fue tirarse al suelo y rodar para esquivar el ataque. Rápido, pensó en algo que lo ayudara y un círculo se dibujó alrededor de él, provocando que desapareciera de donde estaba para aparecer en el sitio al que había sido lanzada su guadaña. Jordan se quedó desorientado por su repentina teletransportación y Esteban no perdió ni un segundo más, agarró su arma y pensó de nuevo en teletransportarse.

Apareció en el aire, detrás de Jordan, y atinó a darle con el filo de la guadaña, desgarrando parte de su ropa y causando que un jadeo de dolor saliera de los labios de su enemigo. Cayó de pie en el suelo y alzó la guadaña, dispuesto a atacar otra vez, pero cuando estaba por enterrarla, Jordan sujetó el filo y miró a Esteban con seriedad.

Esteban tiró de su hoz y Jordan la soltó. La sangre de Puppeteer brotó de la mano del chico por haber agarrado el filo de la hoz con la mano. Jordan se había quedado sin hacer nada, pero Esteban notó que estaba temblando y sus labios se movían como si estuviera diciendo algo.

El mestizo retrocedió dos pasos. Jordan seguía en el mismo estado de antes, pero de un momento a otro comenzó a gritarle a alguien que se callara de una vez. Esteban no supo si tener miedo o pensar en un buen plan para escapar.

Resulta claro que la segunda opción era mejor.

Pensó en una forma de salir y en la zona de arriba, donde los colores verdes se iban aclarando, apareció un portal. Esteban soltó un suspiro de alivio y creó plataformas con su mente para poder subir.

—Espera —pidió Jordan. Esteban se puso en estado de alerta.

Jordan se acercaba a él despacio, mientras cojeaba y sus manos tiritaban.

—Puedo traerlo de vuelta —continuó. Esteban no comprendió—. Puedo traer de vuelta a Rick con las cinco reliquias juntas.

Esteban dejó de agarrar con dureza el mango de la guadaña. Su agarre se aflojó y miró a Jordan sin palabra alguna. ¿En serio podría traer de vuelta a Rick con las cinco reliquias? Se veía imposible, a lo mejor, pero si Evelyn consiguió revivirlo a él y a Rebecca...

—Solo salgamos de aquí y vayamos al Artium Mundi. Cumpliré mi parte del trato y reviviré a tu amigo —prometió Jordan. Frente a Esteban apareció Rick con una sonrisa cálida en sus labios y su típico cabello rojo—. Puedo revivir incluso a tus padres y a tu abuela con el poder de las cinco reliquias.

Las manos de Esteban temblaron y todos sus sentidos dejaron de funcionar de un momento a otro. Su cerebro había dejado de funcionar de forma correcta y, sin que él lo ordenara, los dedos de una de sus manos fueron a parar al anillo.

No obstante, algo lo detuvo de hacerlo. Sintió que unas manos se posaban en sus hombros y un cosquilleo en la nuca causado por unos mechones de cabello. También percibió que alguien apoyaba la cabeza en su cuello.

—Sabes que no volveré, Esteban. Sabes que él te está mintiendo —dijo Rick en un murmuro—. Sabes que estoy muerto.

—Pero ¿y si fuera verdad? —susurró Esteban—. ¿Y si puedo traerte de nuevo? ¿Y si podemos estar juntos otra vez?

—Él no tiene el poder para conseguirlo, ni siquiera con las reliquias —aseguró Rick, ahogando un sollozo—. Debes seguir adelante, Esteban. Tienes mucho por vivir, mi tiempo acabó hace mucho. Debes dejarme ir, Esteban. Debes soltarme.

Con la mirada perdida, Esteban dirigió su mano a la de Rick y la apretó con fuerza. Iba a ser la última vez que podría ver a su amigo.

—No puedo hacerlo, ¡te extraño tanto!

—Yo también te extraño, pero ya nos volveremos a encontrar.

El contacto de Rick se desvaneció de un momento a otro y Esteban hoz hizo desaparecer con su hoz la ilusión falsa de Rick. Apareció de nuevo Jordan, que miraba a Esteban esperando una respuesta positiva de su parte.

—¡Oh, vamos! ¿A quién estás engañando? No nos pongamos demasiado teatrales aquí, siempre has sido un gran pedazo de mierda. Si pudiera matarte, lo haría; pero está mal visto en los cincuenta estados. Habiendo dicho eso,

¡arde en el infierno, Jordan! (Wolf in Sheep's Clothingk, de Set It Off) —habló Esteban, serio, para correr hacia Jordan, dispuesto a atacar otra vez.

Esteban lo embistió con su hoz como nunca, pero Jordan atinó y bloqueó su ataque. En su rostro volvió a dibujarse la misma sonrisa de hijo de... su querida madre.

—Era una oferta tentadora, me sorprende que hayas dicho que no —comentó Jordan, riendo.

—Recuerda mis palabras, Jordan Silvertear: un día tú tendrás que pagar y el karma vendrá a recoger tu deuda.

Jordan soltó una carcajada para patear a Esteban lejos. El chico no cayó al suelo, se mantuvo de pie. En ese instante, Jordan le disparó un montón de hilos. Esteban colocó sus brazos frente a él en forma de equis, protegiendo su cuerpo, ya que los hilos se sentían como balas, solo que en vez de perforar, rasguñaban su piel hasta el músculo.

La piedra de la reliquia de Moonheart brilló con intensidad y Esteban sintió una oleada de energía recorrer cada parte de su cuerpo. Un aura verde lo rodeó y en su mano apareció una flecha del mismo color. La lanzó con fuerza. Esta salió disparada hacia Jordan y atravesó por completo su cuerpo, provocando que el Puppeteer cayera y se esfumara por completo.

Aún con esa oleada de poder en su cuerpo, Esteban cerró los ojos y apretó los puños. Sintió que perdía la fuerza y la conciencia.

***

Esteban despertó sobresaltado y su cuerpo fue a parar en el suelo de la cueva. Se levantó con rapidez viendo que la reliquia de Moonheart seguía en su dedo. Soltó un suspiro de alivio que duró menos que su paciencia en clase con la profesora Blake, ya que en la cama de al lado no se encontraba Rebecca.

Salió de la cueva deprisa. Una vez que estuvo afuera, notó que su ropa no era la de antes, sino su traje de pelea nuevo. Su libreta con su lápiz estaban en los sitios correspondientes.

Llegó al final del precipicio. Allí se encontraba Evelyn frente a su fogata, leyendo un libro.

—No tardaste tanto como pensé —murmuró—, y eso que Jordan es un rival digno.

—¿Por qué me tiene tan poca fe? ¡Ay, ya! Eso no importa ahora —bufó Esteban—. ¿Dónde está Rebecca?

—Abajo, peleando con unos diez Puppeteers. Acabó con cinco ella sola y tiene la energía suficiente para acabar a los restantes —respondió la mujer sin despegar su mirada del libro.

—Bueno, fue un honor conocerla. Creo que es la primera y la última vez que la veré en mi vida, ¿no?

—Es probable que te vea una vez más, pero no puedo decirte mucho. Arruinaría el rumbo de la historia.

Esteban asintió y pasó al lado de Evelyn, no sin antes colocar una mano en su hombro y dedicarle una sonrisa de agradecimiento. La expresión de Evelyn no cambió mucho, pero por primera vez en toda la conversación, despegó su mirada de aquel libro.

Esteban llegó hasta el final del precipicio. Solo se veían nubes, y como buen idiota que podía ser en ocasiones, se dejó caer al mismo tiempo que sacaba su libreta y lápiz para dibujar unas alas.

Las alas que Esteban dibujó se adhirieron a su espalda y gracias a ellas pudo volar más rápido hacia abajo. Mientras más se acercaba al suelo, mejor vista tenía. Rebecca estaba rodeada de unos diez Puppeteers. Cuando Esteban estuvo a menos de dos metros del suelo, hizo desaparecer las alas y cayó al lado de ella.

Rebecca lo miró, sorprendida y a la vez contenta, mientras que todos los Puppeteers se quedaron con la palabra comprimida en la garganta.

—Tu ojo está verde —comentó la chica. Esteban alzó las cejas, sorprendido—. Ya veremos a qué se debe, espero que no estés tan oxidado.

—Cinco tú, cinco yo. Hay que acabar con esto y salvar a los demás.

Rebecca asintió. Se dijo para sus adentros que desde hacía mucho tiempo no veía a Esteban con esa mirada tan determinada. «Vete a saber tú qué fue lo que sucedió mientras él estaba en el trance de Evelyn —pensó—, pero se podría decir que de algún modo lo ayudó». El chico se veía más confiado de sí mismo e incluso aliviado, como si las cadenas que lo ataban a algo hubiesen desaparecido por completo.

Fuera lo que fuera aquello que lo ataba, Rebecca estaba contenta de que esa mirada llena de determinación y confianza hubiese vuelto a Esteban.

***

En las últimas horas, Irene había visto y vivido cosas que jamás en su vida pensó que iba a ver y vivir. Ser salvada por un perro gigante formaba parte de eso. Y ahí estaba ella, metida en un castillo, ayudando a un caballero cuyo nombre era Sebastián a terminar de preparar los planes para liberar a toda la gente del bando bueno.

El tal Sebastián tuvo que hacerle un resumen muy breve de a quiénes tenían que liberar, a quiénes había que curar (según él, el «amo Gray» era la prioridad médica) y las armas que debían repartir. En su mayoría, se trataba de utensilios de arte, una guitarra con una forma peculiar, dos libros, unas máscaras y unas cintas de las que se ocupaban para atar las zapatillas de ballet. También, en una bolsa que tenía bordado «Peligro. No tocar», había unos anillos, ocho en total.

A Irene se le pasó por la cabeza que al volver a casa se había resbalado con uno de los juguetes de Adriana y se había partido la cabeza contra el suelo, pues nada de eso era lógico. Sin embargo, su brazo pellizcado era la prueba de que no estaba soñando, de que tampoco estaba en coma y de que todo el embrollo de Pictorum, Sciptor, Musician, Auctorum, Ballerin y Puppeteer era cierto.

Irene guardaba las cosas necesarias en uno de los libros que debía entregar al tal Gray y se sorprendió de que todo lo que tenía adentro estuviera ordenado de forma alfabética. No quiso ser maleducada, así que trató de meter todo en el mismo orden para no desordenar el sistema del chico. Sebastián miró a Irene, que se encontraba un poco nerviosa, y se aclaró la voz para llamar su atención.

—No se preocupe, señorita Irene, todo estará bien. Velvet se encargará de protegerla para que no le suceda nada.

—¿Usted acaso no está asustado? —preguntó Irene.

—Señorita Irene, estuve en la primera guerra del Artium Mundi, en la caída del imperio romano, en las cruzadas y en la segunda guerra del Artium

Mundi. En mis vacaciones visité América, mucho antes de que fuera fundada, e hice buenos amigos. Presencié la Revolución Francesa, estuve involucrado en la independencia de varios países latinoamericanos, tuve que sanar heridos en la Primera y Segunda Guerra Mundial y, para finalizar, estuve encargado de la primera línea cuando el Artium Mundi era atacado y al mismo tiempo Esteban nacía. También evité una pandemia.

—Usted es todo un libro de historia —opinó Irene, impresionada.

—Y con honores —agregó Sebastián—. Ahora hay que liberar a nuestros amigos.

Capítulo 17

Los Artifex que estaban tomados como prisioneros en el foro seguían ahí sin algún plan de escape útil e inteligente. Alice e Iris hacían todo lo posible para intentar liberarse de las cadenas que las tenían prisioneras, pero era difícil teniendo en cuenta que eran cadenas de Puppeteer y necesitaban algo demasiado filoso para romperlas.

Sarah se había autoasignado el cargo de líder mientras Jordan estaba en un tipo de trance espiritual para intentar robarle la reliquia a Esteban.

La verdad es que Sarah ya no estaba muy interesada en el asunto de la reliquia de Moonheart. Es decir, ¡tenían cuatro reliquias en sus manos! Una contra cuatro hacía mucha diferencia, y por más que fuera la reliquia de Evelyn Moonheart, un anillo con una piedra no iba a poder con la de Windflower y la de Goldnote.

Se acomodó en el trono que fue construido para Jordan y dirigió su mirada a James, que se veía preocupado por el estado físico de Gray. El mayor de los Silvertear apenas respiraba y sus heridas aún no habían sanado, a pesar de que los Sciptor eran conocidos por su rápida capacidad curativa. Gray llevaba unos veinte minutos sin curarse a sí mismo, por lo que Sarah dedujo que ya no podía más y que tenía los minutos contados.

¿Qué demonios le había visto James a Gray?

El Sciptor no tenía nada interesante y de seguro ni le daba atención. Era gobernador del Artium Mundi y eso ocupaba casi las veinticuatro horas del día, los siete días de la semana, los doce meses del año y muchos años.

Todos los Puppeteers que estaban en el foro miraron deprisa hacia la entrada. Jordan había llegado, acompañado de Katherine y la Bestia. No se veía para nada contento, siendo sinceros. Su cara sugería que iba a matar al primero que se pusiera en su camino.

—¡Sarah! ¡Sal de mi trono y pon a todos en estado de alerta! —ordenó Jordan. Todos los Puppeteers se miraron, nerviosos—. ¡El mestizo tiene la reliquia de Moonheart!

Como si hubieran activado una alarma contraincendios, todos los Puppeteers comenzaron a correr alarmados hacia el puente de piedra caliza para ir por sus demás compañeros y sus anillos, ya que varios estaban desarmados ante la tranquilidad y la victoria de que habían «ganado».

Una reacción similar tuvieron los Artifex que se encontraban atados en los pilares. Apenas escuchó «el mestizo», Tania sintió como si su alma hubiese vuelto a su cuerpo. Las lágrimas de alivio se acumularon en sus ojos y una sonrisa se dibujó en sus labios.

Esteban estaba vivo.

Jordan se acercó a Tania, hizo aparecer una espada y se la colocó en el cuello a la chica, que lo miraba con una expresión burlesca.

—¿Molesto? ¿Te jode que mi chico te haya vencido? —preguntó Tania—. Hubiera pagado millones por ver esa derrota.

—Ganó una pelea, no la guerra, Tatiana —contestó Jordan, furioso.

—Yo siempre dije que jamás utilizaría negro hasta que un humano fuera tan valiente para volar sobre el Artium Mundi y con la disposición para enfrentarse a un ejército en compañía de un anciano que tiene más edad que todos nosotros —comentó Ezra. Jordan la miró sin entender.

Una flecha de plata se enterró en la mano del Puppeteer, quien soltó un quejido antes de caer al suelo. Katherine, Sarah y Kris entraron en estado de alerta y miraron en la dirección de donde había venido la flecha.

Parada sobre el lomo del perro de Alice estaba Irene con un arco de color plata y, volando en unas alas delta, se encontraba Sebastián. En una parte, estas tenían unos pequeños cañones, y en el fierro, donde Sebastián tenía las manos, había un mogollón de botones similares al mando de un Xbox.

Irene sacó del carcaj muchas más flechas y comenzó a dispararlas en dirección a las secuaces de Jordan. Una que otra atravesó las cadenas con las que fueron atados los Artifex. La primera en ser liberada fue Tania, que de inmediato se lanzó hacia Jordan para molerle la cara a golpes. ChanHyun y Ezra fueron los siguientes, y ellos se encargaron de Kris, con la promesa a James de que no le harían mucho daño. Iris y Alice se ocuparían de Sarah y Katherine.

Sebastián miró a Irene y le hizo una seña para que fuera a socorrer a Gray. Él se dedicaría a liberar a los Artifex que fueron apresados, pero primero tendría que liberar a Keith, que seguía prisionero.

Irene se sentó como pudo en el lomo de Velvet y se aferró al animal, que se dirigió a toda velocidad a Gray. Cuando llegaron a la plataforma donde estaba, Irene se bajó y se acercó a Gray para quitarle las cadenas.

Gray se desplomó en el suelo y comenzó a murmurar algo que Irene no captó. Al ver una sombra, notó que un Puppeteer estaba detrás suyo y tenía alzado un tubo de fierro. Irene giró a un lado para evitar que el tubo impactara contra su cráneo y del bolsillo de su pantalón sacó un gas pimienta que siempre llevaba encima. Roseó con este al Puppeteer, que se llevó las manos a la cara mientras gritaba. Irene sacó el libro de Gray y metió la mano dentro para sacar algo que le fuese útil.

A pesar de tener los ojos llorosos, el Puppeteer intentó darle otro golpe con el tubo, pero Irene sacó un sartén del libro y le propinó semejante golpe en la cara que provocó que el Puppeteer se desmayara.

Irene miró el sartén con asombro. Quizá, la técnica de Rapunzel de llevar un sartén por si había peligro era bastante eficaz. De ahora en adelante, llevaría uno en la cartera.

La chica se acercó a Gray y lo ayudó a sentarse. Después de eso, volvió a tomar el libro y sacó un frasco con unas medicinas que Sebastián dijo que le servirían a Gray para recuperarse más rápido.

Mientras le daba las pastillas, miró en dirección de los demás y notó que estaban peleando desarmados, así que tomó de nuevo el libro y sacó todas las armas, cosa que llamó la atención de los Artifex.

Irene tomó la guitarra/hacha, deseó que el espíritu de su entrenadora de béisbol la estuviese acompañando en ese momento y la lanzó con toda la fuerza que sus brazos se lo permitieron. Tania captó de inmediato que su guitarra estaba volando por los aíres, por lo que dejó de pelear con Jordan para atraparla. La miró con gran alegría y tocó sus cuerdas. Las ropas negras y rotas que llevaba puestas se cambiaron a su traje de pelea.

Irene realizó el mismo procedimiento con los demás Artifex. Cada uno agarró sus armas y sus ropas cambiaron a sus trajes de pelea.

Cuando James recibió aquella bolsa en la que estaban sus anillos de Puppeteer, dudó en usarlos, pero no había otra opción. Se los colocó deprisa y uno de sus dedos quedó sin nada. Estaba vacío porque ahí debía estar el anillo que lo unía con Sarah, y era claro que James jamás se lo volvería a poner.

Una vez que todos los Artifex recibieron sus armas, los Puppeteers se miraron entre sí, dudando si era buena idea lanzarse a atacar si eran seis —sin contar a Gray— y para colmo estaban armados.

—¡Jordan! —llamó Katherine—. Necesitamos refuerzos, no podremos contra todos ellos.

—Gray se está recuperando, y una vez que tenga la fuerza suficiente para incorporarse, nos habremos jodido —agregó Sarah.

—Tenemos a la Bestia, no se nos acercarán —respondió Jordan.

—James está con ellos. Se podría decir que estamos perdidos.

—Chicas, esta pequeña escoria sabe lo que le conviene. No va a desobedecerme para nada, ¿cierto, Kris? —dijo Jordan, colocando su mano en el hombro de Kris, quien se tensó del todo.

Kris asintió de forma leve con la cabeza, manteniendo la mirada fija en uno de los pilares. Jordan sonrió y le hizo una seña a sus dos compañeras para que comenzaran a atacar. Jordan se encargaría de Tania y de James, la Bestia podría tomar a cualquiera de los demás.

Pero a Jordan le gustaba añadir un factor sorpresa en sus ataques.

El Puppeteer chasqueó los dedos y del cielo cayó todo su ejército de Puppeteers. Eran menos de los que Jordan recordaba, pero resultaba lógico. El viejo insoportable de Sebastián había ido a liberar a los Artifex que fueron detenidos en la cárcel.

Con su otra mano, Jordan chasqueó de nuevo los dedos y todos aparecieron en un extenso campo con un acantilado, muchas cuevas y una historia oscura por debajo.

Gray miró a su alrededor, reconociendo el sitio en el que estaban. Era el mismo lugar donde se había llevado a cabo la batalla de la segunda guerra del Artium Mundi, en la que vio morir a miles de personas a manos de Jordan.

—Tiene un extraño fanatismo por pelear en lugares gigantes —comentó Tania a su lado.

—Le gusta teñir con sangre todo lo que ve —murmuró Gray, sacando una camiseta de su libro junto con calcetines y unos botines para colocarse la ropa—. Acabemos con esto de una vez.

—¿Nosotros contra todo ese ejército? —preguntó Ezra.

—No, la ayuda viene en camino —respondió Irene, señalando hacia arriba.

Todos miraron al cielo y vieron que de este caían, armados hasta la médula, todos los Artifex que fueron detenidos. Eran alrededor de tres mil. Entre ellos había ancianos retirados, novatos de la academia, tutores y mucha más gente; incluso varios Artifex que seguían en el mundo humano se unieron a la causa. Sin embargo, había un poco más de Puppeteers, pues Jordan convirtió a muchos que murieron revelándose cuando los Puppeteers ingresaron al Artium Mundi.

—¡Vaya! ¡Qué pedazo de ejército! ¡No puedo creer que esta sea mi primera guerra! —exclamó una voz emocionada detrás de Gray, quien se tensó sin querer darse vuelta.

—Tania, ¿qué hace Riven aquí? —preguntó, a punto de perder la compostura.

—Oye, necesitábamos toda la ayuda posible, y la primera guerra a la que uno va suele ser algo memorable. Tranquilo, no se va a morir —dijo Tania, palmeando la espalda de Gray.

—¿Pueden dejar sus peleas de pareja no emocional para después? —regañó Iris—. Estamos en plena guerra, compórtense.

—Tengo el presentimiento de que nos falta alguien... —murmuró Alice mientras miraba el ejército de Jordan—. ¿Ustedes no?

Un portal se abrió en el suelo a unos pocos metros del bando de los Artifex. De este salieron Esteban y Rebecca, impulsados hacia arriba. Tomaron por sorpresa al ejército de Jordan, excepto al líder, que sabía que Esteban seguía vivo.

Esteban y Rebecca cayeron de pie en el suelo y fijaron la mirada en Jordan. Rebecca sacó su pincel y Esteban su hoz para después señalar hacia el ejército Puppeteer. Con una determinación que hasta a él mismo le sorprendió, gritó:

—¡Al ataque!

Cada bando corrió hacia el otro y la pelea final comenzó.

Con su oz, Esteban comenzó a atacar a todo Puppeteer que se le acercara. Jamás, en sus veintidós años de vida, había sentido tanta adrenalina correr por sus venas. Bloqueaba la mayoría de los ataques de los Puppeteers con su oz, como si el arma y él fueran una sola, como si no cargase peso alguno.

Recibió algunos rasguños y golpes de uno que otro Puppeteer, pero nada le impidió seguir peleando. Experimentaba una sensación extraña, como si no estuviese solo en su cuerpo, sino acompañado de muchas más personas peleando contra ese grupo de Puppeteers. Esteban utilizó ciertas maniobras que ni Rebecca, Iris o Keith le enseñaron, pero las manejaba a la perfección.

Cuando terminó con el grupo de Puppeteers que intentaron detenerlo, observó a su alrededor. Una gran cantidad de Puppeteers había sido derrotada. Desde luego, también había Artifex que por desgracia habían pasado a la mejor vida, pero eran pocos en comparación a los Puppeteers.

Sus amigos se encontraban bien; de momento, ninguno había muerto. A lo lejos, Irene se encontraba curando algunas heridas graves en una enfermería improvisada. Era probable que no supiera mucho de medicina, pero cuando ella estaba en scout, le hicieron un curso de primeros auxilios. De seguro le enseñaron cómo parar una hemorragia o acomodar un hueso... quizás.

Esteban recibió una fuerte patada en la nuca que lo dejó como borracho unos momentos. Su cabeza empezó a dar muchas vueltas por la fuerza del golpe. Fijó su mirada en su atacante, se trataba de Kris. La chica estaba en posición de pelea y se hallaba un poco herida.

—No voy a matarte —afirmó Esteban—. Eres importante para James y sé lo que se siente que te arrebaten a alguien.

—O me matas tú o te mato yo —amenazó ella, comenzando sus ataques.

Kris logró derribar a Esteban e hizo presión en su cuello en un intento de impedirle respirar. Este trató de quitar las manos de Kris de su cuello, pero se le hizo imposible; la chica de verdad era muy fuerte, a pesar de su corta edad. Bueno, corta entre comillas, ¿quién sabe cuándo nació en realidad?

Pero Esteban vio una oportunidad. Colgando del cuello de Kris se encontraba la reliquia de Windflower.

Esteban acercó con rapidez su mano al cuello de Kris y tomó la cuerda del collar para tirar con fuerza de este. La cuerda negra se rompió. Kris dejó de hacer presión en su cuello para hacerse a un lado y tocarse la zona lastimada.

Miró el dije de corazón y una sonrisa se dibujó en sus labios, luego se colocó el collar y estuvo a punto de hacer un nudo con la cuerda pero, como por arte de magia, los dos extremos se unieron, fusionándose entre sí, y la cuerda quedó como si nunca se hubiese roto.

Esteban no tuvo tiempo de sacar conclusiones respecto a ello, pues notó que Rebecca necesitaba ayuda con urgencia.

Tania, por su parte, peleaba contra Katherine. Su idea original había sido ir por Jordan, pero el Puppeteer estaba ocupado batiéndose en una pelea de vida o muerte con Gray y James.

En la pelea entre Katherine y Tania, era claro que la que llevaba la batuta era esta última. Los años de experiencia de Tania eran la gran diferencia entre ambas (y no, no es que se estuviera llamando vieja).

A pesar de eso, había algo raro en Katherine. Sus movimientos eran rápidos y delicados, como si en vez de pelear estuviera bailando. Ahí fue cuando Tania llegó a la conclusión de que Katherine tenía la reliquia de los Ballerines. Había sido inteligente por parte de Jordan no quedarse con todas las reliquias él solo. Entonces, era deducible, incluso para un CI de 10, que las otras reliquias las tenían Sarah y Kris.

Se suponía que Katherine tenía la reliquia en el tobillo —era una tobillera, claro que estaría ahí, dah—, el tema era cómo diablos se la sacaría si la chica estaba ocupando botas largas.

A menos que no estuviera justo en su tobillo. Esteban pudo ocupar la reliquia de Goldnote sin tener que llevarla en el cabello.

«¡Bingo!», pensó Tania al ver bajo la manga de su camiseta. Ahí estaba la reliquia de los Ballerines, en su brazo, como si fuera un brazalete.

Tampoco tendría que ser muy inteligente para quitársela.

Alice estaba cerca, peleando con una Puppeteer, y se notaba que su contrincante no tenía piedad. Por eso, Tania esquivó un ataque de Katherine para dirigirse a Alice, tomarla de la mano y apegarla a ella.

—¿Bailamos? —le preguntó con una sonrisa.

Alice estuvo por sonreír, pero soltó un chillido. Tania se giró, aún tomando a Alice, para descubrir que Katherine iba a atacarlas; pero Alice fue más rápida: se dobló hacia atrás mientras Tania la sujetaba y enterró un cuchillo en el estómago de la Puppeteer, provocando que esta se apartara y escupiera sangre negra hacia un lado.

Alice se reincorporó y Tania la soltó para acabar con Katherine utilizando su hacha. Tania hizo un corte profundo en el pecho de la chica y esos fueron sus últimos segundos de vida antes de caer al suelo, muerta.

Tania se apresuró a quitarle la reliquia. Una vez que la tuvo, miró a la persona que estuviera más cerca de Esteban o a la que no tuviera a tantos Puppeteers encima.

—¡ChanHyun! —vociferó con toda la fuerza que sus cuerdas vocales le concedieron.

ChanHyun la miró, se quedó quieto en el sitio donde estaba por unos momentos y captó a lo que se refería. Tania lanzó la tobillera en el aire y la golpeó con su hacha como si fuera una pelota de béisbol.

La reliquia voló por los aires y ChanHyun logró atraparla.

Fue entonces cuando comenzó el juego de la papa caliente.

Capítulo 18

Apenas inició la batalla, Gray tenía claro que Jordan iba a querer ajustar cuentas con él.

Con las alas de papel que Iris fabricó para él, pudo cubrir bastante terreno y encargarse de varios Puppeteers él solo, pero eso no bastó para acabar con una gran parte del ejército.

Hubo un momento en que dos Puppeteers se le tiraron encima y comenzaron a hacer añicos las alas de papel. Cuando estaban en uso, estas se adherían al sistema nervioso, así que, cuando los Puppeteers le arrancaron papeles uno por uno, Gray lo sintió como si le estuvieran arrancando piel. Era un dolor de mierda, pero gracias a Moonheart no duró demasiado, ya que James se deshizo de esos Puppeteers.

James lo ayudó a levantarse. Mientras Gray intentaba recuperarse, el chico lo defendió de varios Puppeteers que se les acercaron como si fueran un trozo de carne y los Puppeteers, unos lobos hambrientos.

Una vez que Gray se recuperó por completo, sacó de su libro una katana y comenzó a atacar a varios Puppeteers junto a James, que utilizaba sus cadenas para defenderse y a la vez atacar.

Gray detuvo sus ataques por un corto periodo de tiempo, pues escuchó que ChanHyun gritaba su nombre. Gray y James se giraron para verlo. El asiático tenía en sus manos la reliquia de los Ballerines, pero muchos Puppeteers lo estaban rodeando.

—¿En algún momento de tu vida jugaste el juego de la papa caliente o al béisbol? —preguntó Gray.

James lo miró, confundido, pero no tuvo tiempo de responder. Cuando Gray comenzó a correr en otra dirección, el chico alzó la mirada y vio que por los aires volaba la reliquia de los Ballerines y que Gray se dirigía al sitio en el que caería la reliquia.

Gray se apresuró con toda la fuerza que sus piernas se lo permitieron y logró atrapar la reliquia de los Ballerines. Miró desesperado en todas las direcciones para buscar a Esteban y vio al chico peleando con varios Puppeteers en compañía de Rebecca.

Iba a echarse a correr en dirección a Esteban para entregarle la reliquia. Gritarle era algo arriesgado, teniendo en cuenta que la zona en la que se encontraban Esteban y Rebecca estaba llena de Puppeteers, pero en el camino de Gray, Jordan apareció con esa sonrisa que nunca significaba nada bueno.

El mayor de los Silvertear se dio cuenta de que Jordan llevaba guardada en uno de los bolsillos de su pantalón la reliquia de Goldnote.

Tenía la oportunidad, solo faltaba el plan y la ejecución.

—¿Adónde crees que vas con eso, hermano? —preguntó Jordan.

—Me da asco que tengas el atrevimiento de llamarme «hermano» —contestó Gray, serio.

—Como decían en nuestros tiempos, soy todo un atrevido.

Gray se fijó en que Riven estaba libre, gritó el nombre de su primo a todo pulmón y el chico lo miró. Gray lanzó la reliquia de los Ballerines con fuerza, sorprendiendo a Jordan, que se lanzó encima de él para golpearlo en el suelo.

Gracias a los tres padres, Riven atrapó la reliquia y fue corriendo hacia Esteban para entregársela y ayudarle a él y a Rebecca a defenderse de los Puppeteers.

—¡Cortesía de Gray! —exclamó Riven, sonriendo y acomodando sus guanteletes.

—¡Qué agradable regalo! —respondió Esteban.

Jordan intentaba darle puñetazos en la cara a Gray, quien, como podía, movía la cabeza o bloqueaba los golpes con sus brazos. Los dos hermanos luchaban cerca de una cueva. Jordan intentaba acorralar a Gray contra la pared de piedra para tenerla más fácil.

El Puppeteer logró derribar a Gray y se sentó en su cadera para continuar con sus ataques. Gray bloqueó con sus brazos, de manera constante, los golpes de Jordan. Jadeaba por el dolor y seguía débil.

—¿Recuerdas este sitio, hermano? ¡Aquí fue donde nuestra hermana dio sus últimos respiros! —exclamó Jordan con una sonrisa psicópata—. Nunca pude usar mi Vincula Mentis con ella, ¡pero lo haré contigo!

Alarmado, Gray activó la barrera mental de los Silvertear. Sus ojos se volvieron de un color plata al mismo tiempo que Jordan dejaba de golpearlo para tensar sus manos.

Jordan se levantó de encima de Gray manteniendo sus manos tensas. Una carcajada salió de sus labios. Su querido hermano mayor había comenzado a temblar y apretó los puños con fuerza hasta el punto en que sus nudillos se volvieron blancos. Jordan sabía muy bien que su hermano tenía una mente muy dura y fría para situaciones tensas, pero su Vincula Mentis poseía la fuerza suficiente para romper esa barrera y hacer estragos en la estabilidad mental de su hermano.

El Puppeteer concentró toda su energía en sus manos, que se tensaron hasta estar duras como rocas. Para hacer más divertida la tortura, decidió compartirle uno que otro recuerdo suyo a Gray, a fin de que se quebrara más.

En efecto, funcionó.

De los ojos de Gray salieron lágrimas de sangre. El chico se hizo un ovillo en el suelo para comenzar a gritar como si lo estuvieran matando. Se llevó las manos a la cabeza y continuó sollozando con toda la fuerza de sus pulmones.

—Muere, muere, muere, muere, muere, muere. ¡Muere, muere, muere! ¡Muere! —gritó Jordan mientras sonreía, observando como su hermano gritaba por piedad.

—¡Detente! ¡Para! ¡James! —exclamó Gray, que continuaba hecho un ovillo y temblando.

Jordan bufó de un modo burlesco mientras sus dedos se seguían tensando hasta que su mano se cerró por completo. Sin embargo, no alcanzó a llevar a cabo su asesinato, ya que sintió una patada en su nuca que lo hizo tambalearse un poco.

—¡Gray! —exclamó James, desesperado, para acercarse a Gray, que lloraba de puro terror.

James arrodilló y trató de que Gray estirara su cuerpo para sacarlo y llevarlo a la enfermería, donde se encontraría Irene. Pero el chico se aferró a la camiseta de James, angustiado, y no fue capaz de hacer otro movimiento que ese. Preocupado, este acarició el cabello de Gray, intentando calmar a su novio. Era imposible, Gray no paraba de tiritar y de llorar.

—Gray, escúchame, estoy aquí, no te va a pasar nada, ¿sí? Estás conmigo. Todo lo que hayas visto no es real —habló James, tratando de que Gray lo mirara—. No es real, Gray, no es real. Nada de eso es cierto.

—¡Fue mi culpa! ¡Todos están muertos por mi culpa!

—¡Gray! ¡Joder! ¡Escúchame! ¡Eso no fue así! ¡Nada de eso fue tu culpa!

—¡Ustedes dos me dan tanto asco! Pero sobre todo tú, James —dijo Jordan, reincorporándose, para mirar a James con seriedad.

James se aferró al cuerpo de Gray para protegerlo mientras su novio seguía atemorizado.

—Te crees capaz de proteger al gobernador del Artium Mundi, al Sciptor «más importante», pero nunca fuiste ni serás capaz de utilizar tu Vincula Mentis —espetó—. Tu autoestima quizá mejoró más de lo necesario para que creas que eres capaz de proteger a tu queridísimo e inútil novio.

James tensó la mandíbula y su mirada cambió a una seria, pero su cabeza en esos momentos era semejante lío. Sabía que Jordan estaba intentando torturarlo con las palabras para que se desanimara, dudara y él tuviera oportunidad de matarlo a él y a Gray. Pero ya sabía de aquel truco, siempre lo utilizaron con él.

Y sabía lo que tenía que hacer si quería salvar a Gray y a sus amigos.

—Perdóname, Kris —susurró James para alzar una de sus manos. Con la otra, continuaba haciéndole cariños en el pelo a Gray, aunque sus dedos estaban un poco tensos.

Estaba utilizando un método que desarrolló para calmar a alguien que sufrió efectos severos del Vincula Mentis. En múltiples ocasiones, James tuvo que usarlo en Kris y en él mismo. El método funcionó, ya que la respiración de Gray se fue calmando de a poco.

—¿En serio vas a utilizar tu patético Vincula Mentis conmigo? —preguntó Jordan, soltando una carcajada—. Es el Vincula Mentis más débil de todos, no me harás nada.

—Si nunca lo ocupé, no fue porque fuera débil…

«Pero un lobo con piel de oveja es más que una advertencia», pensó James.

Su mano se tensó. Jordan abrió la boca para decir algo, pero ninguna palabra salió de su boca. De inmediato, comenzó a temblar. Sus piernas le fallaron y acabó de rodillas en el suelo. Luego, se agarró la cabeza con fuerza, al mismo tiempo que un grito salía por su garganta, alertando a todos los Puppeteers.

Los Puppeteers que quedaban vivos se voltearon de forma sincronizada hacia donde Jordan y James se encontraban. Sarah estaba incluida en ese montón.

Todos se quedaron concentrados, mirando la escena con sumo terror. Las piernas de muchos flaquearon hasta que terminaron de rodillas en el suelo, pero nunca dejaron de mirar a James con terror.

En esos precisos momentos, aquel «Puppeteer» que nunca fue capaz de usar su Vincula Mentis estaba rompiendo toda la estabilidad emocional de Jordan Silvertear con solo cinco dedos.

En el rango del 1 al 10, el Vincula Mentis de James era un 10, el Vincula Mentis más fuerte que existía.

Poco a poco, unos Puppeteers comenzaron a gritar mientras se agarraban la cabeza con desesperación. Esteban miró en todas las direcciones y el mismo efecto surgió con más rapidez en casi todos los Puppeteers.

—James nos está dando una ventaja —murmuró. Rebecca lo miró sin creerlo.

—¡Tenemos oportunidad! ¡Mátenlos a todos! —vociferó Keith.

El ejército de Artifex comenzó a asesinar a todos los Puppeteers que estaban siendo presa del Vincula Mentis de James.

Esteban y Rebecca no dudaron en acatar la orden. Pronto comenzaron a cargarse a todos los Puppeteers que estuviesen a su alcance.

Irene se encontraba atendiendo ella sola a varios Artifex que habían sido heridos. Sebastián había tenido que ir a ayudar afuera y aún no volvía. Irene pensó que había muerto, pero los Artifex que se encontraban en la enfermería improvisada le dijeron que si Sebastián sobrevivió a la primera guerra del Artium Mundi, sobreviviría a un grupo de Puppeteers.

Por la puerta de la enfermería entró Ezra, que miraba desesperada en todas direcciones. Al parecer, su esposo, ChanHyun, había sido herido. ¡Y la cosa no terminaba ahí! Tania y Alice también entraron, pero ninguna de ellas dos estaba herida de gravedad. Entre ambas cargaban a una chica de cabello blanco corto, toda vestida de negro y gritando como si la estuviesen matando.

Irene actuó de inmediato y le hizo una seña a Tania y a Alice para que la dejaran en una camilla que había sido desocupada hacía poco. Por otra parte, le indicó a Ezra que recostara a ChanHyun en otra camilla.

—¡¿Quién diablos es ella?! —preguntó Irene, nerviosa.

—Creo que James le dice Kris. Estábamos peleando con ella y de un momento a otro comenzó a gritar y a llorar —exclamó Alice.

—¡Pero también comenzó a ponerse muy agresiva y por poco nos decapita a las dos! —agregó Tania, sujetando las muñecas de Kris. La chica intentaba ahorcar a cualquiera que estuviese a su alcance.

Irene vio que en la camilla había unas correas de cuero y, con ayuda de Alice, las colocó por encima de su cuerpo y las enganchó para dejar a la tal Kris amarrada por completo en la camilla.

—¿Qué se supone que hagamos con ella? —preguntó, mirando a Kris, quien estaba teniendo un ataque de rabia y a la vez de desesperación.

—No lo sé —replicó Tania—. Afuera están masacrando a los Puppeteers que parecen estar en el Vincula Mentis de James, pero esta chica es importante para él y él para ella. No podemos matarla hasta que todo esto termine.

—Te ayudaremos con los heridos —dijo Alice e Irene asintió, murmurando un «gracias».

Irene volvió su mirada a Kris, que gritaba y lloraba, desesperada. Su instinto maternal fue activado y con algo de nerviosismo se le acercó y comenzó a acariciar su blanco cabello, intentando tranquilizarla de algún modo. Con su otra mano, agarró una de las manos de Kris y la apretó un poco para calmarla.

Poco a poco, Kris dejó de gritar, pero seguía llorando y de sus labios salía el nombre de James. Irene continuó su trabajo de calmar a la muchacha. Después de estar tan alterada, ella terminó cayendo dormida, tal vez por la poca energía.

Un rato después, la puerta de la enfermería volvió a ser abierta y el alma se les vino abajo a casi todos al ver a Sebastián, desesperado, cargando el cuerpo inmóvil de Iris.

Pocos Puppeteers quedaban vivos, a excepción de Jordan, Sarah y un grupo muy pequeño. James había utilizado casi toda su energía tratando de calmar el daño mental de Gray y utilizar su Vincula Mentis en un enorme número de Puppeteers, por lo que su cuerpo llegó a tal punto que no pudo más y se desmayó, aún teniendo a Gray aferrado a su camiseta.

No habían muerto muchos Artifex, lo que era un punto a favor, pero aun así, muchos tuvieron que retirarse de la pelea para volver al Artium Mundi y recibir ayuda urgente, ya que la enfermería no daba abasto para muchas personas más.

Esteban y Rebecca habían dado con Sarah. A pesar de haber estado en un Vincula Mentis mucho más fuerte que el de ella, seguía de pie, pero a duras penas, pues se veía demasiado afectada.

Sarah se acercó para intentar golpear a Esteban, pero sus piernas le fallaron y cayó al suelo. Rebecca se puso en cuclillas y dio vuelta el cuerpo de Sarah, que seguía viva, pero cuya mirada era la de alguien muerto.

Esteban sacó su hoz y contempló a Sarah, quien estaba murmurando algo, pero era muy difícil saber qué decía, porque las palabras sonaban arrastradas.

—Me quitaste muchas cosas —susurró Esteban. Sarah lo miró con los ojos entreabiertos—. Jordan y tú me quitaron a personas que amaba, y no solo a mí, sino a mucha gente más. Gente como tú no merece vivir.

—Hijo… de… puta —respondió Sarah con la voz entrecortada mientras elevaba la comisura de sus labios—. Los… siguientes… años… de tu… asquerosa vida… serán un… infierno. Nunca… tendrás… un… final… feliz.

Esteban se colocó de cuclillas en el suelo y le dedicó a Sarah una sonrisa fría.

—Tendré un mejor final que el tuyo, al menos —sentenció.

Sarah endureció la mirada y llevó su mano al cuello de Esteban para intentar apretar, pero su brazo cayó de inmediato al suelo, al mismo tiempo que soltaba un quejido. Esteban se incorporó y elevó su hoz para enterrar el filo en el pecho de Sarah, matando a la Puppeteer en el acto.

Hizo desaparecer su hoz y miró el cadáver de la chica; por algún motivo, se le quitó un peso de los hombros, pero seguía sintiendo algo de lo que no podía liberarse de inmediato, un peso que quizás llevaba muchos años.

Fuera lo que fuera, era una sensación extraña que Esteban quería que desapareciera.

Rebecca se le acercó y lo abrazó con fuerza. Esteban esbozó una sonrisa leve y correspondió el abrazo con cariño. Ella tomó su cara con sus dos manos y le sonrió para después darle un beso en la mejilla.

—Te ves distinto con el ojo verde —comentó—, pero no te va mal el color.

—¿Tú crees? —preguntó Esteban, llevando una mano a su ojo. Rebecca sonrió.

—Habrá que pensar una explicación respecto a eso, pero creo que es algo bueno. Podría significar que pudiste aceptarte a ti mismo.

Esteban soltó una pequeña risa y recordó lo que había vivido en el trance de Evelyn Moonheart. Volvió a ver a Rick, a sus padres y a su abuela. No podía negar que el corazón se le apretaba al rememorarlo, pero siempre trataría de que fuese un recuerdo positivo, aunque a una parte de él le doliera.

Una de las cosas que pensó Esteban fue que cumplió aquella promesa que le había hecho a la abuela Silvertear: había vengado a todos los que murieron a manos de Jordan.

Podría decir que cumplió todo lo que prometió en el pasado, ahora solo faltaba seguir hacia adelante, hasta que el capítulo final de su libro terminara.

Capítulo 19

La mirada de Esteban viajó hasta donde se encontraban James y Gray inconscientes. Jordan también estaba en el suelo, pero se estaba moviendo despacio, casi arrastrándose hasta Gray para emplear sus últimas fuerzas en matarlo.

Una parte de Esteban pensó: «¡Oh, vamos! ¿Cómo es que no se muere?». El chico estaba casi seguro de que Jordan no tenía la energía suficiente para siquiera levantarse o hacer el mínimo movimiento, pero este era como la mala hierba, al parecer, nunca moría. ¡Tremendo fastidio, Dios!

Esteban se echó a correr lo más rápido que sus piernas se lo permitieron y logró llegar hasta Jordan para inmovilizarlo en el suelo. Rebecca llegó poco después y miró a Jordan antes de soltar un suspiro de fastidio; de seguro, ella estaba pensando lo mismo que él.

—¡Suéltame! —vociferó Jordan, dándole un codazo en la cara a Esteban que con facilidad pudo haberle reiniciado el sistema y de paso regalado una rinoplastia.

Rebecca ayudó a Esteban a levantarse y convirtió su pincel en un bastón para defenderse de Jordan por si intentaba atacarlos, pero viendo el estado en el que este se encontraba, parecía bastante difícil que sucediera.

—¿Crees que puedes solo? —preguntó Rebecca.

—Ve a socorrer a Gray y a James, no quiero que lo veas —respondió Esteban con una leve sonrisa, colocando su mano en el hombro de Rebecca.

Rebecca pasó deprisa al lado de Jordan y fue a asegurarse de que Gray y James se encontraran bien. En ningún momento volteó atrás, y eso dejó tranquilo a Esteban. No quería que Rebecca lo viese acabar con la vida de a quien alguna vez llamó hermano.

Jordan temblaba y murmuraba cosas sin sentido. Estaba encogido y su lenguaje corporal denotaba que se sentía asustado, desesperado, nervioso y a la vez furioso. Esteban por poco dudó que la persona frente a él fuese el líder de todos los Puppeteers.

Se acercó hasta Jordan, que lo miraba con mucho odio, y le dio una patada en la cara. El Puppeteer se fue de espaldas para agarrarse la zona afectada. Esteban sacó su hoz de nuevo y miró a Jordan, que se retorcía en el piso. En ese instante, Esteban no estaba expresando emoción alguna con su rostro, pero por un motivo inexplicable, una lágrima cayó de su ojo, aunque no estaba sintiendo tristeza o algo.

Elevó su oz, dispuesto a acabar con Jordan, pero justo en ese momento, el Puppeteer se destapó la cara y, en vez de mirarlo con odio, lo miró con horror. Murmuró un nombre que solo Esteban fue capaz de escuchar y sus ojos se abrieron como platos.

Pero este no dudó en enterrar el filo de la hoz en la garganta de Jordan, acabando así con la vida de aquel hombre que tenía una montaña de cadáveres bajo sus pies.

Esteban miró el cadáver de Jordan y retiró la hoz para después mirar al suelo, pensativo, y soltar un suspiro de alivio. Todo había acabado, al fin.

A lo mejor, la muerte de Jordan no fue como en las películas de acción, donde el villano tiene un final que te caes del asiento; pero Esteban no estaba de ánimo para prolongar esa vida. Tal vez mucha gente del Artium Mundi hubiese preferido que lo ejecutaran en público para ver su sangre caer, pero no sería necesario.

El nombre que murmuró Jordan como sus últimas palabras quedó grabado en la cabeza de Esteban. No entendía por qué Jordan pronunció ese nombre, pero muchas cosas aún no tenían una respuesta definitiva.

Un leve dolor de cabeza apareció de repente. Esteban se frotó la sien con sus dedos, pero poco a poco, aquel dolor se expandió y la cabeza comenzó a darle vueltas. Esteban maldijo en francés y lo último que vio fue a Rebecca corriendo hacia él, al tiempo que su cuerpo caía inconsciente al suelo…

Abrió la puerta de aquel misterioso pasillo y la atravesó para encontrarse a muchas parejas bailando despacio en la pista de baile de aquel gran salón. No pudo reconocer a muchas de esas personas, la mayoría le eran desconocidas. Todos bailaban lento, disfrutando de aquel maravilloso momento. *The Night We Met*, de Lord Huron, sonaba a través de los parlantes que se habían conseguido para la fiesta.

Caminó sin interrumpir aquel baile hasta que llegó a la zona de las mesas y tomó asiento en una de las sillas vacías. Miró su mano, ahí estaba el anillo de Evelyn Moonheart. De su cuello colgaba la reliquia de Windflower y la reliquia de Goldnote estaba colocada en su negro cabello. La reliquia de los Ballerines estaba en su tobillo, oculta por el pantalón negro que formaba parte de su atuendo aquella noche. Para finalizar, la reliquia de los Auctorum completaba su vestimenta y no iba a negar que le quedaba bien.

Esteban miró a las parejas. Todas se veían felices, aliviadas y libres, pero él sentía un peso en sus hombros y un inexplicable sentimiento de tristeza.

Alguien se sentó a su lado y Esteban giró la cabeza para ver de quién se trataba. Se llevó una sorpresa al enterarse de que Jack Windflower estaba sentado al lado suyo. El Pictorum tenía un traje que a lo mejor era de sus mejores ropas, y una sonrisa de felicidad estaba dibujada en su rostro.

—Veo que lograste derrotar al chico ese —comentó Jack, dirigiéndose a Esteban.

—¿Puedo preguntar por qué está sentado a mi lado? —quiso saber este. Jack soltó una risa.

—No me malinterpretes, chico. Soy un hombre con principios —aseguró.

—¿Qué?

Jack hizo un movimiento de mano como para quitarle importancia al asunto.

—Debo admitir que me sorprendió que pudieras derrotar al enemigo. A pesar de todo lo que pasaste, no demostraste debilidad y seguiste adelante —lo elogió Jack, y luego hizo aparecer un vaso con un líquido para beber de él.

—¿En serio cree eso de mí? —preguntó Esteban.

—Eres una persona digna de llevar las cinco reliquias, pero que no se te suban los humos a la cabeza, ¿eh? Ese fue mi gran error, aunque alguien me colocó los pies de vuelta en la tierra.

Esteban de verdad no entendía ni tres cuartos de lo que Jack Windflower le decía. La última vez que lo vio, le pareció que el hombre estaba un poco loco, o más bien que tenía un carácter especial. Se podría decir que era un tanto infantil en ciertos aspectos.

Jack soltó una leve risa y le entregó el vaso a Esteban. Procedió entonces a levantarse de la silla, acomodarse la chaqueta y dirigirse hacia una mujer que se encontraba sola. Era una hermosa mujer rubia, Bella Goldnote.

Soltó un suspiro y dejó el vaso en una de las mesas para seguir mirando a la multitud. La música había cambiado, ahora era una canción de Katy Perry en versión acústica para que combinara con el ambiente, solo que Esteban no podía recordar el nombre.

Otra persona tomó asiento a su lado y Esteban miró por el rabillo del ojo para ver de quién se trataba. Por poco se cayó de la silla al ver que se trataba de Rick. Su amigo se vistió para la ocasión, pero su cabello rubio estaba igual de despeinado que siempre.

—Nunca le he encontrado la gracia a colocarse unos zapatos infernales si vas a una fiesta de graduación —apuntó Rick, riendo, y Esteban sonrió.

—Me acuerdo de esa vez que acompañaste a Irene al matrimonio de su tía y tuve que obligarte a que no fueras con unas converse —comentó Esteban.

—Tú sabes mejor que nadie que las converse son lo mejor del mundo.

—No puedo negar algo que es cierto —reconoció Esteban.

Rick y él soltaron una risa y miraron de nuevo hacia la pista de baile. El ambiente que se había formado era bastante agradable, Esteban sentía mucha tranquilidad en aquel momento. La sensación de que Rick estuviera otra vez con él era casi real, como cuando estuvo dentro del trance de la reliquia.

—¡Venga! —habló Rick, levantándose de la silla—. No nos quedemos aquí como idiotas, vamos a bailar.

—No tengo pareja para bailar.

—Me tienes a mí, idiota. No hay nada malo en que bailemos los dos. ¡Vamos, levántate! Bailamos una vez juntos, no nos hará mal una segunda.

Rick le extendió su mano con una sonrisa en los labios. Esteban rodó los ojos y aceptó la mano de su amigo. El rubio lo condujo para que fueran al centro de la pista a bailar.

En el centro de la pista, Esteban se quedó parado delante de Rick y colocó las manos en sus hombros mientras trataba de aguantar la risa. Habían vivido esa misma situación en el baile de fin de curso, cuando los dos tenían dieciséis. Por más tonto que sonara, Esteban, por petición de Tania, había conservado la corona que le dieron en aquel baile.

Rick posicionó sus manos en la cintura de Esteban, quien ya conocía suficiente a su amigo para saber que él también estaba al borde del ataque de risa. Pero no era una risa incómoda, sino ese tipo de risa cómplice que uno suele tener con alguien.

La canción cambió y Esteban no tardó en reconocer los acordes. La canción que estaba sonando había sido su favorita durante mucho tiempo, y el hecho de que ahora sonase le añadía un toque aún más especial al momento.

***

Esteban despertó (¡qué novedad!, cuéntame otra) y no pudo ver nada. La primera visión que tuvo después de haberse desmayado fue el color negro. Por momentos supuso que estaba en el interior de su ataúd, pero levantó las manos y estas tocaron el vacío. Dondequiera que estuviese, de seguro parecía un estúpido golpeando el aire de pronto.

Se llevó las manos a la cara. Al tocar, notó que tenía vendas en los ojos, razón por la cual no podía ver nada. Palpó sus manos y la reliquia de Moonheart se encontraba en el dedo de en medio. Esto lo dejó confundido en cierto aspecto, pero no le dio mucha importancia. La reliquia de Windflower estaba colgada de su cuello.

La puerta de la habitación en la que estaba fue abierta y escuchó que alguien entraba en completo silencio. El visitante se detuvo al lado de su cama y unas manos comenzaron a retirarle las vendas. Cuando estas ya no le impedían ver, Esteban observó a Rebecca, que dio un pequeño salto al encontrarlo despierto.

—Pensé que estabas dormido, perdona —dijo ella, dejando las vendas a un lado.

—Acabo de despertar, pero siento el cuerpo adolorido, como si me hubiese pasado un camión encima y luego hubiese retrocedido, aplastando de nuevo mi cuerpo —respondió Esteban mientras se sentaba en la cama con ayuda de Rebecca.

Ella soltó una leve risa ante el comentario de Esteban, luego se sentó en el borde de la cama con un suspiro.

Los ojos de Esteban observaron la habitación. Estaba en el hospital del Artium Mundi. A ambos lados había cortinas que no dejaban ver más allá de la habitación; de seguro había más personas allí. Esteban lo dedujo con facilidad, ya que en la guerra hubo varios heridos y la enfermería de Irene no daba tanto abasto.

—Tania vino a verte hace una hora, más o menos. Estaba demasiado aliviada de que estuvieras vivo. La obligué a ir a dormir en casa, se quedó a tu lado apenas te dejamos en la cama.

—¿Cuánto estuve dormido?

—Dos días, pero no te preocupes. Tania justificó tu ausencia en la universidad, creo que dijo algo de que te dio apendicitis —respondió Rebecca.

—¿Podrías hacerme un resumen de lo que sucedió mientras dormía? Siento como si hubiese estado inconsciente unos cien años.

—Bueno, Iris fue herida de gravedad, pero ya está fuera de peligro. Se encargaron de deshacerse los cadáveres. ChanHyun fue herido y a Ezra por poco le da un ataque, pero el pobre ya está bien, solo tiene fracturado un brazo. Gray está al lado tuyo, pero ahora fue a terapia. Quedó bastante afectado después de estar en el Vincula Mentis de Jordan.

—¿Y James?

—James lo ha cuidado, y también se ha encargado de Kris.

—¿La tienen encerrada o algo así?

—No, James nos pidió que no la tratáramos como si fuese una bestia. Ella ahora también está recibiendo terapia, por parte de Irene, de hecho —contó Rebecca—. Alice está bien, al igual que Keith, Riven y Sebastián.

—Vale —murmuró Esteban—. ¿Y tú cómo te encuentras?

—Si te soy sincera, estoy aliviada y tranquila. Mis heridas no fueron muy graves, así que estoy ayudando en el hospital. También tuve que llevar algunas lápidas al castillo para colocarlas en las casetas. Ahora es cuando viene la parte de la reconstrucción de todo y de los méritos.

—Creo que ha sido el fin de semana más intenso de toda mi vida —dijo Esteban, mirando la reliquia de Moonheart—, en definitiva.

—¿Qué harás ahora que derrotaste a Jordan y eres un héroe más para todo el Artium Mundi? —inquirió Rebecca con un tono divertido.

La pregunta tomó un poco por sorpresa a Esteban. No había pensado en qué haría ahora que derrotaron a todos los Puppeteers y ya no se verían más amenazas para los Artifex y el mundo humano, de momento.

Aún tenía un título universitario que sacar, una niña que criar y toda una vida por delante que vivir. Bueno, no sabía cuánto duraría su vida, debido a la maldición de Félix Goldnote.

—Supongo que viviré mi vida de mestizo. No sé tú, pero yo creo que merezco una existencia tranquila —dijo Esteban con una leve sonrisa.

—Me parece un buen plan. Y sí, tienes razón, te mereces una vida tranquila.

Los dos se sonrieron mutuamente y en ese preciso momento la tranquilidad se esfumó por completo. La puerta de la habitación se abrió con fuerza y por esta cruzó Tania, que estaba atravesando una montaña rusa de emociones.

Al parecer, tenía la misión de decirle otra cosa a Rebecca, pero cuando vio a Esteban despierto, casi se lanzó sobre él para abrazarlo. Esteban correspondió el abrazo mientras intentaba calmar a la rubia, que había comenzado a sollozar del alivio. Si bien Tania lo había visto vivito y coleando en la guerra, no había tenido la oportunidad de expresárselo.

Después de que Tania se calmara un poco y alineara las emociones, Rebecca le preguntó a qué venía en un principio y por qué se veía tan conmocionada al entrar.

—Es que, Rebecca, ¡acaba de suceder un milagro!

—¿Descubrieron la cura del cáncer? —preguntó Esteban.

—¿Alice te pidió matrimonio?

—¿Iris despertó?

—¿Qué? ¡No! ¡Nada de eso! —exclamó Tania—. ¡Saquen sus mejores galas! ¡Gray se nos casa!

—¡¿QUÉEEEE?! —gritaron Esteban y Rebecca sin poder creerlo—. ¡¿Cómo?!

—Bueno, podría decir que fue una decepción, ya que Gray no lo pidió de forma directa, sino que James tuvo que tomar la iniciativa. Yo llegué en el momento indicado para presenciar la propuesta y la aceptación. Fue hermoso. Mi pobre e idiota mejor amigo ya no será soltero de por vida —dijo Tania, limpiándose una lágrima falsa.

Esteban y Rebecca se miraron para reír. De verdad, Tania era todo un personaje.

Capítulo 20

Cinco meses después

Esteban se encontraba en su habitación, parado frente al espejo, terminando de vestirse para el acontecimiento más importante del Artium Mundi en cientos de años.

Pero desde luego, no podemos seguir sin explicar qué sucedió luego de que Esteban despertara en el hospital.

El Artium Mundi tuvo que entrar en periodo de reparaciones por los múltiples destrozos que sufrió debido al ataque de los Puppeteers y ciertas modificaciones que se hicieron. Por supuesto, esas reparaciones tardaron menos de dos días, porque, bueno, no hace falta explicarlo: Pictorums.

Poco después de la reparación del Artium Mundi fue el funeral de todos los Artifex que fallecieron en la pelea y los que murieron por revelarse ante Jordan y sus vasallos. Los cadáveres encontrados fueron vestidos de blanco y a todo el Artium Mundi se le pidió que vestir de negro.

Esteban no pudo entender el motivo de vestir de blanco a los muertos, pero Iris le explicó que había una creencia en el Artium Mundi de que el negro simbolizaba la vida y el blanco, la muerte.

Los muertos eran vestidos de blanco o representados con aquel color porque su alma había sido liberada de todos sus dolores y temores. El blanco simboliza paz, y por mucho que la muerte siempre se haya visto como algo negativo, la verdad es que las almas pueden descansar luego de una larga vida.

El negro simbolizaba la vida, pero Iris no le explicó el significado del color ya que «Todos tenemos una versión distinta de lo que significa el negro, pero el color simboliza la vida, Esteban».

Quizás por eso, en los funerales la gente iba vestida de negro, para recordar que ellos seguían vivos.

Cuando los días de funeral llegaron a su fin, vino la ceremonia de honor.

En ella se les dieron honores a todos los que participaron en la guerra, pero hubo tres personas reconocidas como pilar fundamental de la erradicación de los Puppeteers: Esteban Firelight, Irene Heather y James.

A Esteban se le otorgó el mérito por haber acabado con la vida de Sarah Cristalstone y Jordan Silvertear. Irene fue reconocida por ser una de las pocas humanas que ayudó a los Artifex en la guerra y por su determinación al atender a los heridos. Y por último, James fue reconocido por su gran fuerza de voluntad para usar su Vincula Mentis a pesar de que fuera dañina incluso para él.

Esteban por poco tuvo que sujetar a Irene para que no se desmayara cuando Gray le colocó la medalla de honor. Apenas reunió las suficientes neuronas, Esteban le explicó a Irene todo lo del Artium Mundi, desde los tres padres hasta la actualidad.

Fue una clase de historia un tanto larga.

También le explicó al verdadera razón de la muerte de Rick. Puede que eso fuese lo más doloroso para él: contarle a la persona que Rick más amaba que él murió ayudándolo a derrotar a un loco desquiciado. El chico pensó que Irene reaccionaría mal y que tal vez jamás volvería a dirigirle la palabra, pero ella solo lo miró con una sonrisa triste y lo abrazó.

Irene tuvo que hacer un juramento de que se llevaría el secreto del Artium Mundi hasta la tumba. Ella aceptó y juró que no le revelaría a nadie el secreto.

¿Qué otra cosa falta? ¡Ah, sí!

Esteban fue nombrado Pictorum y embajador entre el mundo humano y el Artium Mundi, lo que significaba que podría seguir su vida normal de humano y ayudar en el Artium Mundi si alguna vez fuese necesario. Pero si era sincero, no quería más problemas que involucraran arriesgar su vida, prefería vivir una vida tranquila. Él creía que lo tenía bien merecido.

Pero bueno, solo Evelyn Moonheart sabría qué estaba escrito en su libro de vida.

En cuanto a su vida humana, Esteban se graduó de la universidad. Puede que ese fuese uno de los momentos de su vida en los que más alivio sintió. Cuando recibió su título, experimentó una felicidad que no sentía desde hacía mucho, pero luego venía la parte de conseguir trabajo e irse de casa para ser un hombre adulto independiente.

Tania aún le rogaba que no se fuera. Gray la regañó incontables veces por no poder soltar a Esteban, que ya no era un crío.

Rebecca e Iris se involucraron en eso y en la azotea construyeron un pequeño departamento para que Esteban pudiese vivir solo y seguir viviendo con Tania de una manera distinta.

Ahora tenía su propio departamento, y... bueno, el color que más se veía en su hogar era el verde. A fin de cuentas, ese era su color y le hacía sentir tranquilo estar en un ambiente en el que estuviese presente.

Volviendo al presente, Esteban soltó un suspiro de fastidio: veintidós años y aún seguía sin saber cómo demonios hacer el nudo de una miserable corbata. Había fallado como ser humano.

Salió de su habitación para caminar hasta la sala de estar y tomar la chaqueta que llevaría a la boda. Su mirada se posó en una de las fotos que tenía colgada en su pared. El recuerdo de cuando fue a Japón con Rebecca apareció en su mente y una sonrisa se dibujó en sus labios. En los últimos meses había pasado más tiempo con ella y eso lo alegraba.

En la pared también tenía unas fotos de su madre, padre y abuela. Tenía una foto de Adriana y las infaltables fotos de Rick y él cuando fueron a viajar por Europa.

—Ya me voy —anunció Esteban, mirando las fotos.

Por más estúpido que se viese hablándole a un par de fotos, para él se había vuelto una costumbre y a la vez un amuleto de la suerte. Aunque, bueno, llevaba casi cinco amuletos encima. Había hablado con Gray respecto a eso y él le dijo que discutirían entre todos cómo se repartirían las reliquias.

Esteban salió de su departamento y abrió un portal para cruzar por este. Apareció en el sitio en el que se llevaría a cabo la gran boda, una catedral inmensa hecha de mármol y con varios vitrales que mostraban distintos personajes históricos del Artium Mundi. A pesar de que Esteban se hubiese negado bastante, él estaba en uno de ellos. Iris se encargó de hacerlo y había que admitir que le quedó de infarto.

Rebecca se apresuró hacia él para saludarlo con alegría. Ella iba a ser una de las damas de honor, junto con Iris y Alice. Su vestido era de color palo rosa, la falda era larga y suelta. El escote era tipo halter, el vestido tenía unos diseños plateados y los tacones eran de color plateado.

—Te ves muy bien —la elogió Esteban—. Apuesto a que no te pudiste peinar sola.

—Estás en lo correcto, Iris tuvo que peinarme. Yo jamás hubiera podido hacerme este peinado sin ayuda.

—¿Y los demás?

Rebecca soltó una leve risa al tiempo que comenzaba a acomodar su corbata.

—Gray está con el pánico a tope; Tania se está riendo de su desgracia; Iris y Alice están intentando calmarlo; Ezra dirige todo lo que sucede, así que está ocupada; ChanHyun Sebastián y Keith estaban por ahí, y James está terminando de arreglar a Kris —resumió Rebecca.

—¿La liberaron?

—Sigue en tratamiento con Irene, pero ha habido un leve avance, el suficiente para considerar que ya puede estar rodeada de otras personas y no ser considerada un peligro. Aparte, es solo por hoy.

Esteban asintió y le agradeció a Rebecca por arreglar la corbata.

Por la puerta de la catedral apareció Gray, que se veía más nervioso que tres. Tania iba a su lado, intentando calmarlo de una manera poco sutil. Alice e Iris iban detrás de ellos, dos a paso rápido. Su vestido era el mismo que el de Rebecca, solo que el de ellas era de color rojo y turquesa. Mientras tanto, Tania llevaba un hermoso vestido azul marino y Gray su traje de novio. Él iba con la chaqueta blanca, ya que Ezra se negaba a darle la chaqueta blanca a James.

Gray llegó a donde estaba Rebecca y asintió con la cabeza, nervioso. Rebecca soltó un suspiro y le pegó semejante cachetada a Gray. Esta, tal vez, le reinició el sistema entero y lo hizo olvidarse hasta de su propio nombre.

Esteban la miró como si hubiese cometido un crimen digno de una ejecución inmediata, al igual que las demás chicas y muchas otras personas más.

—Gracias, lo necesitaba —murmuró Gray, un poco más tranquilo.

—Cuando quieras, hermanito —dijo Rebecca para abrazar a su hermano, feliz. Gray rodó los ojos para corresponder su abrazo.

Tania abrió un portal y por este cruzó Irene, que tenía a Adriana tomada de la mano. Apenas vio a Esteban, la niña fue corriendo hacia él para saltar a sus brazos. Esteban, feliz, cargó a Adriana y besó su mejilla para sonreírle. Irene también llegó a saludarlo a él y a los demás.

—¿Te vas a casar? —preguntó Adriana, mirando a Gray con sus ojitos brillando.

—Sí, me voy a casar —respondió Gray, sonriéndole.

—¿Con el chico de pelo color chocolate?

—Eh… Sí, con él.

Gray no fue el único desconcertado por el comentario de Adriana, casi todos los presentes se miraron, confundidos.

¿Acaso la forma humana de James tenía el cabello castaño? Pues eso debía ser, no había una explicación lógica.

—¿Cómo es que los conoces, Adriana? —preguntó Irene, confundida. A Esteban, Gray y Rebecca se les bajó la presión.

—Es una larga historia —se apresuró a decir Rebecca.

—Sí, muy larga e innecesaria de contar —agregó Esteban.

Irene estaba por comentar algo, pero gracias a todos los dioses de todas las mitologías, llegó Ezra para avisar que James ya iba a llegar. Ese fue el detonante para que Tania arrastrara a Gray hasta el altar mientras que Alice, Iris y Rebecca les gritaban a todos que se fueran a sus puestos porque la boda comenzaría dentro de muy poco.

Esteban, por su parte, llevó a Irene y a Adriana a los puestos de adelante para que se sentaran.

En las bancas delanteras había unas almohadas con los retratos de Clarissa, la abuela Silvertear; Kai, el abuelo Silvertear; los señores Silvertear y la madre de Riven con su otra hermana. También estaba el retrato de Jordan antes de que se convirtiera en un Puppeteer.

Los tres se sentaron en la banca siguiente a unos retratos y Keith llegó en compañía de Kris, que llevaba un vestido negro muy bonito. Su cabello ahora le caía por los hombros, y la raíz, por unos pocos centímetros, era negra. Kris se sentó en medio de Esteban y Keith y miró por el rabillo del ojo a Esteban.

—Tu ropa es bonita —murmuró la chica.

—Tu ropa también es muy bonita —respondió él—. ¿James eligió el vestido para ti?

—Sí, me dijo que me veía bonita y que estaba contento de que yo estuviera presente en su boda.

Esteban asintió mientras volvía su mirada a Gray, que estaba mirando a Rebecca, nervioso y a la vez feliz. ¿Quién diría que aquel Sciptor tan serio que Esteban conoció alguna vez podría estar tan nervioso y emocionado el día de su boda?

Ezra cruzó el pasillo corriendo para sentarse en su puesto y le hizo una seña a varios Musicians.

Los Musicians tomaron asiento y comenzaron a tocar con sus instrumentos una bella canción para hacer más bonito el momento.

Todos dirigieron su mirada a la entrada de la catedral. Por esta entró James en compañía de Sebastián. El mayor se había ofrecido a llevarlo al altar, pues por lo que Esteban sabía, James era como un nieto para él.

James iba vestido por completo de negro. Su cabello estaba peinado de una manera propia de él, solo que el flequillo ya no le llegaba por la nariz, se lo había cortado un poco para no verse tan descuidado.

Sebastián dejó a James en el altar y se fue a un lado, quedando al lado de ChanHyun. Al otro lado estaban Rebecca, Iris y Alice, de pie con los ramos de flores y una bella sonrisa en sus labios, mirando a la pareja.

Tania se aclaró la voz para llamar la atención de todos los Artifex en la catedral y la ceremonia comenzó.

—¡Bueno! Debo decir que... Digo, este día es... —expresó con una risa nerviosa—. Lo siento, es que anhelé este día desde que conocí a Gray y no puedo creer que por fin, luego de muchos siglos, estamos aquí reunidos para ver esta preciosa unión.

Todo el mundo soltó una risa.

—James, debo decir que mucha gente te debe envidiar, ya que te ganaste al soltero más codiciado del Artium Mundi, el soltero de oro (o mejor dicho, de plata), el hombre inalcanzable para muchos, el...

—Tania —la interrumpió Gray con una sonrisa de «cállate o te mato»—, ¿podrías continuar?

—¡Uy! Nótese lo desesperado —comentó Rebecca, riendo.

El pobre de Gray ya no sabía dónde esconder la cara y James solo soltó una risita.

—Calla, Gray. Te dije hace seis años que el día que te fueras a casar yo le agradecería a tu esposo. Bueno, James, el Artium Mundi te agradece, porque le cambiaste la vida a este idiota que solo vestía con camisas blancas y pantalones negros. Ahora, por lo menos, se digna a usar algo del color de su alma.

—Tania, continua antes de que Gray quiera arrancarte la cabeza —sugirió Alice, riendo.

—Solo porque me lo pides de buena forma. En fin, voy directo al grano: James, ¿aceptas ser un esposo fiel y estar ahí en las buenas, en las malas, la salud, la enfermedad, las guerras y todo lo demás? ¿Hasta que la muerte los separe?

—Acepto, hasta que la muerte nos separe —respondió James con una sonrisa.

—¿Keith? ¿Estás llorando? —preguntó Esteban en un susurro, mirándola.

—Las bodas casi siempre son emotivas —susurró Keith mientras se limpiaba una lágrima.

Esteban dibujó una pequeña sonrisa con sus labios y volvió su mirada a la pareja. Gray ya había aceptado, pero por la mirada de Tania, aún faltaba algo por decir.

Todo el mundo parecía expectante a algo que anunciaría Gray. El Sciptor se veía nervioso, pero James tomó su mano para darle seguridad y Gray soltó un suspiro antes de aclararse la voz y mirarlo.

—*Et dilexit vos de praeteritis, ego amo te amo in hac et in altera* —habló Gray, seguro de sí mismo. Los ojos de James se llenaron de lágrimas de emoción.

«Te amé en la pasada, te amo en esta y te amaré en la siguiente».

—*Et omnis qui vivit in te amo consequuntur* —respondió James.

«Te amo en esta y en todas las vidas que sigan».

Por alguna razón inexplicable, en ese momento Esteban sintió que ya había escuchado aquellas palabras con tanto sentimiento y significado antes, pero no le importó. Estaba feliz por Gray y James. Y era claro que no era el único, casi todos los Artifex estaban llorando de la emoción. Las hermanas Silvertear dejaron escapar sus buenas lágrimas y Tania estaba a punto de soltar un grito de alegría.

Pero antes de que pudieran sellar su unión con el tan esperado beso, la puerta de la catedral se abrió de par en par y todos dejaron su emoción de lado para mirar allí, tratando de saber quién era el invitado inesperado.

Una persona misteriosa encapuchada cruzó el largo pasillo de la catedral. Ningún Artifex se movió, todos miraron a la figura, que caminó hasta que llegó al altar. Gray estaba igual de confundido que todo el mundo, pero James tenía una expresión neutra, sin demostrar emoción alguna.

La capucha cayó y su rostro quedó al descubierto, provocando que todos los que estaban adelante ahogaran un grito.

Esteban no pudo ver bien de quién se trataba, pero Gray y Tania se fueron derecho al piso para arrodillarse, al igual que todos los que estaban al lado de la pareja.

Esa persona misteriosa se dio vuelta, dejando que los demás Artifex vieran su rostro. De forma instantánea, todos se arrodillaron como pudieron y no levantaron la cabeza.

Se trataba de Evelyn Moonheart.

—¿Tenemos que arrodillarnos? —preguntó Irene en un susurro.

—Yo creo —respondió Esteban, arrodillándose. Irene imitó su acción y Adriana, a pesar de no entender nada, lo hizo también.

Todos estaban de rodillas, a excepción de James y Evelyn. Incluso Kris se había arrodillado.

Tania se levantó de inmediato y miró a Evelyn Moonheart como pidiendo permiso para hablar. Este le fue otorgado, ya que Evelyn asintió con la cabeza.

—Evelyn Moonheart, es un honor y a la vez una sorpresa tenerla aquí luego de ¿milenios?, ¿eones, quizás? Usted abandonó el Artium Mundi luego de la muerte de...

—Querida Tatiana, te pido no mencionar esos nombres, por favor —pidió Evelyn Moonheart. Tania asintió—. No podía perderme este acontecimiento tan importante.

—¿Se podría saber la razón? —preguntó Gray con su típica expresión seria.

—No podía perderme la boda de mi hijo —dijo Evelyn, mirando a James—. Veo que has crecido, ¿hace cuánto no te veo?

—¡¿HIJO?! —vociferó todo el mundo, incluida Kris.

Esteban, al igual que todo el mundo, quedó con la boca abierta. Casi todas las miradas se dirigieron a James, que soltó un suspiro de cansancio y asintió, confirmando que él era el único descendiente de Moonheart.

—Solo me sorprende que uses el nombre «James». Tu nombre real es Athan Moonheart —comentó Evelyn, arqueando una ceja. James se encogió de hombros.

James parecía incómodo, y Esteban y Kris no fueron los únicos en notarlo. Menos mal, Tania intervino.

—Eh... Bueno, Evelyn, ¿le parece tomar asiento al lado de Esteban? Digo, para que continuemos la boda —sugirió Tania, intentando calmar la tensión que se había formado en el ambiente.

Evelyn asintió para caminar hasta la banca en la que estaba sentado Esteban. Keith se levantó a la velocidad de un rayo y sacó a Kris para que Evelyn pudiera sentarse. Irene se movió a un lado y sentó a Adriana en su regazo con cuidado de no ensuciar su vestido. Esteban también se corrió un poco y Evelyn se sentó en medio de él y de Kris, ambos más tensos que tres.

La ceremonia continuó sin problema alguno. Gray y James se dieron el tan esperado beso y todos estallaron en vítores, olvidando toda la tensión acumulada unos pocos minutos atrás.

La fiesta de la boda se llevó a cabo en el castillo de los Silvertear, en el gran salón. Todos disfrutaban del ambiente tan agradable que se había formado. Esteban sintió esa agradable sensación en el pecho, cuando se está con las personas que uno ama.

Hubo un momento en que Rebecca le pidió que la acompañara a cambiar las flores de la caseta en la que estaba la lápida de Clarissa. Esteban aceptó sin dudar y los dos partieron allí.

Mientras Rebecca cambiaba las flores, Esteban se quedó afuera, esperando. Su mirada se posó en unas bellas flores que estaban por fuera de la caseta. Tenían la forma de un lirio, pero el interior era de un azul oscuro que poco a poco se iba aclarando hasta que en la punta de un pétalo se veía una tonalidad blanca.

Una vez más, tuvo la sensación de haber visto esa flor, pero bueno, ese día no estaba para irse de rollos místicos y comerse la cabeza pensando en los extraños *déjà vu* que había tenido.

Rebecca salió de la caseta y volvieron a entrar al castillo para ir al salón. El ambiente no había cambiado en absoluto, todos bailaban, reían y disfrutaban de la comida y las bebidas que había. Esteban sacó un pastelillo de la mesa de dulces y mientras se lo comía, se dirigió al balcón del salón para tener un poco de tranquilidad.

Por poco se atragantó con el bocadillo, porque en el balcón pudo jurar que vio a Rick apoyado en el barandal. Se apresuró aún más, pero una vez que salió, no había nadie.

Soltó un suspiro y se apoyó en el barandal. La puerta del balcón se abrió y alguien se apoyó a su lado.

—¿Estaba rico el pastelillo? —preguntó Rebecca, riendo mientras le limpiaba un poco de glaseado.

—Los postres europeos son mi debilidad.

Esteban dibujó una pequeña sonrisa con sus labios, pero su expresión cambió a una de leve dolor cuando Rebecca le tiró un mechón de pelo. Miró a su amiga, pidiendo una explicación, hasta que ella le mostró un pelo blanco. Ninguno de los dos decidió decir algo al respecto, de seguro se trataba de una cana.

—Te vi un poco alterado cuando viniste para acá, pensé que te había sucedido algo.

—Es solo que vi a Rick apoyado aquí —respondió Esteban, mirando el pueblo del Artium Mundi.

—Oye, está bien. Lo extrañas, es algo normal. Pero piensa de esta forma: Jordan y los Puppeteers ya no están y ahora podrás tener una vida tranquila. Aunque queda la maldición de Félix Goldnote…

—Es solo que desde que desperté de aquel trance, tengo el presentimiento de que él está aquí, más de lo que debería —murmuró Esteban. Al mismo tiempo, sintió que alguien pasaba su brazo sobre sus hombros, y no era Rebecca—. Pero sé que debo quedarme con los vivos y soltar a Rick. He de aceptar que ya no está aquí.

«Quedarse con los vivos», esa frase podía ser lo más difícil de realizar a partir de entonces.

Quería saber por qué Rick seguía apareciendo y por qué la sensación de que él estaba ahí, con él, era tan real.

Pero bueno, quizás esa sería otra aventura que viviría conforme avanzara el tiempo.

Si alguien humano le preguntara a Esteban cuál había sido la aventura más grande de toda su vida, solo podría responder que era buscar tres reliquias más viejas que la existencia del planeta tierra y tal vez mucho más.

Pero si algún Artifex se lo preguntaba, tendría que decir que su gran hazaña fue encontrar la reliquia de Windflower, de Goldnote y de Moonheart.

El nombre de Esteban Firelight François sería recordado por todos los Artifex hasta que Evelyn Moonheart decidiera poner fin al libro de la historia de la humanidad.

Esteban Firelight François, in Mestizo heros Mundi Artium.

Epílogo

Artium Mundi, octubre de 2050

Le dijeron que era probable que viviese alrededor de doscientos o trecientos años por su condición de mestizo, pero lo que pocos tuvieron en cuenta es que la maldición de Félix Goldnote implicaría un acortamiento radical en su esperanza de vida.

Se suponía que Esteban tenía cincuenta y tres años, pero no había envejecido ni un poco, seguía igual que cuando tenía veintidós. Su condición era muy difícil explicar, pero todos llegaron a la teoría de que cuando Evelyn Moonheart lo revivió, hizo que su envejecimiento nunca llegara, pero su mente continuó envejeciendo, de todos modos.

Y podríamos decir que lo poco que pudo vivir Esteban fue una vida tranquila.

Cuando llegó a sus treinta y se dio cuenta de que seguía igual que a los veinte, supo que iba a tener que usar una ilusión para que Adriana y sus conocidos humanos no tuvieran tantas dudas respecto a su edad.

En los últimos cinco años, Esteban comenzó a sentirse muy cansado, demasiado. Tenía una fuerte sensación de nostalgia y no, no era depresión. Incluso sus ataques de ansiedad dejaron de surgir de manera frecuente. Pero todos los días se despertaba con una sensación de tristeza y su cuerpo también se «deprimió» de alguna manera.

No tenía malos pensamientos; de hecho, valoraba su vida como nunca. Pasaba mucho tiempo con Adriana, ya que él era lo único que le quedaba a la chica. Irene, por desgracia, había fallecido hace diez años atrás en un accidente, cuando Adriana tenía veinticinco. Eso coincidió con la época en la que a Adriana le informaron que no podía tener hijos.

En esos momentos, Esteban estaba recostado en la cama del hospital del Artium Mundi. Había terminado de escribir la carta y dentro de poco llegaría Rebecca para despedirse de él.

Tania fue la primera en darse cuenta de que algo iba mal con Esteban, pero cuando James le dijo que su cuerpo y alma ya debían partir, fue la primera en destruirse de forma emocional. Aquel chico que cuidó con su vida y adoraba igual que si fuera su propio hijo iba a morir, y sería por culpa de la maldición de un antepasado suyo.

Todos sus amigos quedaron destrozados por la idea de que Esteban moriría, pero James, con todo el dolor de su corazón, tuvo que explicarles que Esteban debía haber muerto hacía mucho, pero se aferraba demasiado a vivir y su cuerpo y alma ya no podían más.

Sebastián solo había visto un caso similar en toda su vida, lo mismo le sucedió a Gray Silvertear I: luego de que lo nombraran gobernador del Artium Mundi, se aferró mucho a vivir hasta que un día murió sin más.

La puerta de la habitación del hospital fue abierta y por esta cruzó Rebecca, que tenía lágrimas en sus ojos. Ella se acercó a Esteban, quien esbozó una sonrisa muy débil. Rebecca lo abrazó y rompió a llorar. El chico tardó un poco en corresponderle, ya que sus brazos no tenían la fuerza suficiente para levantarse, pero lo logró sujetarla, a aquella chica que se le hizo muy extraña cuando estaba en el instituto. Había pensado que era una del montón, pero en el fondo, ella era la más especial de todas, era única y no había nadie como ella.

—¿Escribiste la carta? —preguntó Becca, sollozando.

—Sí… ¿Se la podrías dar? —susurró Esteban.

Rebecca asintió y miró el sobre que estaba en la mesita de noche. La puerta de la habitación se volvió a abrir y por esta cruzó Tania, que tenía una mirada dolida en sus ojos. También se veía un poco demacrada, ya que hacía poco había tenido a su bebé y… bueno, las horas de dormir de corrido finalizaron por un buen tiempo.

Tania asintió y Rebecca ahogó un sollozo para ayudar a Esteban a levantarse de la cama. Su delgado cuerpo había sido vestido con ropas blancas, ya no portaba ninguna de las reliquias, a excepción de una. Decidieron repartirlas entre Ezra, ChanHyun, James, Tania y… vale, la reliquia de Windflower seguía colgada en el cuello de Esteban.

Rebecca abrió un portal y los tres lo cruzaron para aparecer en la torre Eiffel, el último sitio en el que Esteban quería estar antes de partir.

Tania sujetó a Esteban y le hizo una seña a Rebecca para que se fuera, pero ella en ningún momento lo hizo. Ella se quedó ahí porque le hizo un juramento a Noah Firelight: protegería y acompañaría a Esteban hasta que la muerte se llevara a uno de los dos.

Tania se sentó en una de las vigas y, con ayuda de Rebecca, recostó a Esteban en su regazo, con la hermosa vista de París oscureciendo poco a poco. Rebecca, por su parte, se quedó de pie, mirando la escena. Sabía que si se acercaba más, podía echarse a llorar otra vez, y lo último que quería era que Esteban la viese; pero estaría ahí, acompañándolo.

Siempre lo había acompañado y esta no sería la excepción. Lo vio crecer y convertirse en el héroe del Artium Mundi. Después de que fueron pasando los años, vio como su amigo comenzó a tener menos energía y felicidad en algunos momentos, pero a pesar de todo, Esteban siempre luchó por seguir adelante y aprovechar su vida al máximo.

Las despedidas siempre eran algo que le dolía a Rebecca, pues ella no sabía si se encontraría con Esteban en el más allá o en la siguiente vida. Eso era lo más doloroso: la incertidumbre y los recuerdos hermosos que solo quedan como recuerdos.

Pero la vida de un humano tiene un final involuntario, y Rebecca, siendo una Pictorum, sabía eso mejor que nadie.

—Tuviste una buena vida —susurró Tania, acariciando los negros cabellos de Esteban—. Te voy a extrañar.

—Serás una excelente madre... —respondió Esteban con voz débil—. Gracias por quererme como si fuera tu hijo, Tania.

Los párpados de Esteban comenzaron a pesar y su respiración fue haciéndose cada vez más lenta. Tania sonrió con las lágrimas acumuladas en sus ojos y besó la cabeza de Esteban mientras sujetaba su mano.

—Descansa, te lo mereces.

***

Esteban apareció en un sitio del todo blanco, donde no había nadie. Más allá había una luz, pero Esteban dudaba si avanzar un paso. Había soñado con ese sitio varias veces durante los últimos años.

Detrás de él tampoco había nada, pero poco a poco, el blanco se iba transformando en un gris que después pasaba a un negro. Esteban se sintió obligado a caminar allí.

—¡Eh! ¡Esteban! —llamó esa voz.

El chico se giró y frente a él estaba Rick, vestido de blanco y con su típico cabello rubio despeinado. Esteban lo miró y sintió como el pecho se le apretaba. Rick corrió hasta él y lo abrazó con fuerza. Esteban abrió los ojos con sorpresa, sin poder creer lo que estaba sucediendo, pero después se dejó llevar y cerró los ojos. Sus brazos se envolvieron en el cuerpo de su amigo.

Los dos se separaron y se miraron. Una sonrisa se dibujó en sus labios y, como por arte de magia, muchas parejas vestidas de blanco aparecieron, todas ellas tomadas del brazo o de la mano.

Esteban pudo ver a Clarissa Silvertear y a Uriel Windflower. Más allá, casi en la primera línea, estaba Jack Windflower tomado de la mano con una hermosa mujer rubia. Esteban miró a Rick y luego hacia lo negro.

—Vayamos a casa, Esteban —dijo Rick, tomándolo de la mano—. Aún te debo ese helado.

—Vayamos a casa, Rick —repitió Esteban, sonriendo, mientras una lágrima bajaba por su mejilla.

Los dos emprendieron la marcha, al igual que casi todas las parejas, hacia aquella luz. Las que estaban más adelante desaparecieron al cruzar. Esteban sentía que poco a poco, un peso se le iba de los hombros. Al parecer, Rick experimentó la misma sensación, pues ya no se encontraba tan tenso.

Todas las parejas cruzaron. Solo quedaron ellos dos, pero con decisión, Esteban miró a Rick y los dos atravesaron esa luz sintiendo un gran peso desaparecer, como si el último ladrillo de una construcción se desvaneciera.

***

Esteban cerró los ojos con una sonrisa en sus labios. Su ojo verde se volvió de un celeste casi blanco, al mismo tiempo que su corazón dejaba de latir, indicando que por fin podría descansar.

Tania soltó más lágrimas de lo que hubiese deseado. Con aquella voz tan encantadora pero firme que solo ella tenía, abrió de nuevo la boca para despedirse de Esteban. Con todo el dolor de su corazón, le dijo adiós:

—*In votis est ut conveniant in altera vita. Vir bonus habeat trinus.*

«Ojalá nos encontremos en la siguiente vida. Ten un buen viaje».

Adiós, Esteban Firelight François. Sé feliz en tu siguiente vida.

Extras:
Historias cortas del Artium Mundi

Extra 1

Sarah y Jordan
Berlín (Alemania), 1940

La guerra había comenzado el año anterior. Ya habían ocurrido muertes —demasiadas, siendo sinceros—, y los hombres se estaban enfrentando entre ellos.

Incontables «judíos» habían sido capturados y varios habían sido enviados a sitios miserables para morir.

Muchos países se habían involucrado con el fin de detener a los «villanos» o solo para aliarse con los «héroes» y salvar el mundo.

Era gracioso como los aliados pensaban que ellos eran los héroes de la historia y que los nazis eran los villanos, y viceversa. Algo que los humanos todavía no tenían claro es que en las guerras nunca habría héroes y villanos. Todos cometen atrocidades con el fin de sobrevivir, todos pertenecen al mismo bando y sus manos quedarán manchadas con sangre por más que intenten lavarlas.

Jordan Silvertear, líder de los Puppeteers, se encontraba en lo alto de un edificio observando que, en aquella miserable ciudad humana, había soldados Nazis realizando su turno de guardia.

Ya había perdido la cuenta de cuántos muertos llevaban, pero sabía que su pequeña marioneta, Adolf Hitler, podía causar más muertes si él movía los hilos como se debía.

En varios siglos pudo recolectar Puppeteers suficientes para que lo ayudaran en su segundo intento de destruir la civilización humana. De las muertes de esos judíos se llevó una buena cantidad de Puppeteers a su ejército.

Tal vez su querido hermano consideraría que eso era algo inhumano, que Jordan no podía profanar las almas de pobres e inocentes personas y conservarlas para beneficio propio. Eso no era algo que un Artifex haría...

Pero Jordan no era un Artifex, así que las reglas de esos payasos no aplicaban para él.

Sintió que alguien apareció a su lado. Se trataba de Sarah, que vestía ropas que la sociedad de hoy en día consideraría «inapropiada». A veces, Sarah se vestía como una prostituta, pero Jordan no decía nada al respecto, sobre todo porque no quería terminar en una estúpida discusión con ella.

Para Jordan, Sarah era como una súcubo, un demonio que había tomado la forma de una hermosa mujer.

Y tal vez su egocentrismo de ser la más bella la llevó a cometer asesinatos en Whitechapel unos años atrás. Siendo honesto, Jordan nunca le encontró el sentido a destripar prostitutas e inventarse un nombre como Jack, el Destripador. La regañó por semejante estupidez.

—¿En qué piensas tanto? —preguntó Sarah, cruzada de brazos—. Llevas por lo menos una maldita hora observando humanos.

—Miraba lo que construí —respondió Jordan con una sonrisa de satisfacción.

—De aquí vamos a sacar muchos novatos y alguien tendrá que entrenarlos.

—Eso se lo dejaremos a James.

—Él solo sabe llorar.

—Pero tú no te tendrás que ocupar de Puppeteers novatos. Sé cuánto te molesta eso, dices que todos son unos estúpidos buenos para nada —murmuró Jordan.

—Todos los hombres, a excepción de ti, son unos estúpidos buenos para nada.

—Estar casada y coquetearle a un hombre es algo inapropiado para una mujer.

—Tú no sigues las reglas de los Artifex, yo no sigo las de la sociedad. Todo está balanceado a la perfección.

—Sí, sí, como digas —respondió Jordan para abrir un portal y meterse dentro de este. Según era de esperar, Sarah lo siguió.

Aparecieron en otro lugar, o más bien dicho, en los escombros de un lugar. Era una ciudad que fue bombardeada, en la que muy pocas construcciones quedaron de pie. Tal vez habría uno que otro cadáver en descomposición o incluso las cenizas de lo que alguna vez fueron humanos.

—¿Qué ves aquí, Sarah? —preguntó Jordan, intentando no sonreír ante la bella imagen que tenía frente a sus ojos.

—Veo una ciudad destrozada y quizá muertos... perdón, nuevos reclutas —corrigió Sarah, cruzada de brazos.

—Aparte de eso, ¿sabes qué es lo que veo yo? Caos, destrucción y muerte, pero sobre todo, veo la marca de los Puppeteers aquí. Esto es lo que hacemos, traemos destrucción al mundo humano, arruinando toda estructura de los libros del Artium Mundi —habló Jordan, estirando los brazos, como si estuviera frente a un público que aplaudía y gritaba su nombre.

—Lo que enfurece a tu hermano —completó Sarah—. ¿Qué es lo que sacas haciéndolo enojar? No le veo mucha gracia.

—Claro que gano algo de esto: destruyo y cambio la historia de los libros, manipulo las sagradas escrituras de los Sciptors a mi antojo. No se necesita una máquina de escribir o un lápiz para decidir el rumbo de la historia. Yo seré el nuevo dios al que alabarán una vez que todos los Artifex hayan muerto, o cuando estén a mi merced.

Sarah se quedó en su lugar y miró a Jordan con una sonrisa. Sabía que sus planes eran apoderarse del Artium Mundi con el fin de decidir él mismo el destino de la humanidad. Quería poder, y que ese poder fuera suyo, no de un payaso de circo.

—¿Cómo piensas entrar al Artium Mundi si Noah Firelight tiene una barrera que durará mientras él viva? —preguntó la chica, dándose cuenta de la importancia de esa incógnita.

—Simple: matarlo. Sé que no será fácil porque él se está refugiando en el Artium Mundi para evitar que yo lo asesine, pero siempre está la opción de usar un anzuelo... —comentó Jordan, sonriendo con maldad—. ¿Recuerdas esos rumores de que Noah iba al mundo humano para buscar alguna mujer humana con la que satisfacer sus deseos?

—No era justo eso, pero sí, salía del Artium Mundi —reconoció Sarah, que tardó unos pocos segundos en entender dónde terminaría todo eso—. ¿Qué piensas hacer?

—Mover los hilos, que es lo que mejor sabemos hacer. No es tan difícil cuando tienes un Sicarii de tu lado.

—Te puede tomar años conseguirlo. Manipular un nacimiento y que salga a la perfección no siempre es posible —replicó Sarah—. Yo siempre estaré de tu lado, apoyaré todo plan que signifique derrocar a tu hermano de su trono de plata, pero hay ciertos límites que nunca nadie ha cruzado.

—Esos límites suelen aplicarse a los Artifex —respondió Jordan, sonriendo—. No me digas que tienes miedo. Querida Sarah, para llegar a la cima, uno debe escalar las más peligrosas montañas. No le temo a nada, nadie podrá detenerme.

—Clarissa casi lo logra… —susurró Sarah.

Jordan se paralizó de inmediato y tensó la mandíbula y los puños. Habían pasado unos siglos, pero el solo hecho de que alguien mencionara a su hermana mayor lo ponía de un humor terrible. Todos los Puppeteers sabían que había tres nombres prohibidos para Jordan, tres nombres que nadie debía pronunciar o se enfrentarían a la furia de su líder.

A Sarah siempre le parecía patético el hecho de que, en cada oportunidad que mencionaban a Clarissa, Jordan se tensaba y su humor presentaba un cambio drástico, como si aún le importara esa zorra.

Jordan siempre negaba todo lo relacionado a Clarissa. Decía que ya no le importaba, que le daba igual su familia desde el momento en que abandonó el Artium Mundi; pero en el fondo, Sarah sabía de las pesadillas que sufría su líder, de las noches de insomnio y de las voces.

Puede que Jordan hubiera matado a su hermana y padres, pero la culpa de algún modo seguía en el antiguo Jordan, y eso era peligroso para los futuros planes de conquista del Artium Mundi.

Sarah nunca supo en qué momento Jordan le lanzó una patada con la suficiente fuerza para empujarla lejos. La Puppeteer se estrelló contra una pared; cayó al suelo, sobre los escombros, y soltó un leve jade de dolor. Jordan se le acercó y la tomó del cuello para levantarla del piso.

—No vuelvas a mencionar ese nombre, o yo seré el nuevo Jack, el Destripador. Piensa en lo que te conviene.

Jordan soltó a Sarah, dejándola caer de forma brusca al suelo. El chico le propinó una leve patada en el estómago y abrió un portal con el fin de salir de ese sitio de mala muerte e irse a su guarida. No tenían nada más qué hacer ahí.

El líder de los Puppeteers cruzó el portal, dejando a Sarah sola y en el suelo, con un poco de dolor todavía.

Se levantó como pudo, pero seguía tambaleándose al estar de pie. Se llevó las manos al estómago y respiró tratando de controlar su dolor. No era agradable recibir los golpes de Jordan y tampoco escuchar sus palabras cuando estaba enojado por algo.

Si su madre supiera en lo que se había metido, tal vez la regañaría e iría a buscarla para llevarla a casa de una oreja, pero habían pasado los siglos y su madre nunca fue a buscarla. No es como si fuera a volver con ella. Sarah se autodesterró del Artium Mundi mucho tiempo atrás, pero una parte muy desagradable de ella se preguntaba si su progenitora todavía se quedaba hasta tarde en la tienda, esperando a que ella llegara.

Era algo fastidioso, pero a veces Sarah tenía sueños relacionados con eso. Sueños que no se iban a cumplir. Ya no había marcha atrás para nada.

—¡Sarah! ¡Ven aquí! —gritó Jordan del otro lado del portal.

—¡Que ya voy! —contestó Sarah para caminar allí y cruzarlo.

El portal se cerró y volvió a reinar el silencio en aquellas ruinas con fantasmas.

Extra 2

Katherine
Nueva York (EUA), 2010

Katherine Scott abrió su casillero para encontrarse de nuevo con muchos sobres que de seguro contenían mensajes de burla y desprecio por ella.

Sabía quiénes eran los autores detrás de aquellas estúpidas cartas, pero la verdad, Katherine no pensaba gastar más energía en lidiar con ese grupo de hijos de puta. Prefería gastar energía en cosas más importantes.

Sacó sus libros para las siguientes clases y los guardó en la mochila, luego cerró su casillero y recogió todos los sobres para botarlos en el tacho de basura más cercano. La chica soltó un suspiro al tiempo que se acomodaba un mechón negro que le caía en la frente.

El timbre que daba fin al receso e inicio a las clases se escuchó por todo el pasillo, por lo que Katherine se dirigió a las escaleras para subir al tercer piso.

Cuando estuvo a punto de subir, una mano se posó en su hombro con firmeza y todo su cuerpo se tensó, entrando en un estado de alerta.

Sabía de quién se trataba.

—Oye, Katherine, tenemos que hablar acerca de tu última nota. Ve a verme al gimnasio cuando finalicen las clases, ¿vale? —habló su carismático y apuesto profesor de Educación Física.

Katherine no respondió de inmediato. Una corriente fría recorrió su cuerpo y sintió mucho frío a pesar de que estaban en primavera y ella llevaba una camiseta de cuello alto que tapaba aquellas marcas denigrantes.

—¿Katherine? ¿Me escuchaste?

—Sí.

—Es preocupante tu situación, Katherine. Pueden llegar a expulsarte si no subes tus notas —dijo el profesor antes de irse caminando en otra dirección, dejando a Katherine al inicio de las escaleras con el corazón latiendo deprisa, el cuerpo temblando y muchos recuerdos atormentando su cabeza.

No supo cuánto tiempo estuvo de pie, nadie se acercó a ella para preguntar si se encontraba bien, nadie vino, nadie...

Un cuerpo chocó con ella y Katherine escapó de su prisión mental para volver a la realidad, retomando el control de su cuerpo y sentidos; pero fue demasiado tarde, porque los dos terminaron en el suelo.

Un chico que debía tener cerca de doce años había chocado con ella. Su cabello negro iba despeinado y lo que más llamó la atención de Katherine fue que tenía los ojos de distinto color.

Otro chico apareció bajando las escaleras a toda prisa. Tenía la misma edad que el primero, pero era rubio.

—¡Demonios, Esteban! ¡Vamos tarde a clase! ¡Levántate rápido o nos harán recitar la línea de tiempo de la historia de este país! —exclamó el chico rubio.

—Perdona, juro que no te vi —se disculpó el chico llamado Esteban, dedicándole una leve sonrisa.

Esteban se levantó del suelo y ayudó a Katherine a incorporarse de nuevo mientras su amigo rubio permanecía en su lugar, inquieto, murmurando los hechos históricos más importantes de la historia estadounidense.

—No pasa nada, también debo irme a clase. Adiós —respondió Katherine.

—¡Vamos, Rick! ¡Hay que salir vivos de esta!

Esteban y Rick se fueron corriendo en otra dirección, dejando a Katherine sola en el pasillo. La chica comenzó a subir las escaleras para llegar a su clase antes de que se hiciera más tarde cuando una brisa fría recorrió su cuerpo.

No era como las brisas agradables que otorga la naturaleza, esta era fría y generaba la sensación de estar en un lugar abandonado, en el que no hay calor ni felicidad.

Katherine miró atrás, pero no había ningún sitio del que pudiera provenir aquella brisa. Sentía frío y esa sensación de miedo en el estómago apareció. Katherine subió las escaleras a toda prisa, con el corazón latiendo a mil.

De un momento a otro, se detuvo de forma abrupta. Todo su cuerpo se tensó y sus piernas tiritaban. El ambiente era tenso y Katherine se sentía en peligro, todo lo que la rodeaba podía hacerle daño.

La palpitación en su estómago y en su cabeza no era una buena señal, tal vez estaba teniendo un ataque de ansiedad. Sí, eso debía ser.

Pero cuando ella tenía ataques, no había un aroma a polvo, tinta y sangre.

Y tampoco le hablaban al oído con una voz capaz de congelar la sangre del miedo y de detener cualquier mecanismo de autodefensa.

—Quieres matarlos a todos, a todos los que nunca te ayudaron.

—Sabes que no le importas a nadie. Todos los que miran y no hacen nada son cómplices.

—¿Crees que los conserjes no se dan cuenta de los restos de fluidos que quedan a veces en donde te torturan? ¿Que nadie ve las cámaras de seguridad? ¿Por qué nadie te ayuda?

—Puedo detener tu sufrimiento, nadie nunca más te hará daño. Ellos te temerán.

La mirada de Katherine estaba perdida, sus ojos estaban escasos de felicidad, solo había dolor y sufrimiento, pero también odio, un odio inexplicable.

De forma involuntaria, llevó su mano al bolsillo de su mochila y sintió algo, un pequeño estuche de cuero que antes no estaba ahí. Lo abrió y en el interior había una navaja.

—Sabes lo que tienes que hacer.

***

Pasaron unos cuantos días. Aquella mañana nublada y gris, Katherine despertó, pero había algo distinto. Cuando se miró al espejo, vio sus ojos azules más oscuros, tenía ojeras marcadas y su piel estaba más blanca, no pálida ni de un amarillo enfermizo.

Estaba más blanca.

Salió de su habitación con la misma ropa del día anterior. No se había cambiado de ropa, no era su mayor prioridad. Mientras caminaba por el pasillo, el hedor a sangre y lejía llegó a sus fosas nasales y al entrar a la cocina, vio los cuerpos asesinados de sus padres en el suelo.

Las manos de Katherine tenían restos de sangre, al igual que su ropa. Se quitó del cuello un colgante de plata que su profesor de Educación Física siempre llevaba y alardeaba haber ganado en una competencia de buceo, lo miró con odio y lo lanzó al suelo. El colgante se manchó con la sangre esparcida y Katherine sacó un encendedor de un cajón para mirar la pequeña llama.

—Que ardan.

—Que ardan —repitió Katherine.

***

Cuando puso un pie en la escuela, lo primero que escuchó fueron los rumores de que el profesor de Educación Física había sido encontrado en un lago, muerto y sin sus órganos reproductores.

Katherine pasó de largo y nadie notó su presencia. Había ocultado las manchas de su sudadera y tenía las manos en los bolsillos. No fue a su casillero a buscar sus cosas, ni siquiera había llevado la mochila.

En el pasillo se encontró con esos dos chicos que chocaron con ella en la escalera unos días atrás. Estaban en sus casilleros, hablando.

—Es raro que haya desaparecido y terminado de aquella manera —dijo Esteban, pensativo—. Lo más extraño es que salió un rumor de que hacía cosas malas, y al ir a su casa, encontraron mucha evidencia sospechosa.

—A mí nunca me cayó bien. Me di cuenta de que a veces miraba mucho a las chicas, pero de una manera mala. Nunca me sentí cómodo con él; de hecho, fui a hablar con la consejera y me dijo que estaba inventando cosas, y yo quedé como el pervertido —respondió Rick.

Katherine siguió su camino, ignorando a todo el mundo. Sus voces se escuchaban distorsionadas y los rostros eran cada vez más borrosos.

Fue al baño de mujeres. Antes de entrar a un cubículo, se miró al espejo y pudo jurar que detrás de ella había un hombre con apariencia de mimo. Katherine apartó la mirada y se encerró en el cubículo del fondo.

Sacó la navaja con sangre de su bolsillo y la miró. En el reflejo de la hoja, sus iris se veían negros como el carbón y sus labios no tenían un tono normal. Su mirada perdida fue a parar a un brazalete de cuerda de colores con un dije de corazón. Se lo había dado su mejor amigo cuando tuvieron que despedirse porque él se iría del país.

—Si él de verdad te hubiese amado, te habría buscado. Nunca lo hizo. Te olvidó.

Katherine sintió un dolor horrible en su pecho y también en su cabeza. Lágrimas de sangre comenzaron a brotar de sus ojos. Quería gritar, pedir piedad. Las voces en su cabeza vociferaban y todos los recuerdos horribles azotaron su mente, como si los estuviera viviendo de nuevo, pero de una manera peor.

Un grito de agonía se atoró en su garganta. No podía gritar, era inexplicable.

Lo único que pudo hacer fue tomar la navaja.

—Ahora le sirves a los Puppeteers y vas a alabar mi nombre —sentenció Jordan—, porque de aquí hasta tu muerte, me perteneces solo a mí y a mi causa.

El corazón de la chica dejó de latir. Su libro de vida había sido modificado y de ahí en adelante solo dedicaría su vida a servir a Jordan y a los Puppeteers.

Toda la bondad en ella había sido exterminada. El susurro del titiritero se había llevado a aquella chica con el fin de convertirla en uno más, un soldado más para la causa de Jordan Silvertear.

Katherine Scott había completado los primeros dos rituales de iniciación.

Extra 3

Gray y James
Artium Mundi, julio de 2015

Gray soltó un suspiro al mismo tiempo que terminaba de leer un documento que tenía que firmar. Habían pasado unos meses desde que Rick Smith había sido asesinado por los Puppeteers y de que se enteraran de que su novia esperaba un hijo de él.

Para él había sido un tanto difícil lidiar con la muerte del chico, porque muchos temas legales entraron en juego. Hubo discusiones respecto al asunto de involucrar humanos en temas de los Artifex y su cargo de gobernador se vio en duda por un momento; pero Gray no perdió la cabeza y dejó en claro que los riesgos fueron advertidos a Rick y que, a pesar de eso, él decidió intervenir para apoyar a Esteban.

Y bueno, el hecho de tener un Puppeteer en el Artium Mundi tampoco jugó muy a su favor.

James no fue juzgado con la condena de muerte, solo le quitaron los anillos y tuvo que confesar todo lo que sabía acerca de los Puppeteers y Jordan. De ese modo, demostró su lealtad y fue perdonado. No todo el mundo estaba conforme con eso, y menos cuando fue liberado de la cárcel, pero Gray se encargaba de vigilarlo y, hasta el momento, no había sucedido ningún inconveniente.

El chico era tímido, sumiso y sensible. Estaba yendo a terapia para tratar un poco sus traumas, pero lo único de lo que se negaba a hablar era de su infancia en el Artium Mundi. Era un Solum, no tenía familia, pero nunca habló de eso ni de quién lo crio. Tampoco había registros de que hubiera estado inscrito en la academia.

La puerta de su oficina fue tocada y Gray indicó que pasaran.

—Sebastián me pidió que viniera a decirte que la cena está lista —murmuró James, entrando en la oficina.

—Gracias, déjame guardar esto y voy contigo —respondió Gray antes de ordenar sus papeles y levantarse de la silla—. ¿Cómo te fue en la sesión?

—Me fue bien.

—Iris me había dicho en la mañana que te llevaría a dar un paseo por la plaza si alcanzaba el tiempo. ¿Estuvo bien?

—Sí, luego fuimos a buscar mi ropa donde Ezra.

—Me alegro de que te hayas divertido —dijo Gray con una sonrisa leve.

—Hoy en la sesión hablamos sobre mi relación tóxica —comentó James, encogiéndose de hombros. A pesar de que todavía le costaba, miró a Gray a los ojos—. Luego la señorita me preguntó cómo me sentía contigo.

—Oh...

A pesar de que no podía verse ni sentirse, a James le pareció que se sonrojaba. Este tema no era difícil de hablar, pero le daba un poco de vergüenza, en especial decírselo a la misma persona. Sin embargo, le recomendaron mejorar la comunicación con el resto, poco a poco.

—No quiero que pienses que tengo una dependencia de ti o que estoy tan dañado que no distingo lo sano de lo tóxico —comenzó a decir James—, pero estar aquí contigo y con el resto me ha hecho sentir feliz. Todo el mundo te dice que deberías matarme por ser lo que soy, pero me diste la oportunidad de empezar de nuevo.

—Porque no eres como mi hermano o los demás Puppeteers —afirmó Gray—. Tú te uniste por supervivencia, no porque apoyaras la causa.

James estuvo a punto de decir algo, de manifestar todo lo que sentía y lo que estaba pensando en ese momento, de contar lo que dijo en la sesión y la conclusión a la que llegó con la psicóloga; pero en ese momento Rebecca apareció en la puerta y los miró a ambos sin saber qué hacer.

—La comida se enfría —informó la chica—. ¿Interrumpo algo?

Gray miró a James y este desvió la mirada. Era claro que estaba avergonzado.

—Podemos seguir hablando después. Vamos a comer, ¿sí? —preguntó Gray.

James asintió con la cabeza y los tres fueron caminando hacia el comedor para cenar con el resto.

***

James estaba parado en frente de la puerta de la habitación de Gray, con el pijama puesto y la mirada baja. Era de madrugada, pero James no podía dormir. Tenía miedo de que todo lo que estaba viviendo fuera un sueño y encontrarse en su habitación en el castillo de los Puppeteers al abrir los ojos.

Habían pasado unos dos días desde que casi le revelaba sus pensamientos a Gray en la oficina, y él mismo admitía que estaba actuando de una manera rara. Pensaba en lo guapo que le parecía Gray y se quedaba mirándolo cuando él no se percataba.

Y tenía miedo de estar sintiendo algo por él, no porque considerara el amor una debilidad, sino porque creía que Gray lo tomaría como una conducta de dependencia emocional. Recordó aquella conversación en terapia:

—¿Qué te hace sentir Gray? —preguntó la psicóloga con una sonrisa cálida.

—Me hace sentir seguro, querido, y que puedo empezar de nuevo.

James volvió a tierra cuando la puerta de la habitación se abrió, dejando ver a Gray con pijama y sin esos lentes que lo hacían ver más serio y mayor. James se asustó y buscó alguna excusa de por qué estaba en plena madrugada frente a la puerta de Gray.

—¿No puedes dormir? —preguntó Gray con una expresión tranquila e incluso somnolienta.

Sin los lentes, la ropa formal y el pelo en orden, parecía un hombre normal, no un gobernador y menos un Sciptor.

James asintió y Gray se hizo a un lado para que él pasara. James se quedó sin palabras y, con algo de nerviosismo, entró en la habitación. Era amplia, elegante y el celeste era el color predominante. Todo estaba ordenado a la perfección, como era de esperarse.

Gray cerró la puerta de la habitación, caminó hasta su cama para meterse entre las mantas y le hizo un movimiento de cabeza a James indicando que podía dormir al otro lado.

Cuando James se acostó y se tapó con las sábanas, sintió una gran tranquilidad, pero estaba algo nervioso. Si bien la cama era grande y había algo de espacio entre ellos, tenía la gran necesidad de saber cómo se sentiría abrazarlo.

—¿Me estás dando la espalda por algo en específico? —preguntó Gray—. Sé que a muchos les gusta dormir de lado, e incluso hechos bolita, pero parece como si te estuvieras protegiendo del peligro.

—Suelo dormir así —respondió James, dándose cuenta de que se estaba abrazando a sí mismo.

Gray se acomodó en la cama para quedar de lado y mirar la espalda de James. No dijo nada por unos breves momentos, hasta que, esta vez, dejó que su corazón hablara.

—Quiero que sepas que aquí no te puede pasar nada, estás a salvo, ellos no van a volver a hacerte daño. Cuando despiertes, no estarás con Sarah, vas a estar aquí, en el castillo, conmigo... —afirmó Gray, y se sonrojó al darse cuenta de lo que había dicho—. Y con todos los demás, obvio.

El Sciptor quiso darse una cachetada por lo obvio que había sido su comentario y esperó que James le dijera buenas noches o algo, pero en vez de eso, él se volteó despacio y los dos se quedaron mirándose el uno al otro. No tenían idea de en qué momento se habían acercado a tal punto que sus rostros estaban bastante cerca.

—Pasó mucho tiempo desde la última vez que me sentí querido y seguro. Tú tienes ese efecto en mí. En los pocos meses que llevo aquí, me has hecho sentir tranquilo y alegre, y me has hecho creer que tengo una oportunidad de ser feliz y de sanar —dijo James, mirando a Gray a los ojos.

—En los pocos meses que llevas aquí, también me has hecho sentir algo que no sentía desde hace mucho tiempo, pero ahora es diferente. No sé cómo explicarlo —admitió Gray, llevando con timidez su mano hacia la mejilla de James. Con el pulgar, acarició la zona con delicadeza.

James no se apartó de aquel contacto, dejó de abrazarse a sí mismo y se acercó un poco a los labios de Gray, haciendo desaparecer la distancia. Fue un leve roce de labios, pero Gray lo correspondió en un beso tierno y tímido. Cuando se separaron, se miraron y James elevó un tanto la comisura de sus labios.

Gray sonrió y besó la frente del chico. Conforme avanzó el tiempo, se quedaron dormidos sintiendo una calma y paz inexplicable.

Sin decirlo de forma textual, los dos habían revelado sus sentimientos. A medida que pasaron los meses, aquella conexión inexplicable fue fortaleciéndose. A pesar del miedo de que podía ser eterno o no, decidieron darse la oportunidad de amarse y apoyarse el uno al otro. Enfrentarían todos los problemas que vendrían y lo harían juntos. En el proceso, aprenderían a sanar heridas personales y a superar sus miedos.

Para James, tener una relación sana fue algo raro al principio. Estaba acostumbrado a malos tratos, sabiendo que no era bueno. Por otro lado, Gray pasó tanto tiempo siendo alguien frío y solitario que tuvo que abandonar su adolescencia por obligación. Se sentía extraño al ser él mismo y no el gobernador del Artium Mundi.

A veces, lo más bonito que te puede suceder en la vida llega sin que lo esperes.

Los dos se encontraron, sin buscar siquiera.

Extra 4

Rick
Nueva York (EUA), 2015

Cuando Rick abrió los ojos, no sabía en dónde se encontraba. Se sentía raro e ignoraba cuánto tiempo estuvo dormido.

Se levantó del suelo y se sacudió la ropa, dándose cuenta de que estaba vestido de blanco. Lo más extraño es que no tenía ninguna mancha de tierra o de los escombros en los que había estado. Tampoco le dolía la espalda o algo. Miró alrededor y todos los recuerdos azotaron su cabeza como si le hubiesen dado con un sartén.

Recordaba haber sido capturado por los Puppeteers, también que lo apuñalaron y que sus amigos aparecieron en la guarida de Jordan para salvarlo. Esteban estaba ahí y logró rescatarlo.

Luego lo apuñalaron y murió en los brazos de su amigo.

—¡Santa mierda! ¡Estoy muerto! —gritó Rick, asustado—. ¡No puede ser! ¡Ni siquiera me gradué! ¡No tengo el diploma! Ay, ¡Dios santo! ¿Cómo estarán mis padres, Irene y Esteban? ¡Mierda! ¡De seguro ya tuve un funeral! ¡No fui a mi propio funeral!

No tenía recuerdos de lo que sucedió después de su muerte. ¡Bah! ¡Claro que no iba a saber! Estuvo muerto y, siendo honesto, Rick no sabía por qué seguía ahí. Siempre pensó que cuando muriese, iría al más allá, que alguien lo recibiría y le haría la prueba de si fue bueno o malo en vida y, ya saben, luego sería enviado al cielo o al infierno según lo que le enseñaron en su momento.

Pero estaba en el mundo real y no había ningún comité de bienvenida.

—Vale, debo encontrar un modo de ir al barrio de la música y buscar a alguien que me ayude. ¡Ah!, pero estoy muerto y, que yo sepa, los Artifex no hablan con muertos. Crean gente, pero no ven muertos. Muy útil, la verdad —dijo Rick, suspirando—. Tal vez los animales pueden verme o los bebés, incluso.

Rick soltó un grito de frustración en su máximo esplendor y se dedicó a caminar para buscar una forma de llegar a Nueva York y alguien con quién hablar. Enloquecería si seguía hablando solo.

***

Bueno, la parte de llegar a Nueva York no fue tan difícil. Hubo un momento en el que cerró los ojos y lo único en lo que pensó fue en ir a Nueva York. Al abrirlos, estaba en el Central Park.

Caminó por las calles de la ciudad y nadie se percató de su «presencia», era como si fuera un fantasma. Atravesaba las cosas y no podía tocar a nadie, no sentía la textura de la piel. Cuando intentó tocar la mano de una chica, ella la miró y le comentó a su amiga que había experimentado una sensación de frío.

Rick no sabía si volver a gritar o echarse a llorar. Decidió que lo haría más tarde y se enfocó en llegar al barrio de la música. Una vez que puso un pie ahí, trató de llamar la atención de varios Musician, pero no lo logró. Era del todo invisible.

Con la última esperanza que le quedaba, fue al restaurante de Tania, entró y encontró a la rubia sentada en el escenario con una guitarra. En su compañía estaba Irene.

Irene...

No había tenido la oportunidad de decirle cuánto agradecía que ella hubiese aparecido en su vida...

Las dos chicas parecían estar teniendo una conversación profunda, pues Irene miraba al suelo y Tania tenía una expresión melancólica. Rick se acercó un poco y el pecho se le apretó al ver a Irene con ojeras, un poco más delgada y triste. Su novia tenía en sus piernas una carpeta del hospital y unos documentos estaban en el suelo, en medio de las dos. Rick leyó el contenido y, si su corazón hubiese estado latiendo, de seguro se aceleraría o se detendría de forma abrupta.

Irene estaba embarazada y él era el padre.

La miró sabiendo que ella no podía verlo y menos responder. Las lágrimas se acumularon en los ojos de Rick. Había muerto dejando a Irene con un futuro bebé que criar y él no estaba ahí para hacerse responsable.

No sabía qué era peor, que sus padres en su debido momento lo hubiesen insultado de la peor forma o que Irene tendría que salir adelante con un bebé por culpa suya.

—Irene, sé que esto suena raro de mi parte, ya que no suelo ser la que da consejos —comenzó a decir Tania, dejando a un lado la guitarra—, pro no le des un rol de padre a Esteban, él no lo es y no tiene obligación de criar al hijo de Rick.

—¿Qué? ¿Cómo que Esteban...? —susurró Rick.

—Lo sé. Cuando nazca el bebé y conforme vaya creciendo, siempre tendrá claro que Esteban no es su papá. Yo también le dije que no debía ayudarme a criarlo, solo con saber que podía pedirle ayuda en situaciones puntuales es suficiente —explicó Irene—. No sé por qué quiere hacerlo, es como si estuviera devolviendo un favor.

Esteban se sentía culpable de que él estuviera muerto y, como bonus, un bebé crecería sin su padre.

Rick no sabía qué hacer. Esteban estaba tomando una responsabilidad que no le correspondía, pero conociendo su personalidad, era obvio que eso podía suceder.

El chico salió del restaurante con muchos temas de los que tenía que hablar con nadie, pero no había interlocutor alguno. Estaba muerto. En fin, si algo tenía que hacer era ir a ver a Esteban.

Fue algo involuntario, cerró los ojos y pensó en el chico. Cuando los abrió, estaba en el cementerio y frente a él estaba sentado Esteban, mirando una lápida con un grabado. Su amigo tenía los ojos hinchados y ojeras. Verlo le provocaba mucha tristeza a Rick, había algo distinto en él.

—¿Por qué te tuviste que ir? —murmuró Esteban—. Nunca quise perderte.

—Esteban, estoy aquí, no me has perdido —habló Rick y trató de abrazar a su amigo, pero sus brazos atravesaron a su amigo.

—El duelo es doloroso, pero por experiencia propia, puedo decirte que ver sufrir a tus seres queridos por tu partida es igual o peor —dijo una voz femenina detrás de él.

Rick se volteó y vio a una mujer que también estaba vestida de blanco. Sus ropas le recordaban a un vestido de novia, pero uno bastante peculiar. Llevaba un recogido hecho con trenzas y era muy hermosa. Tenía un aspecto familiar.

—¿Quién eres tú? —preguntó Rick.

—En el Artium Mundi hay una estatua mía y con mi nombre grabado. Conociendo a mis hermanos y sus amigos, de seguro te han hablado de mí con admiración y nostalgia.

—Clarissa Silvertear...

—Hola, Rick. Es un gusto.

—Yo... yo en serio lamento haber roto la vitrina con tu mortaja. Tenía que salvar a mis amigos. Si sirve de algo, después de eso fui a limpiar los vidrios —se excusó Rick, nervioso. Clarissa esbozó una sonrisa leve—. ¿Puedo preguntar por qué sigo aquí?

—Hay asuntos ajenos que nos mantienen entre los dos mundos. Se podría decir que es un tercer plano.

—¿No somos los únicos aquí?

—No lo somos, pero ellos están en otros lugares, pensando en cómo descansar.

—¿Cómo? ¿Se puede pasar al otro mundo y dejar de caminar entre los vivos? —preguntó Rick.

Clarissa lo miró y Rick, además de darse cuenta de lo bella que era, notó sus ojos estaban cargados de cansancio y tristeza.

—Tú y yo tenemos una última carta que jugar, y todo depende de cómo y cuándo la usemos, porque si triunfamos, podremos descansar por fin —dijo Clarissa, mirándolo.

Una corriente de viento rozó los cuerpos de ambos, moviendo con ligereza sus ropas. A pesar de que estaba muerto y no podía sentir nada, Rick se estremeció.

Giró la cabeza y se encontró a Esteban, que estaba levantándose del suelo después de quién sabe cuánto rato. Su amigo comenzó a caminar en dirección a ellos y pasó de largo hacia la salida del cementerio.

A pesar de que podía seguirlo y gritarle que estaba ahí con él, Rick sintió que algo se enfriaba y tuvo miedo de lo que podía suceder en los siguientes años. Esteban tenía una red de apoyo hermosa y fuerte, pero en el fondo, Rick sabía que su muerte había cambiado algo en su amigo y que aún no sanaba el dolor de la muerte de su abuela.

Eran muchas pérdidas para él.

Rick apretó los puños y miró a Clarissa con determinación y algo de dolor en su alma.

—¿Qué tenemos que hacer?

—Asegurarnos de que puedan encontrar la reliquia de Moonheart.

Rick abrió los ojos, tragó saliva y sus puños se tensaron, solo quedaba una reliquia por encontrar y podrían acabar con eso.

Cuando Clarissa tomó otra dirección, Rick la siguió y de un momento a otro todo se volvió blanco.

Extra 5

Tania y Alice
Nueva York (EUA), diciembre de 2015

Tania soltó un suspiro mientras terminaba de beber su café, que le daba algo de calor.

Estaban en invierno y era víspera de Navidad. Los Artifex no solían celebrarla, puesto que era una tradición inventada en el mundo humano e incluso exclusiva de ellos; pero Tania, al vivir en el mundo humano, se acostumbró a decorar su restaurante acorde a la temática. Podría decirse que de vez en cuando, el espíritu navideño se visibilizaba.

Pero sabía que esa navidad sería un poco diferente.

Rick había muerto y Esteban estaba pasando un duelo muy difícil en el que tenía un temperamento especial. Tania entendía su dolor, pero a veces no sabía cómo apoyarlo.

También ocurría otra situación que mantenía su cabeza ocupada. Alice Silvertear.

La chica despertó poco antes de la muerte de Rick. Por supuesto, Tania trató de acercarse de nuevo, pero Alice había dormido mucho tiempo y era un espíritu curioso. Estaba conociendo el mundo moderno y enterándose de lo que sucedió en su ausencia.

La rubia siempre tuvo cierto interés en la hermana menor de Gray, pero la diferencia de edad complicaba las cosas. Además, Alice siempre la vio como la hermana de Gray, como la reina de los Musician y con otros títulos más.

—¡Maldita sea! —murmuró Tania, dando otro sorbo a su café.

Los meses habían pasado y Tania no veía cómo acercarse a la chica. Cada oportunidad era mínima y Alice estaba en otros asuntos.

«El amor duele a veces, Tania, y no siempre es posible estar con alguien que amas», le había dicho Dylan, mirando el atardecer.

Dylan Goldnote...

—¿Qué es lo que tiene tan preocupada a la mujer rubia que hipnotiza con su voz? —preguntó una voz femenina.

Tania giró la cabeza y se encontró con la chica que vivía en su cabeza, que provocaba que su corazón latiera desenfrenado y le sacaba una sonrisa con solo verla.

Alice se encontraba caminando hacia ella. Vestía un traje de nieve y estaba abrigada como si estuvieran a - 30 °C.

Tania esbozó una sonrisa ligera y negó con la cabeza. Alice se situó a su lado y la miró con esos ojos verdes que debían ser rojos.

—No sabía que conocías mi famoso apodo —admitió Tania—. ¿Qué te trae al mundo humano?

—Es Navidad, nunca pude estar presente en las navidades humanas y se ve bastante diferente a lo que cuentan los demás Artifex.

—Es una época muy emotiva para algunos. Siendo honesta, desde que empezó esta tradición, el espíritu navideño nació en mí —dijo Tania. Alice se abrazó a sí misma.

—Te recuerdo de una manera distinta. Siento que estás más madura —comenzó a decir Alice—. A veces pienso en que muchas cosas cambiaron en las personas que conocí desde que entré en coma; tal vez no en la edad, porque Rebecca se ve casi igual a como la vi por última vez, pero es más fuerte, segura y madura.

—Debe ser difícil tener esos sentimientos. Es como si te quedaras atrás.

—Cuando desperté, pensé que volvería a los viejos tiempos.

Alice bajó la mirada. Su primer pensamiento al despertar fue que estaba en casa; que Clarissa, Kai, Jordan y sus padres estaban vivos, y que nada malo había sucedido.

Pero la realidad era distinta. Todo lo temido había ocurrido y aquellas personas no iban a volver. Enterarse de que Noah había muerto y de que su hijo cargaba con un gran peso en sus hombros fue algo que la golpeó.

Para un Artifex, los años son algo de poca importancia, pero de vez en cuando, a todos los golpeaba la realidad.

—Es difícil, aunque no hayan sido siglos. Es entendible que quieras volver a esos tiempos, yo a veces lo pienso.

—Solo nos queda seguir adelante. Por más poderosos que seamos, no podemos traer de vuelta el pasado. Es algo que compartimos con los humanos.

—El tiempo nos juega en contra, pero a veces, lo más bonito de ser un Artifex y estar enamorado es que puedes pasar mucho tiempo con esa persona —murmuró Tania.

—Es un lindo pensamiento —respondió Alice—. ¿Hay alguien con quien quieras pasar tu vida?

—Sí, sí la hay, pero no sé si vaya a suceder.

—¿Cómo sabes qué no? —preguntó Alice, curiosa.

—Ella tiene cosas que resolver y no quiero ser un obstáculo en su trayectoria. Quiero estar a su lado, no adelante. Aparte, sus padres siempre planearon su futuro con un buen esposo e hijos. Ella ahora tiene el control de su vida y deseo que la viva.

—Creo que ella podría darte una oportunidad —afirmó Alice.

—¿Lo crees?

Ambas se quedaron un rato sin mirar a la otra. El silencio predominaba en el ambiente, pero no resultaba incómodo, solo era un silencio de invierno que era especial, aunque ninguna lo supiera en ese momento.

Tania se giró y quedó frente a Alice. Esta era un poco más baja que la rubia, a quien eso le encantaba.

—Me gustas mucho, Alice Silvertear, pero quiero que vivas tu vida sin atarte a mí —confesó Tania con una sonrisa algo dolida, poco común en ella.

—En el amor, las personas no se atan a la otra, eso es lo más bonito que tiene ese sentimiento. Uno está con la persona porque quiere estar ahí, y a la vez puede seguir haciendo su vida. Soy capaz de hacer mi vida como siempre la quise y estar contigo también.

Tania abrió los ojos, tenía demasiadas palabras que no sabía decir. Todo era tan irreal que dudaba si era la realidad. No sabía en qué momento estaba sucediendo. Quería abrazar a Alice y confesarle todo, pero era incapaz de moverse siquiera.

—Alice, yo…

—Pero debo seguir conociendo a la Tania de ahora, quiero saber lo que le interesa y sus motivaciones. Sé que no eres la misma de hace unos años y tú debes saber bien que aún he de descubrir quién soy, mi propósito que fue dado por Evelyn.

—Siempre intentaré respetar todas tus decisiones, no quiero ser un obstáculo.

Alice sonrió y abrazó a Tania por la cintura. La rubia sintió como una lágrima bajaba por su mejilla. No era tristeza, tal vez eran las únicas lágrimas de emoción que había soltado ese año.

Las dos se quedaron abrazadas en la calle, con el café de Tania desparramado en el suelo y los copos de nieve cayendo con lentitud.

***

Habían pasado unos días desde Año Nuevo, festividad que los humanos siempre esperaban. Un año nuevo significaba una oportunidad de hacer las cosas bien.

Y Tania tenía la mentalidad que los humanos mostraban el 1 de enero: «¡Adiós a las malas vibras!» o «Este será mi año, ¡maldita sea!».

Alice le había indicado que tenían que decirle a Gray y a Rebecca que ambas estaban intentando algo, pero que todavía no era nada formal. ¿Por qué demonios Alice quería hacer eso? La realidad es que sus hermanos merecían saberlo, aunque Tania había sido obvia en múltiples ocasiones antes de que las dos se confesaran.

Ambas se encontraban en el jardín del castillo Silvertear, cerca de la caseta en la que estaba la lápida de Clarissa y Roby. Según Alice, eso podía traer buena suerte. Por lo general, cuando Gray estaba cerca de ese sitio en específico, su cabeza dejaba de controlar sus acciones y se ocupaba el jodido corazón.

—Va a salir bien, tampoco es que Gray sea un ogro como lo era mi padre —apuntó Alice, sentada en una de las bancas.

—Pero tu hermano tiene la mala costumbre de adoptar un rol paterno cuando él es el hermano mayor, nada más. Aparte, Gray me dijo muchas veces que no me acercara a ti.

—Lo decía en broma y lo sabes. Rebecca no va a decir nada en contra.

—Sí, yo soy un bromista incomprendido, nadie entiende mi humor —habló Gray, que acababa de llegar.

—¿Qué tienen ustedes con aparecer de la nada en los momentos menos inesperados? ¿Es algo de familia? ¡Dejen de hacerlo!

Gray rodó los ojos y Rebecca soltó una risa leve. Tania se enderezó y aclaró su voz, dispuesta a confesar la verdad.

—Gray, me gusta tu hermana —dijo, pero fue interrumpida por su interlocutor.

—Ya lo sabía.

—Estamos intentando algo, en una manera más que de colegas. Queremos atravesar la barrera de: «Eres amiga de mi hermano y no puedes interesarme ni gustarme» —explicó Alice.

La cara de Gray no era la que esperaban las chicas. De hecho, el pelinegro se alzó de hombros mientras decía: «Ya lo sabía». Rebecca se emocionó un poco más y dio saltitos alrededor de ellos durante un buen rato. También fue a la caseta en la que estaba la lápida de Clarissa y Roby y les agradeció.

Tania y Alice se miraron mientras sonreían. Ambas se acercaron a abrazar a Gray y Rebecca se les unió al poco rato.

Puede que a fin de cuentas, los milagros de Navidad y Año Nuevo sí existieran. ¿Quién iba a decir que al inicio del 2016 Tania y Alice iban a iniciar una bonita historia de amor?

Extra 6

Kris e Irene
Nueva York (EUA), abril de 2021

Irene tenía que admitir que su 2020 fue bastante agitado, incluso a veces dudaba de todas las cosas que pasaron tanto en el Artium Mundi como en el «mundo humano».

Para ser honesta, descubrir que había seres más poderosos que el propio humano era algo impactante. Irene no se consideraba una fiel creyente, pero siempre pensó que había algo inexplicable y mágico en la vida.

Jamás pensó que Esteban era parte de ese mundo y menos que su difunto exnovio también conocía de la existencia de esa mágica realidad.

Bueno, tuvo que jurar que no hablaría del tema con nadie, puesto que, por supuesto, era algo muy delicado, aunque Irene dudaba que alguien le creyera si dijera: «¡Oye! ¿Sabías que hay seres mágicos que son artistas y que son el pilar de nuestra existencia?».

Si a Irene le llegaban con esa historia, reiría en silencio y solo miraría a la persona sin entender qué cosa se había fumado; pero el caso es que esa historia era por completo real, así que ella sería la que era quedaría como payasa. En fin, cada uno con sus creencias.

En una palabra, había sido un año muy alocado. No podía creer todavía que Irene Heather, sin ninguna habilidad física o conocimiento médico profundo, había estado en una puñetera guerra mágica. Era una gran historia, si lo pensamos, solo que era algo que sucedería en los libros y películas.

Ahora mismo, Irene se encontraba en el Artium Mundi. Sí, tenía permiso de ir a ese maravilloso e inexplicable lugar, pero con una tarea en específico. Era psicóloga de Kris. En efecto, era la terapeuta de una chica que colaboró en el asalto al Artium Mundi. Resultaba un trabajo interesante, si había que decir la verdad.

Desde que Kris «se volvió contra los malos», Esteban y James le habían pedido de manera personal que los ayudara a entender a la chica y también a darle herramientas para convivir en sociedad. James fue uno de los que más insistió en ello, siempre intentaba convencerlos respecto a que Kris no era mala. Ella era alguien con mucho daño físico y emocional. Sí, eso.

Kris estaba recostada en un sofá. Ya no era necesario inmovilizar sus extremidades por completo, ahora tenía un mejor autocontrol y sabía que ellos estaban intentando ayudarla.

—Ya sabes qué es lo que te voy a preguntar —dijo Irene, sonriendo.

—Desde la última vez que nos vimos, que fue hace tres días, no ha pasado mucho en mi vida, solo que ver tanto color me abruma de vez en cuando, sobre todo los que son muy llamativos —contó Kris, suspirando.

—¿Y qué tal va eso de vivir en el castillo?

—Desconfío un poco de todos, pero Sebastián e Iris me caen bien. A veces siento que ellos me entienden o que nos han pasado cosas similares. Ah, y... bueno, también está James.

—Él se preocupa mucho por ti, por eso mismo te trajo aquí conmigo, o más bien, yo vine aquí. Él, como yo, quiere que puedas sanar.

—Yo no tengo ninguna herida. La más fea es la de la cara, después de eso, nada más, todo está bien —aseguró Kris, cruzando los brazos—. No entiendo qué más tengo que sanar.

—A veces nuestras heridas no son sólo físicas, o tal vez no son recientes. Los traumas del pasado o las incógnitas de nuestra vida nos hacen ser como somos ahora, y mientras antes se puedan trabajar, tienes una oportunidad «menos compleja» de salir adelante —explicó Irene. Ambas se miraron a los ojos, lo que era un gran avance, si se lo preguntaban a Irene.

—Sé que tengo algunos. Ya te los he mencionado: no sé quiénes son mis padres, me congelaron por mucho tiempo y, en síntesis, no sé quién o qué soy. No soy una bestia, pero tampoco soy humana, Puppeteer o incluso Artifex.

—Es muy difícil decir de un momento a otro quiénes somos en realidad, pero debes tener claro que no eres una bestia, no eres un arma y, según yo, no eres un Puppeteer. Hay bondad en tu corazón, no eres alguien como Justin.

—Se llamaba Jordan —corrigió Kris.

—Ah, verdad. Todavía no me aprendo todos los nombres, perdón —se excusó Irene, llevándose la mano a la cara.

Kris hizo algo que nunca había hecho: se rio. Era una risa algo seca y burlesca, pero también era un avance.

Kris se sentó en el sofá, cruzando las piernas, y miró a Irene. Muchos le habían dicho que eso se llamaba «conectar con las personas».

—¿Tú también tienes traumas del pasado? —preguntó, tratando de imitar a Irene.

Por la cara que puso la chica, Kris se figuró que tal vez no debió preguntar eso, quizás era algo de lo que ella no quería hablar. Irene soltó un suspiro y dejó a un lado su libreta para acomodarse en la silla.

—También tengo esos traumas, Kris.

—¿Y has podido sanarlos?

—Estoy en eso, no es algo fácil y menos si a veces niegas que tienes un problema —respondió Irene con una sonrisa algo nostálgica.

Kris iba a preguntar de qué se trataba, pero en ese instante se escuchó que tocaron la puerta de la habitación. Irene indicó que pasara quienquiera que estuviera del otro lado. Esteban entró en la habitación y miró a ambas chicas.

—Eh... Gray me llamó diciendo que la cena estaba lista y la niñera de Adriana me dijo que tenía que irse —comentó, rascando su nuca. Luego miró a Kris—. Tengo que llevar a Irene a su casa y James debería estar aquí en un abrir y cerrar de ojos.

—Vale, pues te veo en tres días —habló Kris, levantándose del sofá—. Nos vemos luego, Irene.

Irene y Esteban se quedaron sin palabra alguna durante unos breves segundos, pues Kris llamaba a muy pocas personas por su nombre. Irene sonrió y recogió sus cosas mientras Esteban y Kris salieron para, de seguro, encontrarse con James.

En lo que terminaba de cerrar su bolso (sí, ahora ocupaba un bolso, las mochilas habían quedado en el pasado), la cadena con un dije de corazón que le había regalado Rick salió de su abrigo. Irene lo miró por unos breves segundos y acarició el corazón con cariño, costumbre que había adquirido un buen tiempo atrás.

Kris, por su parte, ya se encontraba esperando a James. Esteban fue a buscar a Irene y confió en que ella podía quedarse sola sin causar ningún mal. Claro que no se lo dijo de esa forma, pero Kris ya sabía lo que pasaba por la cabeza del mestizo.

Miró el Artium Mundi, el pueblo, el castillo de plata que estaba más allá, el instituto y el museo. Desde que vivía ahí, sentía la extraña necesidad de ir al museo y recorrerlo. Tal vez podría encontrar alguna pista de su pasado o incluso de quiénes fueron sus padres, porque dudaba de que siguieran vivos. Si fuera así, lo más probable es que ya se hubiera reunido con ellos desde hacía un buen rato.

Sintió una mano sobre su hombro y giró la cabeza con un semblante sereno, aunque sus puños estaban cerrados y tensos. Se relajaron al ver que se trataba de James.

—¿Sucede algo? —preguntó el chico.

—Tengo una sensación rara, como si algo me dijera que vaya al museo.

—Podemos ir, si quieres, pero debes tener en cuenta que hay que conseguir un permiso especial de parte de Gray, porque...

—Aún no tengo derecho de visitar lugares sagrados, ya lo sé —lo interrumpió ella—; pero en la declaración universal de los derechos humanos, un artículo que ya se me olvidó deja claro que puedo transitar por donde yo quiera —protestó.

James soltó una risita y desordenó el cabello de Kris de manera cariñosa mientras comenzaba a caminar. Kris soltó un bufido y, sin rechistar, lo siguió. Tal vez iban a pasar por el mercado para comprar algunas cosas que debió encargar Sebastián.

Irene y Esteban vieron como James y Kris se iban en esa dirección, y Esteban sacó su pincel de su mochila para dibujar un portal y llevar a su amiga a su hogar.

—Veo que ha habido avances con Kris.

—Sí, para alguien que ha sufrido muchas cosas, es impresionante su avance. También pone de su parte, que es lo importante.

—No sé si lo has notado, pero su raíz está cada vez más negra, e incluso los mechones blancos se notan poco —comentó Esteban mirando a Irene, quien no pudo ocultar su confusión.

—¿Y qué tiene que ver? Quizá la magia mala se está esfumando. Piensa que puede que su color de cabello natural sea negro —opinó Irene.

Esteban no respondió. Irene no supo qué agregar, pues no le encontraba sentido alguno a lo que él le quería decir; pero bueno, ya compartiría su teoría con ella.

Ambos cruzaron el portal y este se cerró al tiempo que los colores cálidos comenzaron a teñir el cielo, indicando que pronto iba a oscurecer y que la vigorosa actividad en el Artium Mundi acabaría por esa jornada.

Extra 7

Adriana
Nueva York (EUA), noviembre de 2030

Adriana soltó un suspiro mientras se echaba en el sofá del departamento de Esteban. Su madre había salido de la ciudad para ir a un congreso y optó por dejar a Adriana a cargo de Esteban.

La verdad, no se quejaba, sería mucho más aburrido quedarse en casa de sus abuelos. No la juzguen, no es que no los quisiera, era solo que la casa tenía una vibra distinta que a ella no le agradaba del todo. Era monocromática, por así decirlo.

Le gustaba más el departamento de Esteban porque estaba repleto de recuerdos, en su mayoría fotos colgadas en las paredes de una forma artística. Desde luego, el color que predominaba era el verde, y eso era un tanto extraño, pero de todos modos le gustaba estar allí.

La puerta del departamento se abrió y por esta cruzó Esteban. En ese momento, Esteban tendría que tener treinta y tres años, pero por algún motivo, Adriana lo veía igual que una década atrás, como si no hubiese envejecido.

Todavía tenía esa piel suave, no había ningún rastro de que se hubiera afeitado alguna vez, y de arrugas ni hablar. Adriana no sabía cómo explicar lo bien que se mantenía, pero la verdad, ya no le buscaba la quinta pata al gato, aunque aún tuviera curiosidad.

—Hola —saludó Esteban con una sonrisa que demostraba cansancio.

—Hola —respondió Adriana, devolviendo la sonrisa—. ¿Vamos a cenar en el restaurante o harás el intento de cocinar algo?

—No te burles de mi comida, es digna de ser tragada y digerida.

—Claro —replicó Adriana, luego se levantó del sofá para abrazarlo y notó que tenía una nueva cicatriz—. ¿Y eso?

—Un leve accidente, nada de qué preocuparse.

El pelinegro se quitó la chaqueta y la colgó en un perchero. También se desprendió de la mascarilla quirúrgica para botarla en un basurero especial que tenían.

—¿Has hablado con Rebecca?

Esteban se quedó quieto de repente y mantuvo la mirada fija en la pared, dándole la espalda a Adriana. La rubia sabía que quizá no había sido buena idea preguntarlo, pero se preocupaba por Esteban.

—No, hace unas semanas que no hablo con ella. Quiero darle su espacio.

—¿Por qué terminaron? Nunca me lo quisiste decir y se me hace raro.

Rebecca y Esteban estuvieron en una relación amorosa desde abril y rompieron a fines de octubre, poco después del cumpleaños de Esteban. En realidad, a muchos les sorprendió cuando dijeron que estaban intentando algo y cuando oficializaron su ruptura.

—Me di cuenta de que la veo como a una amiga. A veces el amor no solo debe ser romántico. Sé que suena raro, pero la amo, y no de esa manera. Tengo una conexión inexplicable con ella, pero no soy la persona indicada para darle ese amor de pareja, y tampoco para ser el padre de sus hijos.

—Pero se veían muy felices juntos.

—Éramos más parecidos a mejores amigos que a una pareja. Si bien los dos en algún momento nos proyectamos a futuro con familia y un compromiso, eso no se dio.

—Suenas como un anciano —comentó Adriana—, pero es bonita la forma en la que expresas ese amor por ella.

—No la quiero perder, pero ella también tiene muchas cosas que lograr y yo se lo impido. Es una mujer muy fuerte e increíble y siempre va a brillar —sentenció Esteban, sentándose en el sofá.

Adriana se sentó al lado de Esteban y apoyó su cabeza en su hombro. Por supuesto, veía a Esteban algo triste, y había un cansancio notable en sus ojos que le daba la impresión a Adriana de que fuese el sobreviviente de una guerra.

Nueva York (EUA), noviembre de 2060

Adriana caminaba entre la gente del barrio de la música. Su presencia era demasiado notable puesto que era la única que iba con ropas de colores neutrales. Las usaba de una forma tan elegante pero abrigada que con facilidad podría confundirse con una presidenta ejecutiva, suposición que era cierta, de alguna forma.

La mujer entró en aquel restaurante que tantas veces visitó de pequeña y en su adolescencia y buscó entre la multitud a la dueña rubia con voz preciosa.

Encontró a Tania en la caja registradora y en compañía de Rebecca, con quien conversaba sin mucho ánimo.

A veces Adriana no sabía si era porque era más vieja, pero tenía pequeños destellos, y en ellos vio a Rebecca y a Tania más jóvenes de lo que en realidad eran.

Le sucedía a menudo con el grupo de amigos de Esteban. A veces los veía demasiado jóvenes y a los segundos volvían a tener su apariencia actual. Incluso le sucedió con Esteban en varias ocasiones.

Era claro que ya no tenía destellos con Esteban. No desde hacía un mes, más o menos.

—Hola, Adriana —saludó Rebecca, algo cansada, mientras bebía un jugo de frambuesa—. ¿Qué tal todo en la empresa?

—Bien, gracias —contestó Adriana, seria, observando las fotos colgadas en la pared como si fueran lo más interesante.

Esteban había muerto un mes atrás, y en vez de enterrarlo como Adriana había pensado, decidieron que lo cremarían. Adriana conservaba las cenizas en su *penthouse* y una parte de ellas estaba en el restaurante.

La verdad, la muerte del que fue su figura paterna le sacudió el piso a Adriana. No esperaba que fuese tan rápido, pero desde hacía unos años veía que Esteban estaba apagándose. Por más que ella insistió en que fueran a algún médico, Esteban se negó, solo contestaba un: «Los médicos no pueden revertir el tiempo, Adriana».

Tiempo.

Esa maldita palabra que Adriana tanto detestaba. Todo era cuestión de tiempo.

—¿Qué te trae por aquí? Tenía entendido que estarías en Europa esta semana —preguntó Tania.

—Cancelé el viaje, sobre todo porque su oferta dejó de interesarme.

—Tan directa, igual a tu madre cuando agarraba confianza —comentó Tania, riendo.

Adriana rodó los ojos al tiempo que tomaba asiento al lado de Rebecca y le pedía lo de siempre a un chico que salía de la cocina.

Rebecca trató de sacarle tema de conversación, pero ella respondía con frialdad a todas sus preguntas y comentarios. No es que odiara a Rebecca —al contrario, le caía bien—, pero a veces se le dificulta conectar con la gente.

Los minutos fueron pasando y Rebecca tuvo que abandonar el restaurante porque su hermano la llamó. Adriana se quedó en compañía de Tania y desde que Rebecca se fue, ninguna dijo algo. Solo se escuchaban las conversaciones ajenas y la buena música del momento y de años atrás.

—Esteban dejó una carta para ti —anunció Tania, rompiendo el silencio.

—¡Uh! ¿En serio?

Tania se sorprendió ante tan brusco cambio de actitud, pero se fue y a los pocos minutos volvió con un sobre bastante lleno. Se lo entregó y, por primera vez en mucho tiempo, a Adriana le temblaron las manos y sintió su corazón latir más rápido de lo normal.

El sobre no se veía tan desgastado como ella pensó que estaría. Era blanco y no tenía siquiera una mancha ni estaba arrugado. Tenía un sello con un símbolo extraño que Adriana no reconoció. No era como ningún sello de Estados Unidos y puede que ni del continente entero.

Miró a Tania con esos ojos color miel que había heredado de su madre e hizo su mayor esfuerzo para que las lágrimas no cayeran por sus mejillas.

—La verdad que siempre has buscado se encuentra en tus manos ahora. Todo de lo que alguna vez dudaste o analizaste está en esas hojas escritas por Esteban.

—¿Por qué mierda se te ocurre dármelas ahora? ¿No crees que hay cosas que debí saber desde, quizá, siempre? —preguntó Adriana, seria—. Esteban nunca me contó las cosas en el momento, siempre supe que había algo más en él y, aunque sea raro decir esto viniendo de mí, mi corazón me dice que murió por otra cosa.

Tania soltó un suspiro, como si esa fuese la reacción que esperaba por parte de Adriana. Ella tomó un vaso y lo sirvió con agua, bebió y volvió a mirar a Adriana.

—Tendrás mucho que entender y procesar al terminar las cartas. Cuando te sientas preparada, hablaremos de eso, pero de momento es hora de que sepas un poco de nuestra historia.

Adriana soltó un suspiro de frustración y tomó el sobre y su cartera para irse del restaurante de Tania sin decir siquiera adiós.

—Sé que estás molesta, pero tuve mis razones para ocultarte algo tan importante como mi historia.

Adriana se detuvo en seco y miró en todas las direcciones en busca del dueño de esa voz, pero como era de esperar, no había nadie mirándola y menos hablándole. Tenía que admitir que fue espeluznante, aunque ella no creía en fantasmas o entes que deambulaban por el mundo a causa de asuntos pendientes o vete tú a saber qué mierda.

No sabía qué respuestas podría encontrar en esas cartas. Tenía miedo e incertidumbre, pero si las había escrito Esteban, solo tendrían la verdad y lo que ella necesitaba saber.

Extra 8

Rebecca
Artium Mundi, enero de 2061

Cuando Noah Firelight habló con Rebecca demostrando la alegría y felicidad que sentía con la noticia de que iba a ser padre, Rebecca experimentó una emoción inexplicable. Noah siempre le manifestaba su sueño de ser padre y de formar una familia.

El día que conoció a Camille François supo que ella era la indicada para su superior, pero había algo raro que Rebecca nunca supo explicar. Trató de hablarlo con Gray, pero ni su hermano mayor pudo comprender aquello que pensó Rebecca.

Cuidó a Esteban desde el día en que nació, y modificó su apariencia y cuerpo de tal forma que pudiera pasar como una simple compañera de colegio. Se podría decir que creció con Esteban, aunque él nunca percibió su presencia.

Hasta que tuvo entre quince y dieciséis años, que notó su presencia en el instituto.

Era muy parecido a su madre, pero tenía la forma de la nariz y los labios como Noah. Lo que siempre le sorprendió fueron sus rasgos un poco más delicados y «afeminados». Noah tenía la mandíbula marcada y su estructura corporal era la de un hombre adulto, pero también nunca lo vio afeitarse o con barba.

Rebecca tuvo que admitir que se le hizo extraño convivir entre tantos humanos que eran siglos menores que ella y con profesores que a veces contaban mal la historia. Suponía que era la desgracia de ser una Pictorum.

Ver a Esteban crecer y convertirse en quien era fue algo demasiado impresionante para Rebecca y quizá para todo el equipo. Después de que derrotaron a Jordan, las cosas volvieron a la normalidad de cierta forma, pero siempre quedaban Puppeteers escondidos en alguna parte. Aparte, el susurro del titiritero ya era algo normal en la vida humana.

Habían pasado unos meses desde el fallecimiento de Esteban.

Para los Artifex, la muerte era algo de la vida, un suceso inevitable que llegaría de forma apresurada o en su debido momento; pero cuando vives el duelo de perder a tus seres queridos de forma física y eterna, es un poco más complicado llevar la tristeza.

A veces, mientras caminaba por el castillo Silvertear, observaba los lugares que fueron escenario de los recuerdos más preciados. Además, había una jodida estatua en honor a Esteban, por lo que casi siempre lo veía de una forma u otra.

Tuvo una relación amorosa con él. Duraron su buen tiempo, pero algo dentro de sí le decía que Esteban no era para ella. Quizás Evelyn los escribió con el fin de ser muy buenos amigos, y la cultura Artifex tenía la creencia de que dudar de las decisiones de Evelyn era algo semejante a un pensamiento inmoral.

Fue feliz con Esteban antes de que se hicieran más que amigos y mientras fueron una pareja. Tomó tiempo para sanar el dolor de una pérdida emocional y decir adiós a una etapa muy bonita y especial para ella; pero pudo retomar su amistad con él. Todo fluyó de tal manera que esa hermosa conexión volvió a fortalecerse.

Despedirse de un periodo importante con Esteban fue un poco menos complejo que decirle adiós para siempre a él.

Rebecca se encontraba en uno de los balcones del castillo Silvertear, observando su maravilloso hogar. Estaba oscureciendo y el motivo que la llevaba era que los colores del atardecer en el Artium Mundi eran una hermosa pintura.

—Es un lindo sitio, jamás pensé que en realidad existiera —dijo una voz a su espalda.

Rebecca se giró de inmediato y abrió los ojos con sorpresa al descubrir que Adriana Smith se encontraba ahí, en el Artium Mundi.

—¿Cómo es que...?

—Te sorprendería saber que soy muy buena persuadiendo a la gente y que desde pequeña supe dónde escondía Esteban sus cosas.

Adriana sacó de su bolso un lápiz y una libreta que Rebecca reconoció al instante. Ella juraba que las armas de Esteban —con el tiempo, él fue adquiriendo muchas— se encontrarían en el museo.

—Tendría mucho miedo de ti si me dijeras que tienes la guadaña —contestó Rebecca.

—No, solo encontré esto después de convencer a Tania.

—Supongo que viniste por respuestas. A fin de cuentas, el último deseo de Esteban fue que te entregáramos el sobre —comenzó a decir la castaña—; pero no pensé que acudiríamos a mí para conseguirlas.

—Sabías que Esteban se estaba apagando poco a poco, y a pesar de que no era el mismo de hace tantos años, estuviste con él siempre, aunque él y tú no resultaran ser el uno para el otro... —comentó Adriana, frotándose el puente de la nariz—. No lo entiendo, sigo sin saber por qué nunca lo abandonaste. Alguien de mi mundo lo hubiese hecho.

—Yo le hice una promesa a su padre, lo juré en nombre de los tres padres y en el de mi hermana mayor. Lo vi crecer y convertirse en uno de los héroes que todos admiran y respetan. Tuve sentimientos por él desde hace mucho tiempo, pero él era un niñito comparado conmigo, y tenía que descubrir el mundo y el dolor.

—¿Acaso crees que él no supo lo que era el dolor?

—No digo que no sea así, pero Esteban tuvo que vivir muchos duelos y aceptar su destino, aunque no quisiera esa vida. Fueron muchos cambios bruscos para él, y yo sabía que él estaba atravesando etapas que yo ya viví —explicó Rebecca, mirando el Artium Mundi con una leve sonrisa—. Fuimos felices mientras duró.

Y entonces lo recordó:

Rebecca y Esteban se encontraban bajo la luz de la luna. Los faroles y las luces iluminaban el distrito de la música. Ambos se tomaron de las manos y se miraron con ternura y cariño.

Esteban llevó su mano hacia la mejilla de Rebecca y acarició su piel con delicadeza. Rebecca alzó un tanto la cabeza —Esteban le sacaba algunos pocos centímetros— y se acercó a sus labios. Al principio fue un leve roce, inocente y suave.

Con el corazón latiendo como nunca antes, Rebecca besó a Esteban y, deseando que ese exacto momento jamás acabara, lo abrazó por el cuello, costumbre que había adoptado en último tiempo, y Esteban puso sus manos con timidez en su cintura.

—Lo amé con todo mi corazón —le dijo a Adriana tras volver a la realidad—. Lo extraño mucho, desearía poder besarlo y estar acurrucada junto a él mientras hablamos de nuestros sueños y de un montón de cosas más, pero la realidad escrita es otra, y por más que nuestra relación amorosa no haya durado lo que a mí me hubiese gustado, fuimos felices amándonos de forma incondicional.

—En una de las cartas él mencionó algo. Bueno, muchas cosas, si soy sincera —informó Adriana, seria—; pero quiero escucharlo de tu boca y que me digas que es cierto.

—Lo es. Aunque muchos lo vean como algo imposible, el linaje Silvertear continua.

***

Cuando Adriana abandonó el Artium Mundi con las respuestas que necesitaba, Rebecca entró en el castillo y fue hacia la sala de estar, donde se encontraban James, Gray y Kris. Los tres la miraron sin decir nada, hasta que ella tomó asiento en uno de los sofás individuales.

—¿Qué tal todo? —preguntó James.

—Es difícil saber que Esteban ya no está, pero yo soy quien porta a su descendiente. Ojalá la abuela, nuestra madre o incluso Clarissa pudieran estar aquí para aconsejarme sobre esto de prepararme para ser madre.

—Sigo diciendo que es una decisión estú... —empezó a decir Kris, pero pensó sus palabras una vez más y soltó un suspiro—. No entiendo cuál fue el motivo por el que resolviste que sería bueno aceptar tener un hijo con él, a pesar de que terminaron hace mucho. Él murió y tú tienes que hacerte cargo de la criatura.

La verdad, cuando escuchó las palabras en las que Esteban planteó esa descabellada propuesta, también pensó que era una terrible idea y que todo era producto de que Esteban estaba agonizando; pero al saber la verdad y luego de que James interviniera para aconsejarla, lo consideró y aceptó. Claro que para hacerlo menos incómodo, se recurrió a otro método (pues Rebecca y Esteban tenían una dignidad que conservar).

—Sé que es la decisión correcta. A fin de cuentas, alguien tenía que seguir el linaje —bromeó Rebecca mientras Gray rodaba los ojos.

—Sí, sí, claro que sí. Aunque todavía no sabemos qué demonios fue del bebé de Clarissa. Él o ella tiene el derecho de seguir gobernando si yo renuncio a mi cargo.

—¿Y estás pensando en dejarlo? —preguntó James, sonriendo.

—Por supuesto que no, nadie ha gobernado a toda esta gente mejor que yo, es un hecho. Mi error más grave como líder ha sido que no tuve tiempo de visitar el orfanato de los Solum el año pasado, como es tradición desde que asumí el puesto.

Rebecca negó con la cabeza mientras dibujaba una sonrisa en sus labios. Sabía que su vida iba a cambiar mucho de ahí en adelante, y eso que aún estaba en la flor de su vida, por así decirlo; pero con el tiempo, se dio cuenta de que había cumplido sus sueños y metas, y ahora que había algo de paz en el Artium Mundi y en el mundo humano era un buen momento para pensar en otras cosas.

—Te amo, Esteban Firelight François, pero sé que en la siguiente vida alguien más provocará ese agradable calor en tu corazón, y aunque no sea yo, seré feliz porque pude estar a tu lado desde el despertar hasta el descanso.

Extra 9

Iris y Sebastián
Artium Mundi, septiembre de 2061

Sebastián había visto muchas cosas en su larga y sabia vida, desde el primer Silvertear hasta los actuales. Desde que comenzó a servirles, vio venir muchas cosas: matrimonios inesperados, revelaciones impactantes para la época, hijos ilegítimos, guerras civiles, golpes de estado por un propio Silvertear, asesinatos entre familiares y una nueva era.

Sin embargo, jamás pensó que estaría otra vez yendo al mercado a comprar comida que la señorita Rebecca había encargado. Unos cinco sirvientes lo acompañaban, cargando ropa de bebé, juguetes y pañales, muchos pañales.

El parto de la señorita Rebecca estaba programado para fines de octubre (sería escorpio, Gray era el más feliz) y el Artium Mundi estuvo muy sorprendido al saber la noticia. El mismo Sebastián seguía procesando la información.

La última parada era en la boutique de Ezra. Tenía que recoger unos trajes de la señorita Alice y por fin podría volver al castillo a seguir con sus deberes. Se llevó la grata sorpresa de encontrarse a Iris, pues no veía a la chica desde hacía unas buenas semanas.

—Sebastián, no sabía que vendrías por acá —lo saludó Iris con una leve sonrisa.

—Yo tampoco pensaba que tendría que ir de compras otra vez —dijo el mayor, que soltó un suspiro y acomodó su chaqueta—. No la veo desde hace mucho tiempo. ¿Estuvo en algún viaje por el mundo?

—Algo así. No me han visto mucho por aquí porque he estado investigando algunas cosas y, bueno, todavía no llego a gritar «eureka».

Iris sacó del bolsillo de su pantalón una pequeña bolsa de tela. Al abrirla, Sebastián le hizo un movimiento de mano a los demás sirvientes para que los dejaran solos. La peliblanca tenía en sus manos la reliquia de Windflower y los trozos restantes de la Piedra del Alma. A pesar de que había sido rota en forma de corazón y se tenía la creencia de que los pedazos restantes se volvieron simples rocas, la piedra conservaba ese brillo hipnotizante. Lo más llamativo era que estaba brillando un poco y con cada cambio de dirección aumentaba su luz.

—¿Por qué destella de esa manera? —preguntó Sebastián—. Desde el fin de la era de los Windflower, no veía la piedra completa. En el momento en que el joven Rick la encontró, juré por los padres que los otros pedazos se habían perdido.

—A mí se me hacía muy raro que nunca nadie se hubiera cuestionado respecto a los otros pedazos —explicó Iris, volviendo a guardar la reliquia en la bolsita.

Sebastián se quedó pensativo durante unos momentos y los recuerdos más antiguos que poseía aparecieron en su mente como un palmetazo: «¿Tú de verdad crees que este es el fin de un linaje?».

Iris fijó la mirada en Sebastián. Era cultura general saber que cuando él se quedaba callado mirando a la nada era porque estaba recordando algo importante que no se tenía que callar.

Recordaba sus conversaciones con Dylan Goldnote respecto a las miles de teorías que existían respecto al linaje Windflower. Los dos coincidían en que los Windflower debían seguir en alguna parte del mundo, quizá sin saber quiénes eran en realidad u ocultando la verdad de su sangre, como James.

A veces, sin que Tania lo supiera, Iris iba a visitar la lápida de Dylan y se quedaba horas conversando con él, como si pudiera responderle. No podía mentir respecto a que lo extrañaba mucho y hubiese querido que las cosas no terminaran así.

Sebastián la sacó de sus pensamientos al aclararse la voz.

—Señorita Iris, tenemos una búsqueda que realizar y nuestra brújula será la reliquia.

***

La verdad, Iris nunca pensó que tendrían que empezar la búsqueda en el lugar más antiquísimo de la historia del Artium Mundi: la tumba de Jack Windflower.

Existían muchas opiniones respecto a la ubicación de la tumba, y se decía que solo un Windflower sabría dónde encontrarla.

Sebastián conoció al último linaje Windflower, pero Uriel nunca le dijo dónde estaba la tumba. No obstante, alguien sí fue capaz de darle una pista, una de sus hijas, Echo Windflower.

Los dos fueron a parar en Grecia, en específico, en la isla de Delfos. Por más que Iris dudara del lugar, Sebastián tenía información importante proveniente de una Windflower. Además, la reliquia brillaba con mucha intensidad con cada paso que daban en dirección al oráculo del dios Apolo.

Cuando estuvieron de pie allí, la reliquia dejó de parpadear. Se mantuvo brillando, pero no había ningún indicio de que hubiera una entrada secreta a una tumba o algo parecido.

—La reliquia sigue brillando, pero no veo dónde podría estar la tumba —murmuró Iris.

—Es porque quizás no está a simple vista —respondió Sebastián.

Al principio, Iris no comprendió muy bien a qué se refería Sebastián, hasta que él sacó algo de su bolsa, un dispositivo parecido a un detonador. Iris se alarmó pensando que iban a explotar un lugar sagrado, pero él fue más rápido y colocó el detonador en el suelo. Justo después de que presionara el botón rojo, la tierra bajo sus pies se hizo a un lado y los dos cayeron al interior.

Cuando tocaron fondó, cayeron con agilidad en el suelo como un gato. Iris parecía un felino asustado y tenso, mientras que Sebastián solo se limpió la ropa con elegancia.

—La próxima vez, por favor avise que vamos a caer de inmediato —pidió Iris. Sebastián sonrió.

Iris recogió la reliquia del suelo y observó el brillo intenso. Comenzaron a caminar por lo que parecía un túnel, había antorchas con fuego azul. Por la suciedad, no se veía bien, pero había unos grabados con el símbolo de los Pictorum.

Se detuvieron frente a una puerta y, por más que la empujaron, no pudieron abrirla. Sebastián tomó la reliquia de las manos de Iris y la introdujo en un espacio con forma de círculo en el que la piedra encajó a la perfección.

Un brillo azul recorrió los bordes y los dibujos de la puerta, que se abrió de par en par.

Iris sintió como las lágrimas comenzaban a caer por sus mejillas. El sueño de cualquier Pictorum era conocer la tumba de Jack Windflower, uno de los lugares más sagrados para la cultura Artifex.

La habitación estaba iluminada por las antorchas y en su interior había muchas flores con forma de lirio. El interior de los pétalos era de un azul muy oscuro que se iba degradando hasta la punta, que era blanca.

Y en el centro se encontraba un ataúd muy bien cuidado, sin ninguna capa de polvo.

—Recuerde no tocar ninguna de estas flores —advirtió Sebastián al entrar en la habitación—. Solo un Windflower puede tocarlas y cultivarlas.

Cuando se acercaron lo suficiente como para sentir la carga emocional del sitio, Sebastián se arrodilló y murmuró una frase en latín. Iris lo imitó de inmediato y volvió a levantarse.

—Este sitio está demasiado bien cuidado para llevar milenios bajo tierra —comentó.

—Alguien más ha estado aquí —respondió Sebastián, serio—. Hay más flores de lo normal.

Iris ignoró el último comentario de Sebastián, pues experimentó una extraña sensación recorriéndola desde el cuero cabello hasta la punta de sus pies. Comenzó a pasar sus blancas manos por las paredes, quitando el polvo de los grabados, para mirar aquellos dibujos que contaban la historia conocida de los Windflower.

La chica siguió en eso hasta encontrar algo. Por fin llegó al otro extremo de la habitación, donde se llevó una gran sorpresa.

Sebastián se le acercó de inmediato y ambos se quedaron perplejos al contemplar la imagen más reciente.

Era un dibujo muy bien hecho en el que se podían ver a dos personas, una chica de cabello blanco con la raíz del cabello negra y un chico más alto de cabello negro, pero con la raíz blanca.

No se mostraban indicios de que fueran pareja o algo, porque estaban espalda contra espalda.

—*Duo propinqui, duo Windflowers, duo superstites* —leyó Sebastián.

—Dos parientes, dos Windflower, dos sobrevivientes —tradujo Iris.

Extra 10

ChanHyun y Ezra
Artium Mundi, noviembre de 2061

Ezra tenía que admitir que siempre pensó, al igual que ChanHyun, que sería casi imposible que los Silvertear de esa generación (Clarissa, Gray, Jordan, Alice, Rebecca y Kai) tuvieran hijos.

Sin embargo, Clarissa y Rebecca le demostraron a Ezra, y tal vez a la mitad de la población Artifex, que el linaje Silvertear podía continuar de alguna forma.

Los mellizos de Rebecca y Esteban —sí, es raro decirlo así, si lo pensamos bien— habían nacido unos pocos días atrás. En definitiva, fue el acontecimiento más importante para el Artium Mundi, seguido del cumpleaños de Gray.

ChanHyun siempre decía que Rose, la melliza mayor, tenía un gran parecido con Gray cuando era un bebé, y que Castiel, el otro bebé, era una copia de Esteban.

La verdad, nadie pensó que serían mellizos, pero por extraño que parezca, Rebecca se las arreglaba bastante bien cuidando a dos bebés que ni siquiera tenían un mes.

ChanHyun pensaba desde hacía mucho tiempo que era un buen momento para tener hijos, sobre todo porque Jordan estaba muerto. Aparte, él era el único sin hijos de su grupo de amigos. Varios le tomaban el pelo diciendo que ya se le estaba yendo el tren.

Hay que aclarar que ChanHyun no quería tener hijos por presión social o algo, él de verdad anhelaba una familia con su querida Ezra. Lo habían hablado en ciertas ocasiones, pero ella no se sentía lista y deseaba hacer muchas cosas antes de tener hijos.

No es que Ezra odiara a los bebés o que no quería ser mamá. Desde que contrajo matrimonio con ChanHyun, e incluso antes de la unión, cuando empezó a haber una hermosa conexión entre ambos, sus padres la presionaron para que se casara y formara una familia, pero ella solo quería perseguir sus sueños y disfrutar de su vida. Siempre tuvo la certeza de que sabría cuándo estaría lista para ser madre.

Y aunque ni ella lo creía, tal vez sus deseos de ser madre iniciaron cuando nació Esteban, pero negaba esos sueños debido a que la situación en el Artium Mundi era muy inestable con los Puppeteers detrás del chico.

No obstante, en el momento en que vio por primera vez a los mellizos de Rebecca, empezó a pensar y a imaginar cómo sería su hijo con ChanHyun.

Ambos estaban terminando de cenar después de un largo día de trabajo en la boutique lleno de reuniones aburridas. Se suponía que Ezra era la líder de los Auctorum, pero ya llevaba un tiempo considerando pasarle la batuta a alguien más. Los Auctorum y Ballerines no necesitaban que su líder mantuviera el liderazgo de la rama de generación en generación; por lo tanto, Ezra podía dejarle el cargo a un sucesor digno.

—¿Sucede algo, mi amor? —preguntó ChanHyun—. Te veo cansada y a pesar de que no hayas dormido en todo un día, siempre tienes algo de energía.

—Tal vez es porque los años no tienen piedad conmigo —respondió Ezra, riendo—. También puede ser el estrés de estos últimos días, diseñar y trabajar en tanta ropa me saturó. Jamás pensé que Rebecca me pediría trajes a medida de sus hijos.

—Ya sabes lo que dicen: cuando un Silvertear se convierte en padre o madre, siempre hace las cosas más inesperadas.

—¿Cómo crees que serían nuestros hijos? —preguntó Ezra de forma repentina.

ChanHyun, por un reflejo involuntario que tenía desde que era niño, siempre escupía su agua cuando algo lo tomaba por sorpresa.

Y agradecía que su esposa lo supiera, o tal vez lo hubiese dejado mucho tiempo atrás.

—Veo que quedaste perplejo —comentó Ezra, limpiándose la cara con una servilleta—. La verdad, esperaba que te lo tomaras así.

—La última vez que hablamos sobre tener hijos fue en el periodo en que Noah nos presentó a su chica.

—Camille tenía un buen estilo. Una bolsa de basura le podía quedar como un vestido diseñado por Coco Chanel: precioso y deslumbrante —suspiró Ezra, sonriendo.

—Es cierto —reconoció ChanHyun—. ¡Oye! ¡No me cambies el tema!

—No lo estoy haciendo.

—Claro que sí. No me niegues que estás...

—ChanHyun —lo interrumpió ella—, creo que estoy preparada para ser madre.

Esta vez, el chico se ahogó con una hoja de lechuga. Ezra solo pudo rodar los ojos mientras reía.

Después de los pocos minutos que le tomó a ChanHyun recuperar la compostura, Ezra se dedicó a botar las sobras de la comida y a lavar los cubiertos.

—¿Por qué de la nada dices que quieres tener hijos? —preguntó ChanHyun, atónito—. Sé que no hablamos mucho del tema, porque a veces terminas triste, pero me impresiona que venga de ti.

—Cuando vi a los mellizos de Rebecca, sentí esa emoción de imaginar a nuestros hijos. Ya sabes la historia de que mis padres me presionaban para tener familia y casarme. Fue desde que era pequeña.

—Y eso te impulsó a perseguir tus sueños de ser diseñadora, conocer el mundo humano, tener parejas para saber qué es lo que querías en tu vida y desafiar a tus padres cuando se sobrepasaron —agregó ChanHyun, tomando las manos de Ezra con cariño.

—Ya hice muchas de las cosas que planeé —admitió—. Creo que es hora de que viva una experiencia distinta.

ChanHyun se levantó de la silla y abrazó a Ezra por la cintura para después apoyar su mentón en el hombro de ella.

—Yo siento que va a tener tus ojos —comentó ChanHyun, sonriendo—. Y tal vez sea hombre.

—Hombre o mujer, será el niño mejor vestido en todo el Artium Mundi.

—Hay que ordenar algunos asuntos si queremos tener un bebé. Primero necesita un cuarto limpio y sin cajas, telas, lentejuelas y maniquíes.

—Te dije desde el día uno que ese cuarto iba a ser una pequeña bodega para lo que no cupiera en la boutique —habló Ezra y ChanHyun le robó un beso corto.

—Lo sé, pero en serio, amor, hay que limpiar ese cuarto, el otro día vi arañas. A nadie le gustan las arañas, son asquerosas y seres que nunca debieron ser creados.

Ezra rodó los ojos, pero sonrió de todos modos. Puede que muchos pensaran que ChanHyun era alguien serio y muy distante, pero de verdad era el hombre perfecto para ella.

***

—Entonces, ¿me estás diciendo que quieres quedarte embarazada, pero también estás pensando de forma seria dejar tu cargo como líder de los Auctorum, aunque piensas que sería mejor consultarlo con una psicóloga porque crees que eres una persona impulsiva que a veces toma decisiones sin pensarlas demasiado bien y que por eso has tenido muchos problemas a lo largo de tu vida? —preguntó Gray mientras bebía su té y con su otro brazo sostenía a su sobrino.

—En pocas palabras, sí. Eso es más o menos lo que quiero —replicó Ezra.

—Sabes que tienes que tener candidatos para sucesor y que estos deben ser aprobados por el consejo, ¿verdad?

—¡Ah! —dijo Ezra, y se quedó pensativa—. En ese caso, ya tengo a mi sucesor.

—¡¿Tan pronto?! —exclamaron ChanHyun y Gray al mismo tiempo.

—Síp, lo decidí ahora. Y creo que será una buena decisión.

Gray y ChanHyun solo suspiraron y rieron.

Agradecimientos

Comencé a escribir la historia de Esteban en 2020, en plena pandemia, por lo que claramente hay una gran diferencia entre mi forma de expresar mis ideas en el transcurso de los libros. No tengo la misma mentalidad que en el 2020, y he madurado y salido adelante, lo que me ha dado otra perspectiva de varias cosas. La adolescencia a veces puede ser un desafío total.

Quiero agradecer a mis papás por apoyarme en este sueño y siempre estar ahí; a mi hermanita, por ser mi mayor fan; a mis amigos que amaron la saga y son mi séquito de fans. También a Florencia Turra, la encargada de dibujar a los personajes de las portadas.

Sin Grupo Ígneo este proyecto jamás se hubiese concretado. Agradezco mucho a Francesco Sarpi, Dayana Villa, Katherine Longart, Ana Pieters y al resto del equipo de Ígneo por aceptarme y darme la oportunidad de compartir mi arte con el mundo.

Desde luego, debo darle un agradecimiento a mi colegio y profesores. Gracias a ese concurso de escritura en 2018 pude descubrir aquello que amo.

Jamás pensé que lograría algo tan grande siendo tan pequeña. Estoy orgullosa de mí y feliz de haber dado este paso tan grande.

Muchos piensan que los malos momentos no aportan de nada en nuestra vida o que solo deben olvidarse, pero sin los malos momentos que pasé en mi preadolescencia, nunca hubiese escrito esa historia. Sin todas las caídas no tendría un aprendizaje que plasmar en mis libros.

Este no es el fin

Aún.

Porque falta una historia por conocer del Artium Mundi…

Lecturas recomendadas

Las armas de la luz (Rafael Cánepa)

Music as I know it (Juan Carlos Molina)

333 middle diablo. Parte 1 (Sebastián García)

La aventura de Jonathan Scott (Mateo Castillo Salas)

www.ingramcontent.com/pod-product-compliance
Lightning Source LLC
LaVergne TN
LVHW041205150826
845673LV00001B/294

* 9 7 8 6 1 2 5 1 4 2 7 0 2 *